Mareike Allnoch

JASMIN

Orangenblütenzauber

DRACHENMOND VERLAG

DRACHENMOND VERLAG

Astrid Behrendt
Rheinstraße 60
51371 Leverkusen
http: www.drachenmond.de
E-Mail: info@drachenmond.de

Lektorat: Laura Labas
Korrektorat: Michaela Retetzki
Satz: Marlena Anders
Layout: Astrid Behrendt
Illustrationen: Maja Köllinger
Umschlagdesign: Marie Graßhoff
Bildmaterial: Shutterstock

Druck: Booksfactory

ISBN 978-3-95991-214-3

Für alle Träumer unter uns,
die noch an Märchen glauben

SULTANAT AGRABAH
KATAR
Persischer Golf
Golf von Oman
Sultans-palast
SAUDI ARABIEN
Creek
OMAN

PROLOG

1848

Eine dunkle Gestalt schleicht durch die finstere Nacht, die Kapuze des schwarzen Umhangs tief in das Gesicht gezogen. Fahles Mondlicht beleuchtet die Gasse. Bis auf das schrille Rufen eines Käuzchens und das Geräusch von aneinanderreibendem Stoff ist es totenstill. Motten schwirren um eine einzelne Straßenlaterne.

Die Palmen zwischen den Lehmhäusern werfen unheimliche dunkle Schatten auf den Wüstensand. Ansonsten liegt die Stadt still und friedlich da, beinahe gespenstisch. Hinter den Fenstern regt sich nichts, die Bewohner schlafen tief und fest.

Aus der Ferne ertönt das Rauschen des Ozeans und das Geräusch von Wellen, die an den Strand rollen. Ein Windspiel, das über der Tür eines Hauses hängt, klimpert leise im Wind.

Der Boden wird unebener und die Person gerät ins Straucheln, die Sohlen sinken tief ein. Feiner orangefarbener Wüstensand wirbelt auf und weht der vermummten Gestalt ins Gesicht, woraufhin diese einen verärgerten Laut von sich gibt.

Die Schritte und die Atmung der Person beschleunigen sich. Der schwarze Umhang flattert und verhüllt den schmalen Körper der Gestalt.

Sie bleibt stehen, dreht sich um und wirft einen Blick hinter sich. Nebel wabert in dicken Schwaden durch die Stadt. Die Person hebt mit der einen Hand ihren Umhang an, eine goldene Öllampe blitzt darunter auf. Die andere Hand umklammert ein Amulett, das im flackernden Licht der Straßenlaterne türkisfarben glitzert.

Die dunkle Erscheinung bleibt für einen Moment reglos stehen, dann wird sie von der Nacht verschluckt.

1. KAPITEL

Der Pausengong ertönte, etliche Schüler strömten an mir vorbei und machten sich auf den Weg zu ihren Klassen. Gespräche und Gelächter drangen an meine Ohren, Freundinnen zeigten sich gegenseitig ihre Fotos aus den Osterferien. Kaum hatte ich unseren Kursraum betreten, rempelte mich jemand an und ich stieß mit der Hüfte unsanft gegen einen der Tische. Ein stechender Schmerz machte sich bemerkbar und ich rieb über die Stelle. Ich hatte mich kaum auf meinem Platz niedergelassen, mein Federmäppchen auf den Tisch gelegt und meinen Kugelschreiber hervorgeholt, als ich einen kalten Lufthauch in meinem Nacken vernahm.

»Hey, Brillenschlange.«

Bei dem Klang seiner Stimme zuckte ich zusammen und machte mich kleiner. Nervös rückte ich meine Brille zurecht.

»Schickes neues Outfit. Aus der Altkleidersammlung gefischt?«

Marco tauchte vor mir auf und blickte auf mich herab. Sein Mund war zu einem fiesen Grinsen verzogen. Krampfhaft starrte ich auf die Tischplatte und kämpfte mühsam gegen die Tränen an, die sich in meinen Augen sammelten. Mit allerletzter Kraft schluckte ich sie gemeinsam mit dem dicken Kloß in meinem Hals hinunter.

Ich hasste mich für meine Hilflosigkeit. Jedes Mal, wenn sich Marco oder einer seiner Kumpels vor mich stellte, hatte ich plötzlich das Gefühl, meine Zunge wäre verknotet. Marco beugte sich noch ein Stück weiter zu mir herunter. Die Feindseligkeit in seinen Augen ließ mich zusammenzucken.

»Ich hasse Streberinnen wie dich«, zischte er.

Ich wollte etwas erwidern, doch ich brachte kein einziges Wort über meine Lippen.

»Was ist? Hast du was gesagt?« Marco formte mit seiner Hand einen Trichter um sein Ohr. »Ich kann gar nichts verstehen.«

Mittlerweile war auch der Rest seiner Clique in dem Klassenraum eingetrudelt. Die Jungs klatschten sich grölend gegenseitig auf die Schulter, einige Mädchen hielten sich leise tuschelnd und kichernd die Hände vor den Mund.

»Alle setzen, der Unterricht hat begonnen!«

Und wieder einmal war ich unserem jungen Geschichtslehrer Herrn Marx sehr dankbar dafür, dass er zum richtigen Zeitpunkt im Türrahmen erschien. Ich stieß ein erleichtertes Seufzen aus.

Marco sah mich gereizt an, griff nach meinem Federmäppchen und warf es hinunter, sodass sich dessen kompletter Inhalt über den Boden verteilte. Während ich mit hochrotem Kopf meine Stifte wieder einsammelte, spürte ich die teils belustigten, teils mitleidigen Blicke meiner Mitschüler auf mir. Marco lachte schadenfroh und ich hörte, wie sich Nikkis schrilles Lachen daruntermischte. Ich schrumpfte noch mehr in mich zusammen. Am liebsten wäre ich gar nicht mehr unter dem Tisch hervorgekommen.

Sanny, die schräg von mir saß, kam mir zu Hilfe und drückte mir die restlichen Utensilien in die Hand, wofür ich ihr einen dankbaren Blick von der Seite zuwarf.

Mit gesenktem Blick und noch immer heißen Wangen nahm ich wieder auf meinem Stuhl Platz.

Ich war nicht die Einzige, die unter den gehässigen Kommentaren von Marco zu leiden hatte, doch aus irgendeinem Grund hatte er es besonders auf mich abgesehen. Dabei verstand ich nicht einmal warum, schließlich hatte ich ihm nie etwas getan. Wahrscheinlich bereitete es ihm bei mir noch mehr Spaß, weil ich mich nicht gegen seine Gemeinheiten wehrte. Ich besaß einfach nicht den Mut dazu.

Jeder hier wusste, dass es kein Vergnügen war, Marcos Spott ausgesetzt zu sein. Daher gab es auch niemanden, der ihm oder dem Rest seiner Clique mal Paroli bot. Wer wollte schon freiwillig Marcos Zorn auf sich lenken und zu seiner persönlichen Zielscheibe werden?

In den letzten Jahren hatte ich einen richtigen Schutzwall um mich aufgebaut. Wenn man ständig den verletzenden Kommentaren seiner Mitschüler ausgesetzt war, verlor man irgendwann den Glauben daran, dass es so etwas wie richtige Freundschaft gab. Marco, Nikki und deren Freunde zeigten mir schließlich jeden Tag aufs Neue, wie gehässig und kalt Menschen sein konnten.

Ich hätte gerne eine Freundin an meiner Seite gehabt, doch es fiel mir mittlerweile immer schwerer, auf andere zuzugehen und ihnen Vertrauen zu schenken. Mir war durchaus bewusst, dass ich kaum noch jemanden an mich heranließ oder jemandem eine richtige Chance gab. Bevor ich wieder das Risiko einging, enttäuscht zu werden, blieb ich lieber allein. Manchmal war das die bessere Option.

»Marco, lass Jasmin endlich in Ruhe und setz dich hin!«, donnerte Herr Marx plötzlich. »Ich habe dir bereits vor den Ferien mehr als einmal deutlich gemacht, dass ich ein solches Benehmen nicht dulde. Daher wirst du den ersten Schultag heute auch mit Nachsitzen verbringen!«

»Aber …«, setzte Marco fassungslos an, doch Herr Marx ließ nicht mit sich reden.

»Setz dich hin und keine Widerworte mehr!«

»Das ist total unfair. Die Brillenschlange hat ihn provoziert!«, mischte sich Nike alias Nikki in die Unterhaltung ein.

»Nike, möchtest du Marco beim Nachsitzen vielleicht Gesellschaft leisten? Ansonsten würde ich dir raten, jetzt besser den Mund zu halten.«

Ihre roten Haare zurückwerfend, ließ sich Nikki auf ihren Platz fallen. Marco tat ihr Letzteres gleich und nahm missmutig in der zweiten Reihe neben seinen Freunden Platz, sodass mein Blick auf seinen Rücken fiel.

Endlich hatte ich meine Ruhe. Wenigstens für heute.

Doch während Herr Marx bereits die Tafel vollschrieb und ich aufsah, begegnete ich erneut Marcos finsterem Blick. Ein Schauer lief mir über den Rücken.

Nach dem Unterricht ging ich zu den Fahrradständern und wollte mich bereits auf mein Rad schwingen, als ich sah, dass mein Hinterreifen komplett zerstochen war.

Ich schob es zwei Kilometer weit nach Hause.

Völlig erledigt schmiss ich zu Hause meine Tasche auf den Boden und warf mich aufs Bett. Was für ein beschissener Tag! Konnten mich die anderen aus meinem Jahrgang nicht einfach ein einziges Mal in Ruhe lassen? Wieder einmal verfluchte ich diese Hilflosigkeit.

Es war jeden Tag das Gleiche. Jeden Tag die gleiche Prozedur. Jeden Tag die gleichen Sprüche. Die Sticheleien und die bissigen Kommentare meiner Mitschüler. Am schlimmsten war jedoch Marco.

Ich verschränkte die Arme hinter meinem Kopf und starrte an die Decke. Bestimmt war auch er es gewesen, der meinen Reifen zerstochen hatte, da war ich mir hundertprozentig sicher. Seit drei Jahren schon hatte es Marco auf mich abgesehen, dabei hatte ich ihm nie etwas getan. Marco war das größte Arschloch auf diesem Planeten, aber leider nun einmal einer der beliebtesten Jungs an der gesamten Schule. Die Mädchen lagen ihm praktisch zu Füßen und die anderen Jungs sahen zu ihm auf.

Er war ein begnadeter Fußballspieler und Mitglied des Schulteams. Für unsere Schule hatte Marco schon so einige Male den Pokal geholt. Jeder kannte ihn und wusste, wer er war. Ich denke, was viele Personen wirklich an ihm beeindruckte, war seine Selbstsicherheit. Zum Glück waren es nur noch sechs Wochen bis zu den Abiturprüfungen. Danach würde ich meine Mitschüler lediglich einmal beim Abiball wiedersehen, von dem ich mir nicht mal sicher war, ob ich überhaupt hingehen würde.

»Jasmin«, drang die Stimme meiner Mutter gedämpft von unten zu mir herauf.

Ich drückte meinen Kopf in das weiche Kopfkissen und stöhnte leise. Vielleicht würde sie einfach wieder verschwinden, wenn ich nicht reagierte.

»Jasmin!«

Okay, Verstecken war zwecklos. In spätestens zehn Sekunden würde meine Mutter sonst in mein Zimmer gerauscht kommen und nicht lockerlassen. Sie konnte es nicht leiden, wenn ich nicht reagierte.

»Ja, was ist denn?«, rief ich nun ebenfalls zurück und rutschte langsam vom Bett. Als meine Füße den Teppichboden berührten, schlüpfte ich in meine rosafarbenen Pantoffeln.

Ich trat aus meinem Zimmer und blickte die Wendeltreppe hinab, an deren Absatz meine Mutter stand und mich aus großen Augen ansah.

»Komm her, deine Tante ist aus Dubai zurück und hat uns ein Paket vor die Tür gestellt.«

Oh nein, nicht auch das noch. Dann konnte ich mich ja wieder auf was gefasst machen.

»Was es wohl diesmal ist?«, spottete ich, als ich neben meiner Mutter auf der abgewetzten Couch im Wohnzimmer Platz nahm.

»Vielleicht eine Wahrsager-Kugel mit Tarotkarten. Würde sich zumindest gut neben der karibischen Voodoo-Puppe und dem Büchlein der Schamanen-Rituale in meinem Schrank machen.«

Oder neben der afrikanischen Stammesmaske, bei deren Fratze man das Gefühl bekam, sie würde einen jeden Moment lynchen wollen. Weswegen ich sie auch in die hinterste Ecke meines Schrankes verbannt hatte.

Meine Tante Doris war ein wenig speziell. Sie hatte einen Fimmel für alles Übernatürliche.

Von ihren vielen Reisen, die Doris schon von Buxtehude bis nach Timbuktu geführt hatten, brachte sie Mama und mir jedes Mal eine Kleinigkeit mit. Was an sich ja auch wirklich nett war, aber ihr Geschmack dabei war eben wie sie auch … besonders. Ich brachte es allerdings auch nicht über mein Herz, die Mitbringsel meiner Tante einfach in den Müll zu werfen, denn so schräg Doris auch sein mochte, wusste ich, dass sie es nur gut mit uns meinte.

Zum Glück hatte ich sie bisher immer noch davon abhalten können, mir die Zukunft aus dem Kaffeesatz vorherzusagen (nach dem Reisen ihr größtes Hobby!) und anhand der Lebenslinien an meiner Hand irgendwelche Prophezeiungen auszusprechen.

Ne, danke. An solchen Firlefanz glaubte ich nicht.

»Ach, die Sachen waren doch ganz … nett«, holte mich meine Mutter aus meinen Gedanken zurück. Ich warf ihr einen prüfenden Blick zu. Dazu ging mir sofort der Spruch ›Nett ist die kleine Schwester von Scheiße‹ durch den Kopf.

Doris war die Schwester meines Vaters. Eigentlich konnte man ihn nicht mal als meinen Vater bezeichnen, da er kurz vor meiner Geburt abgehauen war und jetzt bei ›Ärzte ohne Grenzen‹ durch Dritte-Welt-Länder reiste. Letztere Leidenschaft hatte er definitiv mit Doris gemeinsam.

Mama und ich blickten in den schon etwas mitgenommenen Karton. Ein rotes Päckchen, mit silbernen Ornamenten verziert, und ein blaues Päckchen, mit goldenen Sternen versehen, lagen zusammen mit zwei Kärtchen darin.

»Schau mal, ich glaube, das hier ist für dich. Da steht dein Name drauf.« Mama hielt mir das Päckchen mit den Sternen entgegen, während sie selbst nach dem roten griff.

Vorsichtig wickelte ich das blaue Papier ab und öffnete den Karton. Zum Vorschein kam schließlich eine goldglänzende Öllampe. Sie war mit feinen Smaragd-Steinchen an der Seite versehen, die im Licht glänzten. Zu meiner eigenen Überraschung musste ich mir eingestehen, dass sie mir wirklich gut gefiel.

»Wow, da hat sich Doris echt mal Mühe gegeben«, meinte ich mit einem anerkennenden Nicken. »Und was hast du bekommen?« Neugierig blickte ich meine Mutter an, die gerade ein wunderschönes Amulett aus goldfarbenem Stoff auswickelte. Es leuchtete in einem intensiven Türkis.

»Hmmh, für den merkwürdigen Geschmack deiner Tante ist das wirklich mal etwas anderes.«

Es klang so, als würde ein empörtes Schnauben direkt aus der Wunderlampe kommen. Aber da dies unmöglich war, fragte ich meine Mutter: »Hast du was gesagt?«

Überrascht sah sie mich an. »Ich habe lediglich gesagt, dass das Geschenk für den Geschmack deiner Tante …«, wiederholte sie, doch ich schüttelte den Kopf.

»Das meinte ich nicht, ich … egal, ich hab mich wohl vertan.« Ich winkte ab und schenkte meiner Mutter ein Lächeln. Seltsam. Ich dachte, ich hätte etwas gehört.

»Wie war eigentlich die Schule?«, fragte meine Mutter mich beim Essen.

Einen Moment verharrte ich in meiner Position, doch ich hatte mittlerweile gelernt, meine Rolle zu spielen. Ich setzte ein Lächeln auf.

»Alles bestens«, sagte ich bemüht gut gelaunt, auch wenn sich bei diesen Worten ein Knoten in meinem Bauch bildete.

Ich betrachtete das Amulett, das sich meine Mutter bereits umgelegt hatte. Es stand ihr wirklich gut und passte hervorragend zu ihrem blauen, tief ausgeschnittenen Shirt. Mein Blick wanderte schließlich weiter zu der Wunderlampe, die direkt neben dem Wohnzimmerbrunnen mit dem kleinen Buddha darin (der wurde ausnahmsweise auf Mamas Wunsch hin gekauft) auf der Anrichte stand.

Meine Mutter sah mich prüfend an, als erwartete sie noch eine weitere Antwort von mir, doch glücklicherweise schwieg sie. Als das vor etwa drei Jahren mit den abfälligen Kommentaren von Marco angefangen hatte, hatte ich versucht, mit meiner Mutter darüber zu reden. Doch irgendwie hatte ich den richtigen Zeitpunkt dafür verpasst. Ich schämte mich, meiner Mutter die Wahrheit zu sagen. Das Schlimmste von allem war, dass ich mich mittlerweile selbst als Verliererin sah.

Wortlos löffelten wir beide den Schokopudding, bis meine Mutter erneut das Wort ergriff.

Sie räusperte sich und wirkte etwas nervös, ihre Hände spielten an ihrer Kaffeetasse herum.

»Jasmin-Schätzchen, … ich …«

»Mama, kannst du mich bitte einfach nur Jasmin nennen?«

Meine Mutter wirkte ein wenig aus dem Konzept gebracht. »Ähm, … äh, ja, wenn du das so möchtest, natürlich, Jasmin-Schätz … Jasmin«, verbesserte sie sich im letzten Moment und knetete ihre Finger. So langsam übertrug sich ihre Nervosität auch auf mich und ich wippte mit meinen Füßen.

Mama räusperte sich erneut. »Jasmin, ich habe einen Mann kennengelernt.«

Meine Miene verfinsterte sich. »Und was habe ich damit zu tun?«, fragte ich bitter.

»Ich möchte, dass du ihn kennenlernst. Bernd ist wirklich …«

»Ach, Bernd heißt er? Ich kann mich entsinnen, dass der Typ von vor zwei Wochen noch Thomas hieß.« Meine Mutter schluckte schwer.

»Warum soll ich dabei sein, wenn du dich mit deinem neuen Lover triffst? Geschweige denn mir seinen Namen überhaupt merken?«

Wieder begann meine Mutter an ihrer Kaffeetasse herumzuspielen, bis sie sie schließlich absetzte und mich eindringlich ansah.

»Es ist mir wichtig, Jasmin. Diesmal ist es der Richtige.« Zaghaft lächelte sie mich an und streckte ihre Hand nach mir aus, doch ich lehnte mich zurück und schüttelte den Kopf.

Ich hatte es so satt. Die vielen Männer meiner Mutter, von denen jede Woche ein anderer in unser Haus spazierte und sich hier ausbreitete. Ich war es wirklich leid.

»In spätestens einer Woche ist er doch sowieso wieder weg und der nächste Typ steht auf der Matte. Hast du dich eigentlich mal gefragt, wie es mir damit geht?«, brachte ich wütend hervor. Meine Stimme war lauter geworden.

Das Lächeln meiner Mutter fiel in sich zusammen und ihre Augen strahlten tiefe Traurigkeit aus.

»Jasmin, ich ... du bist das Wichtigste in meinem Leben, das weißt du doch hoffentlich?« Ihre Stimme klang brüchig. Mittlerweile standen ihr Tränen in den Augen. Auch wenn es in diesem Moment eine Seite an mir gab, der dies leidtat und die meine Worte bereute, so war die andere doch viel zu aufgebracht, um darauf einzugehen.

»Ich geh nach oben. Ich muss noch eine Hausarbeit für nächste Woche vorbereiten.« Was nicht stimmte, aber das musste sie ja nicht wissen.

Mit diesen Worten schob ich den Stuhl über den Boden, griff im Vorbeigehen nach der Wunderlampe und stampfte die Treppe zu meinem Zimmer hoch.

Ich war so aufgebracht und erzürnt zugleich, dass ich in meinem Zimmer auf und ab lief. Bernd! Als ob ich so nicht schon genug Probleme in meinem Leben hätte, jetzt durfte ich mich wieder mit einem neuen Typ von Mama rumärgern! Mit grimmiger Miene strich ich über Doris' Mitbringsel, das ich noch immer fest in meiner Hand hielt.

Die goldene Wunderlampe glänzte im Licht der Sonne, das durch mein Fenster fiel. Die filigranen Verzierungen und Ornamente in Form von Blüten glitzerten und die Smaragde funkelten. Gedankenverloren rieb ich darüber, fuhr die Umrisse mit meinem Daumen nach und lächelte zaghaft.

Ein süßlicher Duft drang mir in die Nase. Fruchtig und exotisch, als wäre er aus einem fernen Land. Eine Mischung aus Zimt, Orangen und Rosen.

Rauchschwaden zogen wie ein wehender Schleier durch mein Zimmer und ich musste husten.

Ich blinzelte verwirrt – und erschrak beinahe zu Tode, als ich plötzlich einen dunkelhaarigen Jungen vor mir stehen sah. Der schmale Körper war in ein weißes dünnes Hemd und eine merkwürdige Pumphose gehüllt. Und der Junge lief barfuß.

Mein Blick glitt höher und ich hielt unwillkürlich den Atem an, als ich in zwei kohlrabenschwarze Augen schaute, die mich an Kristalle erinnerten.

Dunkle, glänzende Kristalle.

Und dann setzte endlich wieder mein Verstand ein und ich schrie los.

2. KAPITEL

»Was zur Hölle machst du in meinem Zimmer?« Da ich gerade nichts anderes parat hatte, griff ich kurzerhand nach meinem dicken Erdkundebuch. Mehr oder weniger bedrohlich hielt ich es in die Höhe, während ich den Fremden mit Argusaugen fixierte. Schwarze Haare fielen ihm locker in die Stirn. Seine ebenmäßige Haut erinnerte mich an Bronze und Kaffee. »Soll das irgendein schlechter Scherz von Marco und seinen Freunden sein? Eine neue Demütigung?«

Ich blickte zum Fenster, das jedoch verschlossen war. Wie war der Typ unbemerkt in unser Haus gelangt?

»Ich habe nicht den leisesten Schimmer, wovon Ihr sprecht, Meisterin. Außerdem würde ich mir nie einen Scherz mit Euch erlauben, das steht mir nicht zu.« Er klopfte sich den unsichtbaren Staub von seiner gewöhnungsbedürftigen Pumphose, richtete seine Aufmerksamkeit dann wieder auf mich und deutete eine leichte Verbeugung an.

»Wenn ich mich vorstellen darf: Mein Name ist Dalan. Stets zu Euren Diensten. Die Djinns seien mit Euch.«

»Bitte wer ist mit mir?«, fragte ich irritiert.

»Ihr habt mich befreit und von meinen Qualen erlöst. Ich stehe tief in Eurer Schuld und bin Euch zu ewigem Dank verpflichtet. Als Zeichen meiner Freude und weil der Brauch es so will, gewähre ich Euch fortan drei Wünsche.«

Was faselte er? Ich stand da wie vom Donner gerührt und starrte den Typen völlig perplex an.

»Allerdings muss ich Euch darauf hinweisen, dass jegliche Geldwünsche oder Liebeszauber davon ausgeschlossen sind.«

Der Unbekannte besaß tatsächlich die Unverschämtheit, mich bei letzteren Worten anzüglich anzugrinsen, woraufhin mein Gesicht zu meinem eigenen Ärger ganz heiß wurde.

»Euer Wunsch ist mir von nun an Befehl, Gebieterin.«

Meisterin? Gebieterin? Der Typ war ja wohl nicht mehr ganz dicht. Ob der aus irgendeiner Anstalt entlaufen war?

Ich stemmte meine Hände in die Hüften. »Und du kommst jetzt woher, wenn man fragen darf?«

Der junge Mann legte seinen Kopf schief und musterte mich aus seinen dunklen Augen. Jetzt war ausgerechnet er derjenige, der mich mit einem Blick bedachte, als wäre ich nicht mehr ganz bei Verstand. Allerdings zweifelte ich gerade durchaus an meiner eigenen Zurechnungsfähigkeit.

Dalan deutete auf die Wunderlampe. »Ursprünglich komme ich aus Agrabah. Seit 1848, dem Jahr meines einundzwanzigsten Geburtstags, bin ich nun schon dazu verdammt, mein Leben als Flaschengeist zu verbringen. Ihr habt mich aus diesem Gefäß befreit und mir meine lieb gewonnene Freiheit zurückgegeben. Es ist wirklich nicht angenehm, in solch einer kleinen, stickigen Lampe gefangen zu sein.«

Während der junge Mann seine Worte mit einem Kopfschütteln betonte, starrte ich ihn noch immer unverhohlen mit offenem Mund an.

Agra-was? Lampe? 1848? Wenn es stimmte, was der Junge erzählte, dann wäre er … 1827 geboren und jetzt … hundertneunzig Jahre alt!

Ich rückte meine Brille zurecht.

Dieses Gespräch konnte sich hier gerade nicht tatsächlich abspielen, das war unmöglich!

Meine Hand wanderte zu meiner Schläfe. »Alles gut. Das ist nur eine lächerliche Halluzination. Nur-eine-Halluzination«, redete ich mir gut zu, drehte mich um, ohne noch einen Blick auf die seltsame Erscheinung zu werfen, und lief schnurstracks in Richtung Badezimmer. Angespannt rieb ich mir über die Schläfen. Wahrscheinlich war ich einfach nur gestresst.

Ich nahm meine Brille ab, ließ kaltes Wasser über meine Handgelenke laufen und verteilte vorsichtshalber auch gleich noch ein wenig davon in meinem Gesicht. Langsam öffnete ich meine Augen wieder, schob mir die Brille zurück auf die Nase und …

»AAAAAAAAHHHHH!« Ich stieß einen spitzen Schrei aus, als Dalan im Spiegel hinter mir auftauchte. Vor Schreck stieß ich den Zahnputzbecher von der Anrichte.

Dalan thronte so selbstverständlich im Schneidersitz auf dem Klodeckel, als würde er zur Badezimmerdekoration dazugehören.

Ich fuhr herum. »Sag mal, hast du sie noch alle, mich so zu erschrecken?«

»Wieso?« Der Typ sah mich unverständlich an. »Ihr habt mir übrigens noch gar nicht Euren Namen verraten.«

»Der tut nichts zur Sache«, erwiderte ich knapp. »Was soll das hier werden?« Ich machte mit den Händen eine ausholende Bewegung in seine Richtung.

»Ich versuche, Konversation zu betreiben. Aber wie ich sehe, seid Ihr äußerst unwillig. Tzz, tzz, tzz.« Dalan schüttelte missbilligend den Kopf.

»Nein, das meine ich nicht. Ich meine, warum du …« Ich stoppte abrupt und strich mir erneut über die Schläfen. »Jasmin, du wirst jetzt ganz sicher nicht mit einem Flaschengeist diskutieren.«

»Führt Ihr des Öfteren Selbstgespräche? Mir scheint, als würde es Euch nicht gut gehen. Und ich dachte schon, dass *ich* über all die Jahrhunderte in meiner Lampe etwas merkwürdig geworden bin …« Dalan runzelte die Stirn und drehte seinen Zeigefinger kreisförmig neben seiner Schläfe.

Ich gab ein Knurren von mir, zog mein Handy aus der Gesäßtasche meiner Hose und lief damit in mein Zimmer. Kurz spielte ich mit dem Gedanken, meine Mutter zu rufen, entschied mich dann aber dagegen. Es war besser, wenn sie hiervon nichts erfuhr.

Sollte ich die Polizei informieren? Die würden mich vermutlich auslachen. Allerdings kam mir noch eine andere Idee in den Sinn.

Ich googelte kurz den Namen und fand schließlich eine passende Telefonnummer dazu. Hoffentlich hatte ich da mehr Glück.

»Psychiatrische Klinik Wahnfried, Sie sprechen mit Gundel Tölle.«

»Guten Tag, Jasmin Winterberg hier«, sagte ich mit fester Stimme, senkte sie jedoch gleich darauf, da mich Dalan von meinem Bett aus beobachtete.

»Wissen Sie …«, raunte ich und hielt eine Hand über den Hörer, »… ich habe hier jemanden, der sich für einen Flaschengeist hält. Vermissen Sie zufällig ein derartiges Exemplar in Ihrer Sammlung?«

»Wir sind noch mit zwölf Weihnachtsmännern und acht Osterhasen vom letzten Jahr ausgelastet. Ein Flaschengeist gehört zum Glück noch nicht dazu«, kam es patzig von einer Frauenstimme am anderen Ende des Hörers zurück.

»Ja, aber ich …« Ein Klicken ertönte in der Leitung.

Tut, tut, tut …

»Hallo?«, fragte ich irritiert. Da hatte die doch einfach aufgelegt.

»Frechheit«, murmelte ich und drückte missmutig auf den roten Hörer.

»Sieht ganz so aus, als würdet Ihr mich nicht so schnell loswerden, Gebieterin«, ertönte es vergnügt. Erwartungsvoll sah Dalan mich an. »Und was stellen wir zwei jetzt noch mit diesem wundervollen Tag an, Orangenblüte?«

Ich stand kurz vor einem Schreikrampf und wollte gerade zu einer Antwort ansetzen, als mich meine Mutter unterbrach.

»Jasmin?« Im nächsten Moment vernahm ich dumpfe Schritte, die die Treppe hinaufkamen, kurz darauf klopfte es an meiner Zimmertür.

»Schätzchen, wegen vorhin … es tut mir leid.« Mamas Stimme hörte sich ein wenig verschnupft an. »Darf ich reinkommen?«

Ich zuckte zusammen und musste mit Schrecken feststellen, dass die Türklinke nach unten gedrückt wurde.

»Moment, ich komme gleich!«, erwiderte ich hektisch und stemmte mich gegen die Tür. Meine Mutter durfte jetzt auf keinen Fall in mein Zimmer kommen! Wie sollte ich ihr erklären, dass ein fremder Junge in meinem Zimmer stand, der sich noch dazu als Flaschengeist ausgab?

»Ich, ähm … ziehe mich gerade um!«

»Oh, okay«, ertönte es leise von draußen. »Dann warte ich unten in der Küche auf dich.«

»Ich beeile mich«, schickte ich schnell hinterher. Einen Moment blieb ich noch stehen, bis ich hörte, wie sich ihre Schritte langsam wieder entfernten. Ich stieß einen erleichterten Seufzer aus und warf Dalan dann einen strengen Blick zu.

»Und du gehst jetzt zurück in deine Lampe oder sonst wohin«, befahl ich ihm und wartete seine Antwort erst gar nicht ab, sondern schloss die Tür von außen hinter mir.

3. KAPITEL

Dalan

Ich rieb mir über die Augen, da ich es noch immer nicht glauben konnte, nach hundertneunundsechzig Jahren endlich wieder Tageslicht zu sehen. Meine nackten Füße bewegten sich stolpernd über den dreckigen Asphalt. Zig Gedanken strömten durch meinen Kopf, während ich desorientiert durch eine kleine Seitenstraße irrte.

Immer wieder blieb ich stehen und betrachtete meine Beine, als würde ich diese zum ersten Mal sehen. Wie ein kleines Kind hüpfte ich auf und ab und schüttelte meine Arme aus. Endlich war ich wieder in menschlicher Gestalt! Ich hatte schon befürchtet, bis ans Ende meiner Tage als Lufthauch in einer Lampe leben und Selbstgespräche mit mir führen zu müssen.

Eine ältere Dame mit gräulichem Haar blieb vor mir stehen und sah mich besorgt an.

»Geht es Ihnen nicht gut?«, fragte sie mich, woraufhin ich ein überschwängliches »Ich sehe wieder aus wie ich selbst« ausstieß. Ich wirbelte die Frau einmal herum und gab ihr vor lauter Freude anschließend sogar noch einen Kuss auf die Wange.

Die Dame wusste gar nicht, wie ihr geschah, und noch im gleichen Moment entschuldigte ich mich für mein törichtes Verhalten.

»Bitte verzeiht mir vielmals, da sind die Kamele mit mir durchgegangen«, sagte ich und verbeugte mich vor ihr, um der alten Frau meinen Respekt zu erweisen.

Gut gelaunt ging ich weiter, bis ich irgendwann an eine Weggabelung gelangte. Ich blieb stehen und sog für einen Moment den fremden Geruch in der Luft in mich auf. Es fiel mir schwer, ihn näher zu bestimmen. Er ähnelte keineswegs den Gerüchen, die ich von zu Hause kannte. In Agrabah hatte es immer nach allen möglichen Gewürzen gerochen: Zimt, Kardamom, Curry, Ingwer und viele weitere.

Mir fiel auf, dass mich die Menschen mit skeptischen, teils misstrauischen Blicken bedachten. Ein kleines Kind zog am Rockzipfel seiner Mutter, machte große Augen und deutete mit dem Zeigefinger auf mich.

»Mama, Mama, guck mal! So ein Kostüm möchte ich auch haben.«

Die Mutter packte ihr Kind bei der Hand und zog es mit sich. »Schau da nicht so hin.«

Ich kniff meine Augen zusammen und musterte meine Umgebung. Geräusche, die ich nicht einordnen konnte und die ich noch nie zuvor gehört hatte, drangen von überall an mein Ohr. Es war alles so fremd.

Nirgendwo standen Marktstände oder Häuser aus Lehm, und die Gehwege waren auch nicht von orangefarbigem Wüstensand bedeckt. An den Straßenrändern lag kein Dung und ich konnte auch keine Ochsenkarren ausfindig machen. Meine Gedanken glitten weiter zu meiner Meisterin. Durch das Reiben der Lampe war ich an dieses Mädchen gebunden. Und wie es aussah, war Jasmin alles andere als begeistert über mein unerwartetes Auftauchen. Was für eine Beleidigung, dass sie mich einfach in meine Lampe hatte zurückscheuchen wollen!

Wie konnte jemand mit einem so lieblichen Namen dermaßen kratzbürstig sein?

Warum freute sie sich nicht, drei Wünsche geschenkt zu bekommen? Ich wüsste schon, was ich mir dann gewünscht

hätte … Freiheit.

Ich dachte an mein Zuhause und Traurigkeit breitete sich in mir aus. Ein dicker Kloß bildete sich in meinem Hals.

Würde ich den Bann brechen und Agrabah jemals wiedersehen können? War es möglich, dass ich zurück in meine Zeit konnte, sobald ich diesem Mädchen die drei Wünsche erfüllt hatte? Zumindest besagte das der Brauch.

Aber was wusste ich schon? Jasmin war schließlich meine erste Meisterin. Und nach all den Jahren in der Lampe hatte ich noch immer keine Ahnung, wer mir das angetan hatte und vor allem: aus welchem Grund!

Diese Ungewissheit bereitete mir Kopfschmerzen. Irgendetwas quietschte abrupt und ich blickte erschrocken auf das merkwürdige Fahrgestell, das nur wenige Zentimeter vor mir zum Stehen kam.

Ein Mann beugte sich daraus hervor.

»Pass doch auf, Junge, ich hätte dich fast über den Haufen gefahren«, schrie er.

Doch ich reagierte nicht darauf, da ich meine Augen nicht von diesem schwarzen Ungeheuer vor mir abwenden konnte. Was zur Hölle war das? Es hatte definitiv keine Ähnlichkeit mit einem der Ochsenkarren in Agrabah.

Der bärtige Mann stieg wild gestikulierend aus seinem fahrbaren Untersatz aus und schaute mich äußerst verärgert an.

»Wird's bald, jetzt geh endlich von der Straße runter!«

Ich tippte mit dem Finger auf das fremde Gestell. »Herr, wie zieht Ihr diesen Karren ohne Ochsen oder Pferd? Wo ist Euer Tier?«, fragte ich interessiert.

»Bitte was? Willst du mich verarschen?« Er blickte gen Himmel und schüttelte den Kopf.

»Hat man es heutzutage eigentlich nur noch mit Verrückten zu tun?«

Was zum Djinn redete er da?

Ohne mich eines weiteren Blickes zu würdigen, stieg er, irgendwas vor sich hin murmelnd, wieder in seinen Wagen, der daraufhin ein Brummen von sich gab.

Der Mann würde schon noch sehen, was er von seiner Unfreundlichkeit hatte …

Ich trat zur Seite und löste mich vor seinen Augen in Nebel auf. Der entgeisterte Blick in seinem Gesicht bescherte mir ein wahres Glücksgefühl und immer noch kichernd verzog ich mich zurück in meine Lampe.

4. KAPITEL

Mama und ich einigten uns darauf, dass sie und Bernd erst noch ein wenig abwarten würden, in welche Richtung sich bei den beiden alles entwickeln würde. Und wenn Mama sich dann immer noch hundertprozentig sicher war, dass sie in Bernd endlich den Richtigen gefunden hatte, würde sie ihn mir vorstellen und mit nach Hause bringen.

Mit der Entscheidung konnte ich leben. Ich war da recht zuversichtlich, dass ich mir keine Gedanken darüber machen musste, Bernd überhaupt jemals gegenüberzutreten. In spätestens drei Wochen würde Mama nämlich doch wieder feststellen, dass Bernd genauso ein treuloses Arschloch wie all die anderen Männer zuvor war. Und noch bevor ich Bernd mit einem (nicht ernst gemeinten) »Schön, dich kennenzulernen« begrüßen konnte, würde dieser schon wieder über alle Berge verschwunden sein. Als ich nach dem Gespräch mit meiner Mutter wieder auf mein Zimmer ging und leise die Tür hinter mir schloss, sah ich mich vorsichtig in dem Raum um.

»Hallo?«, fragte ich leise. »Dalan?«

Keine Reaktion.

Ein erleichtertes Lächeln legte sich auf mein Gesicht. Morgen schon würde dieser ganze Hokuspokus hoffentlich vorbei sein und mir nur noch wie ein weit entfernter Traum erscheinen.

Ich nutzte die angenehme Stille in meinem Zimmer und setzte mich wieder an mein Manuskript, mit dem ich Ende letzten Jahres begonnen hatte.

Wenn ich schrieb, hatte ich das Gefühl, mir alles von der Seele reden zu können. Ich setzte den Stift auf das Blatt und zog ihn schwingend über das weiße Papier. In manchen Momenten flossen die Wörter einfach so aus mir heraus.

Ich wusste nicht, ob ich jemals den Mut besitzen würde, den Text bei einem Verlag einzureichen, doch der Klappentext zu meinem Manuskript schwebte mir bereits vor meinen Augen:

Yara fühlt sich missverstanden und ausgeschlossen von ihrer Umwelt. Keiner schafft es, den Schutzwall des schüchternen Mädchens zu durchbrechen.

Bis Finn auftaucht.

Finn, der Junge mit den eisblauen Augen, der neu an ihrer Schule ist und der sie davon träumen lässt, ihrem selbst errichteten Käfig und der Einsamkeit zu entfliehen …

Ich seufzte, stützte die Hände auf meinem Schreibtisch ab und blickte hinaus aus dem Fenster.

Wie schön wäre es, wenn man sein eigenes Leben doch auch wie eine Geschichte lenken könnte …

Obwohl ich versuchte, jeglichen Gedanken an diesen Dalan zu vermeiden, schwirrte er mir unaufhörlich im Kopf umher. Mittlerweile war ich nämlich nicht mehr ganz so überzeugt, dass es keine Magie gab.

Eigentlich gab es nur drei Möglichkeiten, die näher in Betrachtung kamen:

A: Er war nur eine Halluzination.

B: Der Junge war verrückt oder

C: Dalan war tatsächlich ein Flaschengeist.

Mir wäre Version B definitiv noch am ehesten recht gewesen. Aber konnte es sein, dass dieser Junge gar nicht irre, sondern tatsächlich ein Flaschengeist war?

Da hatte ein fremder Typ in meinem Zimmer gestanden. Noch dazu in einer Pumphose.

Mal angenommen, ich hätte tatsächlich drei Wünsche frei … Was würde ich mir wünschen? Mir fiel auf Anhieb nichts ein. Materielle Sachen interessierten mich nicht. Wenn, dann müsste es irgendwas sein, auf das man unter normalen Umständen keinen Einfluss hatte … Aber was könnte das sein?

Sosehr ich mir auch den Kopf darüber zerbrach, fand ich einfach keine zufriedenstellende Antwort auf die große Frage in meinem Kopf.

Am nächsten Tag war noch immer keine Spur von einem gewissen jungen Mann mit pechschwarzen Haaren und Pumphose.

Misstrauisch beäugte ich die Lampe und warf einen Blick in die Öffnung, doch ich konnte nichts erkennen.

»Hallo?«, fragte ich, doch niemand antwortete. Was an sich ja schon mal sehr beruhigend war, andererseits traute ich diesem Dalan ganz und gar nicht über den Weg.

Kurzerhand holte ich den Tesa-Roller aus meiner Schreibtischschublade und klebte einen langen Streifen Tesafilm über den Lampenhals.

Obwohl … vielleicht sollte ich doch noch etwas mehr davon verwenden? Vorsichtshalber? Ich entschied mich für die Variante ›doppelt hält besser‹.

Wer weiß, wie penetrant so ein Djinn war. Dieser Dalan schien ja ein ausgesprochen munteres Kerlchen zu sein.

Auch wenn ich mir immer noch wünschte, dass ich gestern einfach nur halluziniert hatte, verklebte ich die Öffnung der Wunderlampe großzügig mit gefühlt einem Meter Klebeband.

Zufrieden betrachtete ich mein Werk und war stolz auf meinen kreativen Einfall. Sicher war sicher.

Ich lächelte in mich hinein. Da würde nichts mehr rauskommen, weder irgendwelche Nebelschwaden noch ein nervtötender Flaschengeist.

Kurz bevor ich mein Zimmer verließ, warf ich einen Blick über meine Schulter zurück zu der goldenen Lampe, die ich in die hinterste Ecke meines Zimmers gestellt hatte.

Dann schulterte ich meine Tasche und machte mich auf den Weg zur Schule.

»Dachtet Ihr tatsächlich, Ihr würdet mich so schnell loswerden, Orangenblüte?«, ertönte plötzlich eine Stimme neben mir, kaum dass ich aus meinem Mathe-Leistungskurs kam. Mir rauchte immer noch der Kopf von den ganzen Rechnungen, daher brauchte ich auch einen Moment, um die Stimme einzuordnen.

Ich drehte mich um – und wich einen Schritt zurück.

Niemand Geringeres als Dalan stand neben mir an die Wand gelehnt, die Arme lässig vor der Brust verschränkt und ein freches Lächeln auf den Lippen. Ich war so verdattert über sein Auftauchen, dass mir nicht mal eine Entgegnung einfiel.

Wie konnte er hier sein, wo ich diese blöde Lampe doch zugeklebt hatte? Normalerweise hätte da nicht mal mehr ein Staubkorn durchpassen dürfen!

Mit Entsetzen stellte ich fest, dass Dalan noch immer die merkwürdige Pumphose, die sich um seine Beine aufbauschte, und das locker geschnürte Baumwollhemd trug.

»Habt Ihr mich schon vermisst, Meisterin?« Sein Grinsen war teuflisch.

Zwei Schülerinnen liefen an uns vorbei und warfen Dalan und schließlich auch mir irritierte Blicke zu. Was heißen musste, dass sie Dalan tatsächlich sehen konnten und er nicht nur ein Hirngespinst meinerseits war … leider.

»Meisterin, was …«

»Nicht so laut«, fiel ich Dalan ins Wort und sah mich panisch in alle Richtungen um.

Würden mich die Leute aus meinem Jahrgang, insbesondere Marco und seine Freunde, in diesem Aufzug mit Dalan hier stehen sehen, wäre ich erledigt. Mein Herz stolperte nervös los.

»Wenn die anderen dich so sehen … Du musst verschwinden«, stieß ich hervor und sah Dalan ernst an. Doch der verstand den Grund meiner Aufregung nicht und bedachte mich mit einem verständnislosen Blick.

Kurzerhand packte ich ihn am Arm und zog ihn in die kleine Putzkammer des Hausmeisters, die sich direkt gegenüber unseres Kursraumes befand. Dalan wackelte bedeutungsvoll mit seinen Augenbrauen. »Huiiii, Ihr seid aber stürmisch, Meisterin.«

Ich konnte fühlen, dass mein Gesicht aus einer Mischung von Scham und Wut feuerrot anlief.

Erst jetzt leuchtete mir ein, dass es keine sonderlich gute Idee gewesen war, Dalan herzubringen, denn die Situation war möglicherweise tatsächlich … etwas zweideutig.

Wir standen so dicht beieinander, dass ich seinen Atem auf meinem Gesicht registrierte. Als ich jedoch einen Schritt nach hinten machen wollte, spürte ich schon das Regal und einen Besenstiel in meinem Rücken. Ein Fenster gab es hier nicht, lediglich eine Glühbirne hing lose an einem Kabel herunter und flackerte unruhig. Noch immer war Dalans Gesicht viel zu nah.

»Andererseits … habe ich auch nichts dagegen …«, murmelte er mit rauer Stimme. Er trat noch näher an mich heran.

»Jetzt lass das«, fauchte ich hilflos, da ich mich von ihm in die Enge getrieben fühlte.

»Was denn, Meisterin?« Dalan sah mich unschuldig aus seinen dunklen Augen an.

»Das weißt du ganz genau!« Ich fuchtelte mit den Händen vor seinem Gesicht herum, was ihn jedoch nicht sonderlich zu beeindrucken schien.

»Und hör auf, mich immer Meisterin zu nennen«, setzte ich hinterher. »Was sollen denn meine Mitschüler von mir denken? Und hatte ich dir nicht gesagt, du sollst verschwinden?«

Sein charmantes Lächeln brachte mich etwas aus dem Konzept und das Funkeln in seinen Augen zog mich in seinen Bann. Wieso lächelte der jetzt? Und überhaupt … was hatte ich eigentlich noch sagen wollen?

Irgendwie fühlte sich mein Kopf so leer an, als hätte jemand die Luft aus einem Ballon gelassen. Nervös rückte ich meine Brille zurecht.

Mir war das hier in dieser engen Kammer gerade einfach zu nah. Der Besenstiel bohrte sich weiterhin unangenehm in meinen Rücken und der Geruch von Putzzeug drang in meine Nase.

Etwas ungeschickt tasteten meine Hände nach dem Türgriff, während Dalans Blick noch immer so eindringlich auf mir lag, dass mir unwillkürlich heiß wurde.

Dalan stand mir mittlerweile so dicht gegenüber, dass ich im Licht der flackernden Glühbirne feine goldene Sprenkel in seinen Augen erkennen konnte. Ich schluckte, doch zum Glück fanden meine Hände genau in dem Moment die Klinke. Noch bevor Dalan eine Chance hatte zu reagieren, flitzte ich unter seinem Arm hindurch. Dann stieß ich die Tür auf und lief eiligen Schrittes den Gang hinunter, als hätte ich einen Geist gesehen.

Ich bog scharf um die Ecke, steuerte geradewegs auf eine ganz bestimmte Tür zu und ließ sie erleichtert hinter mir ins Schloss fallen. In die Mädchentoilette würde er mir hoffentlich nicht folgen.

Trotzdem lehnte ich mich sicherheitshalber mit meinem ganzen Gewicht gegen die Tür und atmete tief aus. Zum Glück war außer mir niemand hier. Die Kabinen standen alle offen.

Ich schloss die Augen. Wenn ich mir nur lange genug vorstellte, dass Dalan verschwand, würde es vielleicht funktionieren. Für meine Mitschüler war ich ohnehin schon das graue Mauerblümchen, da brauchte ich bestimmt nicht auch noch einen Flaschengeist zur Belustigung aller an meiner Seite.

Als ich schließlich meine Augen wieder öffnete … schrie ich auf. Und hatte gerade das sichere Gefühl, ein Déjà-vu zu haben. Allerdings mit einem kleinen, aber feinen Unterschied: Dalan stand nicht vor mir, sondern er schwebte. Und er hatte auch keine Beine mehr.

Sein Rumpf ging in nebelartige Fäden über, die um Dalans Körper aufstiegen. Irritiert betrachtete ich den langen Rattenschwanz aus Rauch, den er hinter sich herzog. Dalan hatte die Arme vor der Brust verschränkt und blickte, einen halben Meter über dem Boden schwebend, auf mich herab. Ziemlich herablassend, nebenbei gesagt.

»Was machst du da?«, fragte ich entgeistert.

»Das ist nur eine der Nebenwirkungen meines Daseins als Flaschengeist. Ich kann mich unsichtbar machen und zu jeder Zeit wieder auftauchen. Es ist daher sinnlos, zu versuchen, einen Flaschengeist auszutricksen«, belehrte er mich mit einem besserwisserischen Unterton in der Stimme. »Übrigens: Ich muss sagen, Meisterin, die Idee mit dem Klebeband war schlau, aber nicht schlau genug. Solche Kleinigkeiten halten mich nicht auf, ebenso wenig wie Wände oder Türen. In meiner metaphysischen Erscheinung kann ich überall hindurchgleiten. Na gut, mal abgesehen von Hindernissen, die sich unterirdisch befinden. In solchen Räumen sind meine Kräfte geschwächt.« Dalan legte seinen Kopf schief und grinste breit.

»Metaphysisch?«, fragte ich. Ich hatte das Gefühl, er würde chinesisch mit mir reden, denn genauso unverständlich klangen seine Worte in meinen Ohren.

»Übersetzt es einfach mit übernatürlich«, klärte Dalan mich huldvoll auf. »Mit metaphysisch ist meine unsichtbare Gestalt gemeint.«

Noch immer starrte ich ihn mit offenem Mund an.

»Schon beeindruckend, was?«, fragte Dalan und lächelte überlegen, während er den Rauch um sich herum betrachtete.

»Das hier ist die Mädchentoilette!«, kreischte ich, da mir in dem Moment nichts Besseres einfiel. Ich wollte nur, dass er verschwand!

»Ja und? Seht Ihr vielleicht jemanden hier?« Dalan deutete auf die offenen Toilettenkabinen und schwebte Richtung Tür.

»Aber es hätte jemand da sein können«, widersprach ich wütend. »Was ist, wenn dich einer meiner Mitschüler in deinem jetzigen Zustand gesehen hätte? Zumal das hier eine *Mädchentoilette* ist.«

»Es ist doch aber niemand hier außer Euch. Also verstehe ich Eure Aufregung nicht, Meisterin.«

Ich musste mich stark zusammenreißen, nicht loszuschreien oder vor lauter Wut mit dem Fuß aufzustampfen. Argh! So begriffsstutzig konnte man doch nicht sein, selbst wenn der Typ aus Timbuktu stammte!

Ich stieß ein Schnauben aus. »Zumindest weiß ich jetzt, woher der Name Quälgeist kommt!«

»Meisterin, wenn Ihr mir gestattet, das zu sagen, aber Ihr seht wirklich reizend aus, wenn Ihr so erbost seid.« Ein höchst amüsiertes Grinsen legte sich auf sein Gesicht. In seiner Stimme schwang ein Glucksen mit und seine Augen funkelten belustigt.

Jetzt reichte es mir aber. Er ärgerte mich doch mit purer Absicht.

Ohne ihn noch eines Blickes zu würdigen, zog ich die Tür auf und donnerte sie nach hinten. Jeder normale Mensch hätte ein schmerzendes »Au!« von sich gegeben, wenn ihm eine Tür gegen den Kopf geknallt wurde.

Doch an der Stelle, wo eben noch Dalan geschwebt hatte, zogen sich nur noch einsame Rauchschwaden durch die Luft, die sich schließlich komplett auflösten.

Verwirrt sah ich von dem verlassenen Schulkorridor wieder in die Toilette. Dalan war verschwunden.

Auf dem Rückweg drehte ich mich immer wieder um, in der Annahme, Dalan würde irgendwo unsichtbar hinter mir schweben. Ich wusste nicht, ob es ein gutes Zeichen war, dass er noch nicht wieder aufgetaucht war. So ganz traute ich der Ruhe nicht.

Langsam wurde ich wirklich verrückt.

Als Mama mich zu Hause jedoch mit einer Lasagne, gerade frisch aus dem Ofen, empfing, versuchte ich die seltsamen Ereignisse in der Schule und die Erinnerung an einen gewissen Flaschengeist zu verdrängen.

Seufzend ließ ich mich auf den Stuhl gleiten. Mama erzählte mir während des Essens von ihrem Tag auf der Arbeit und ärgerte sich über eine Kundin, die sie im Blumenladen mit allen möglichen Extrawünschen auf Trab gehalten hatte. Ich hörte ihr schweigend zu und nickte hin und wieder, bis mich ein Satz aufhorchen ließ.

»Sag mal, riechst du das auch? Diesen Orangenduft?« Meine Mutter reckte die Nase.

Oh Gott. Nicht das auch noch.

Hastig sprang ich vom Stuhl auf. »Ja, ich hab da mal so ein neues Raumspray ausprobiert … ist aber doch etwas extrem, findest du nicht auch?« Ich riss das Fenster auf und versuchte, den süßlichen Geruch mit hektischen Bewegungen nach draußen zu wedeln.

Unsere Nachbarin von gegenüber stand zusammen mit ihrem Rauhaardackel im Garten und beobachtete irritiert mein Rumgehampel.

Ich winkte. »Hallo, Frau Wannemüller«, zwitscherte ich und lächelte übertrieben freundlich. Die alte Frau sah mich verstört an. Einschließlich ihrer hässlichen Gartenzwerge, von denen ich mich sowieso immer beobachtet fühlte.

Ich versuchte mich noch einmal an einem überzeugenden Lächeln und schloss das Fenster schließlich wieder. Innerlich total kribbelig ließ ich mich auf meinen Stuhl plumpsen.

Meine Mutter runzelte die Stirn.

»Hmm, also mir gefällt der Duft … riecht irgendwie so exotisch.«

Nervös sah ich mich in alle Richtungen um. Ob sich Dalan hier irgendwo versteckte?

»Jasmin, ist alles in Ordnung? Du bist so unruhig«, stellte meine Mutter fest, als es an der Tür klingelte.

Überrascht sahen wir uns an.

»Nanu«, wunderte sich meine Mutter und warf einen Blick auf ihre Armbanduhr. »Wer kann das noch sein?«, fragte sie. »Bernd und ich waren doch gar nicht verabredet.«

Ich zuckte mit den Achseln.

Meine Mutter schob ihren Stuhl mit einem schabenden Geräusch nach hinten und verschwand im Flur. Kurz darauf ertönte eine männliche Stimme, die jedoch so leise sprach, dass ich nichts verstehen konnte. Neugierig spitzte ich die Ohren.

Die Tür zur Küche öffnete sich und herein kam …

Mir klappte die Kinnlade nach unten.

»Jasmin, du hast mir ja gar nicht erzählt, dass du jemand so Nettes kennengelernt hast«, kam es gleich darauf ganz verzückt von meiner Mutter.

»Hey, Jasmin«, begrüßte mich die Halluzination vor mir und zwinkerte mir jetzt auch noch zu. War das denn zu fassen?

Mir fehlten die Worte.

»Dalan, nimm doch Platz. Möchtest du etwas trinken?«, fragte meine Mutter, woraufhin ich sie wie ein Alien anstarrte.

Wenig später saßen wir zu dritt versammelt an dem Küchentisch. Meine Mutter schien Dalan gedanklich quasi schon unter Schwiegersohn vermerkt zu haben, da sie überhaupt nicht mehr damit aufhören konnte, bei jedem seiner Worte zu nicken. Sie reagierte nicht mal auf seine merkwürdige Erscheinung, denn die Pumphose und das Baumwollshirt trug er noch immer. Immerhin hatte er jetzt gebogene Schlappen an den Füßen, anstatt den ganzen Tag barfuß zu gehen.

»Wo kommst du denn her?«, fragte meine Mutter ihn neugierig und schenkte ihm O-Saft ein.

»Ich komme aus A…«

»Andalusien«, fiel ich ihm schnell ins Wort und setzte noch ein knappes »Austauschschuler aus Spanien« hinterher. Dalan sah mich irritiert an.

»Wie spannend. Ich wollte ja auch immer mal bei einem Schüleraustausch mitgemacht haben.« Meine Mutter lächelte begeistert. »Wie ist es denn so in Andalusien?«

»Ähm …« Das war das erste Mal, dass ich Dalan sprachlos erlebte. Jetzt war ich diejenige, die ihn charmant angrinste. Meine Freude währte jedoch nur kurz, da Dalan schließlich in perfektem und akzentfreiem Spanisch antwortete. Und wieder stand mir der Mund offen. So langsam wurde das zum Dauerzustand. Das konnte doch wohl nicht sein?

»Ich hätte gar nicht gedacht, dass du aus Spanien kommst. Deine Kleidung sieht so … wie soll ich sagen, exotisch aus. Als hättest du orientalische Wurzeln.« Meine Mutter runzelte die Stirn.

»Das höre ich öfter«, sagte Dalan und lächelte sie strahlend an. »Ich stamme auch aus einer maurischen Familie.« Er nahm einen Schluck vom O-Saft und warf mir über den Rand seines Glases einen verschmitzten Blick zu.

Missmutig starrte ich zurück und nahm ebenfalls einen Schluck von meinem Tee. Dabei verbrannte ich mir jedoch die Zunge und verschluckte mich vor Schreck, sodass ich zu husten begann.

Dalan sprang von seinem Stuhl auf und klopfte mir auf den Rücken.

»Danke, geht schon«, murrte ich, woraufhin sich Dalan wieder setzte.

Und dann tischte er meiner Mutter eine Geschichte auf, dass mir Hören und Sehen verging. Merkte sie denn gar nicht, dass dieser dreiste Kerl sie anlog?

»… und leider kümmert sich meine Gastfamilie kein bisschen um mich«, drangen Dalans Worte gerade wie durch Watte an mein Ohr. Währenddessen spielte ich an dem Docht der Kerze vor mir auf dem Tisch und überlegte, wie ich mich schnellstmöglich aus dieser Situation befreien könnte.

Und überhaupt: Woher besaß Dalan plötzlich diese lockere Sprache, wo er mir gegenüber doch immer so hochtrabend redete, als würde er dem Kaiser von China höchstpersönlich gegenüberstehen? Unsere Gepflogenheiten schienen ihm gar nicht so fremd zu sein … Ob er die während all der Jahre in seiner Lampe genauer studiert hatte? Er konnte die Menschen zwar nicht sehen, aber immerhin hören … »Wie können solch fürchterliche Menschen einen Austauschschüler aufnehmen und ihn dann so schlecht behandeln?« Meine Mutter schüttelte ungläubig den Kopf.

Ich sah, wie bei ihr schon wieder die Muttergefühle übersprudelten. Es hätte bestimmt nicht mehr viel gefehlt und sie hätte ihn wie ein Kleinkind an ihren Busen gedrückt.

»Och Mensch, das ist ja wirklich nicht schön«, sagte Mama. Auf ihrem Gesicht spiegelte sich Fassungslosigkeit wider. Wütend funkelte ich Dalan an. *Was soll das werden?,* versuchte ich lautlos mit den Lippen zu formen. Doch Dalan war viel zu sehr damit beschäftigt, sein durchtriebenes Spielchen fortzusetzen. Warum war ich vorhin nicht einfach so schlau gewesen und hatte meiner Mutter gesagt, dass er ein Fremder war, der mir die ganze Zeit hinterherlief? Dalans Auftauchen an unserer Haustür hatte mich jedoch dermaßen überrumpelt, dass ich nicht einmal an eine solche Erklärung gedacht hatte. Und jetzt war es leider zu spät, um aus der ganzen Sache noch rauszukommen.

Dalan ließ gespielt traurig den Kopf hängen. »Ich bin vorher auf Jasmins Nachbarschule gegangen, aber unter den Umständen muss ich jetzt wahrscheinlich nach Agr… Andalusien zurück«, korrigierte er sich im letzten Moment und schüttelte hoffnungslos den Kopf. Es folgte ein tiefes Seufzen.

Meine Mutter runzelte die Stirn und schien über etwas nachzudenken.

»Und was wäre, wenn du eine Zeit lang bei uns bleiben würdest, Dalan?«, kamen die Worte zögerlich aus Mamas Mund. Noch im gleichen Moment warf meine Mutter mir einen vergewissernden Blick zu. »Jasmin, was meinst du?«

Ich musste mich wohl verhört haben. Mein Kopf schoss in die Höhe.

»Wie bitte?«, fragte ich mit schriller Stimme.

Mama wirkte angesichts meiner heftigen Reaktion etwas verunsichert und zuckte mit den Schultern.

»Na ja, das Haus ist so groß und wir haben wirklich viel Platz«, setzte sie an. »Und Dalan hatte erwähnt, ihr würdet euch gut verstehen, oder etwa nicht?«

In dem Moment hätte ich Dalan erwürgen können. Wenn Blicke töten könnten, dann wäre von Dalan jetzt nicht mehr als ein Staubkorn übrig. Er sah mich jedoch vollkommen unschuldig an und ließ sich nichts anmerken.

»So, hat er das?«, gab ich spitz von mir. »Dann muss es wohl stimmen.«

Meine Mutter beugte sich zu mir herüber und strich mir über den Arm. »Jasmin, ist alles in Ordnung? Du bist die ganze Zeit über schon so still und sagst nichts. Ich treffe diese Entscheidung nur mit dir zusammen. Schau mal, was hältst du davon, wenn wir das Ganze erst mal auf Probe machen?«

Meine Mutter war schon immer sehr offenherzig gewesen. Sie gab jedem eine Chance, denn sie versuchte in einer Person schlichtweg das Gute zu sehen. Sie war der aufgeschlossenste Mensch, den ich kannte. Ich hatte diese Eigenschaft immer an ihr bewundert, doch in diesem Moment hätte ich mir gewünscht, dass sie gegenüber Dalan etwas mehr Misstrauen an den Tag gelegt hätte. Sie kannte ihn doch gar nicht.

Mir war bewusst, dass Mama dachte, dass sie mir damit eine Freude machen könnte, weil ich nie Freunde mit nach Hause brachte. Doch leider hatte sie mit dieser Ansicht weit verfehlt.

Ich gab ein Brummen von mir, das Mama wohl als Zustimmung deutete, denn sie begann zu strahlen.

»Dalan, was sagst du dazu? Hättest du Lust, bei uns zu wohnen?«

Ich warf Dalan einen eindeutigen Blick zu und versuchte, ihm durch Telepathie zu vermitteln, dass er ablehnen sollte.

Er nahm es jedoch nicht wahr, oder – was in diesem Fall viel wahrscheinlicher war – ignorierte es schlichtweg.

»Das wäre mir eine Ehre«, antwortete er hoheitsvoll. In dem Moment hätte ich ihm unter dem Tisch am liebsten einmal ordentlich gegen das Schienbein getreten.

Mama winkte ab. »Jetzt machst du mich aber verlegen. Dass es heutzutage überhaupt noch junge Männer mit solch gepflegten Manieren gibt.«

Bitte lass mich einfach nur im falschen Film sein, schoss es mir durch den Kopf. Und dass diese Unterhaltung gleich ein Ende hatte.

»Wir haben leider kein Gästezimmer, Dalan, aber vielleicht könntest du einfach auf Jasmins Sofa schlafen. Wäre das in Ordnung? Ich muss mir in der Hinsicht doch hoffentlich keine Gedanken machen, wenn ich dich schon im Zimmer meiner Tochter schlafen lasse?« Meine Mutter musterte Dalan prüfend.

Dalan schüttelte den Kopf. »Seien Sie unbesorgt, Frau Winterberg. Ich käme niemals auf die Idee, Ihre Tochter in Verlegenheit zu bringen. Bei uns zu Hause behandelt man Frauen mit Anstand und Respekt.«

»Also gut.« Meine Mutter nickte zustimmend. »Und nenn mich bitte Melanie oder einfach Melli, Frau Winterberg klingt so förmlich.«

Dalan wandte mir sein Gesicht zu und grinste unverschämt. Ich fühlte das Blut in meinen Adern kochen.

Im Geiste sah ich ihn und meine Mutter schon gemeinsam und vertraut am Herd stehen und irgendwelche exotischen Gerichte zubereiten. Ich musste mich zusammenreißen, dass mir nicht alle Gesichtszüge entgleisten.

»Und was ist mit der Schule? Das muss ja auch erst mal besprochen werden …«, versuchte ich es ein letztes Mal lahm, doch an dem begeisterten Funkeln in Mamas Augen erkannte ich schon, dass meine Meinung hier gerade niemanden interessierte.

»Ich rufe gleich mal im Rektorat deiner Schule an und bespreche das mit Herrn Maibaum. Der wird da sicherlich Verständnis für haben«, winkte sie ab. »Dalan, gibst du mir noch deine Papiere, damit ich diese dem Direktor notfalls schon mal faxen kann? Und du solltest deine restlichen Sachen bei deiner Gastfamilie abholen.«

Ich ließ meinen Kopf auf die Tischplatte sinken. Dass Dalan bei uns einzog, war beschlossene Sache.

Sobald ich meine Zimmertür endlich hinter Dalan und mir geschlossen hatte, warf ich ihm einen bitterbösen Blick zu.

»Du hast dich nicht an unsere Abmachung gehalten«, zischte ich.

Dalan sah mich unschuldig aus seinen schwarzen Augen an.

»Wieso? Genau genommen war es keine Abmachung, sondern ein Befehl von Euch, dem ich nicht zugestimmt habe«, erwiderte er. »Und da Ihr es nicht als direkten Wunsch ausgesprochen habt, musste ich diesem nicht Gehorsam leisten. Womit wir wieder bei meinem eigentlichen Anliegen wären: Ihr habt noch drei Wünsche frei.«

Ich stemmte meine Hände in die Hüften. »Also gut«, erwiderte ich schnippisch. »Dann wünsche ich mir eben, dass du zurück in deine …«

»Bitte, Meisterin, habt Erbarmen und verbannt mich nicht zurück in die Lampe«, unterbrach mich Dalan flehend, sein Gesicht war ganz blass geworden. Von der anfänglichen Großspurigkeit war nichts mehr zu erkennen.

Sosehr ich mich gerade selbst darüber ärgerte, aber ich brachte es einfach nicht übers Herz, ihn wegzuschicken. Fast verspürte ich so etwas wie Mitleid in mir aufsteigen.

Ein tiefes Seufzen verließ meine Lippen. »Na schön«, murrte ich wenig begeistert.

Dalan sah mich freudestrahlend an. »Ihr werdet es nicht bereuen, Meisterin.«

Ich bedachte ihn mit einem skeptischen Blick. Warnend hielt ich meinen Zeigefinger in die Luft.

»Und nur damit wir uns verstehen … Du wirst dich in diesem Haus anpassen. Ich würde nämlich gerne vermeiden, dass meine Mutter dich irgendwann in deiner halb unsichtbaren –entschuldige, ich meinte *metaphysischen* – Erscheinung zu Gesicht bekommt und einen Herzinfarkt erleidet.«

»Ihr habt mein Wort, Meisterin«, versprach Dalan feierlich.

Ich rollte mit den Augen. »Und wo wir gerade dabei sind: Könntest du bitte aufhören, so geschwollen zu reden? Man könnte meinen, du hättest zu viel Shakespeare gelesen«, murmelte ich.

Zu meiner eigenen Überraschung bekam ich darauf keine Widerworte. Ich blickte auf. Dalans Nasenspitze war von einem verräterischen Rotton überzogen.

»Ernsthaft jetzt?«, fragte ich.

Mit blitzenden Augen verschränkte Dalan seine Arme vor der Brust.

»In einer Lampe hat man sehr viel Zeit«, verteidigte er sich und zog einen Schmollmund. »Und da wo ich herkomme, in Agrabah, pflegt man einen anderen Umgangston. Aber bitte, dann lassen wir die Förmlichkeiten eben beiseite. Wie ich schon mitbekommen habe, spricht man sich in eurer Zeit wohl allgegenwärtig mit Du an.«

Es entstand eine kurze Pause.

»Welche Papiere willst du meiner Mutter jetzt eigentlich in die Hand drücken?«, hakte ich misstrauisch nach. »Kannst du jetzt auch noch Ausweise fälschen?«

»Sagen wir mal so …«, Dalan schnipste mit den Fingern, »ich habe ein wenig meine Djinn-Kraft spielen lassen und möglicherweise ein paar Angaben in den Papieren vertauscht. Ab heute bin ich Dalan, neunzehn Jahre alt, geboren am 21.03.1997 in Málaga. Ein ganz normaler Junge eben, der für einen Schüleraustausch nach Deutschland gekommen ist.«

Und plötzlich erschien wieder dieses breite Grinsen auf seinem Gesicht, das mir nicht ganz geheuer war.

Geistesgegenwärtig wischte er mit seinem Zeigefinger über meine Kommode und rümpfte die Nase. »Hier müsste übrigens mal wieder geputzt werden.«

Auf was hatte ich mich da bloß eingelassen?

Ich drehte mich unruhig von einer Seite auf die andere, weil ich einfach keinen Schlaf finden konnte. Es war so unfassbar heiß im Zimmer. Für Anfang April waren die Temperaturen sowieso ungewöhnlich hoch. Hoffentlich würde der Sommer dagegen nicht wieder so kalt und regnerisch werden. Der Mond stand rund am Himmel. Ob da wirklich was dran war, dass man bei Vollmond nicht schlafen konnte? Normalerweise glaubte ich nicht an so etwas. Genauso wenig wie an Tante Doris' Spinnereien. Andererseits hatte ich auch nicht damit gerechnet, plötzlich einem Flaschengeist gegenüberzustehen.

Apropos Flaschengeist: Ich griff nach meinem Handy und hatte schnell die entscheidenden Buchstaben bei Google Maps eingetippt. Erdkunde zählte nicht unbedingt zu meinen Stärken. Wie gut, dass einem das Internet in solchen Fällen schnell weiterhelfen konnte.

Kein Treffer. Merkwürdig. Die Suchnadel hing über der Weltkugel und bewegte sich keinen Millimeter.

Ich versuchte es noch einmal, doch es konnte noch immer kein Ort gefunden werden. Wenn nicht mal Google Maps wusste, wo dieses sagenumwobene Agrabah lag, woher sollte ich das dann wissen?

Also wechselte ich auf Google direkt, in der Hoffnung, hier etwas finden zu können. Doch auch da bekam ich ständig nur Disneys ›Aladdin und die Wunderlampe‹ angezeigt. Frustriert legte ich mein Handy beiseite.

»Sag mal, wo liegt eigentlich dieses Agrabah?«, fragte ich in die Stille hinein. Nur das Zirpen der Grillen von draußen war durch das geöffnete Fenster zu hören. Eine laue Brise wehte herein und strich über meine nackten Arme.

»Weit weg. Am Persischen Golf«, ertönte es seufzend aus der Dunkelheit. Anscheinend konnte Dalan auch nicht schlafen.

Ich drehte meinen Kopf in die Richtung, aus der die Stimme gekommen war, doch ich konnte nur ein paar schattenhafte Umrisse ausmachen.

Kurzerhand schaltete ich meine Nachttischlampe ein, lief zu meinem Schreibtisch und griff nach dem kleinen Globus, der darauf stand. Mit der Weltkugel im Handformat setzte ich mich neben Dalan auf das kleine Sofa. Zum Glück trug ich ein schlabbriges T-Shirt und eine Jogginghose, anstatt meines Snoopy-Schlafanzugs.

»Kannst du es mir zeigen?«, fragte ich, nun doch ein wenig neugierig geworden.

Dalan blinzelte irritiert, nickte jedoch und richtete sich auf, wodurch seine Bettdecke ein Stück nach unten rutschte.

Mir war nicht bewusst gewesen, dass er oberkörperfrei schlief. Etwas abgelenkt starrte ich auf seine nackte Brust. Seine bronzefarbene Haut sah so perfekt aus, als wäre Dalan geradewegs einem Modekatalog entsprungen. Als mir auffiel, dass ich meinen Blick noch immer nicht von ihm abgewandt hatte, drehte ich meinen Kopf hastig zur Seite und rückte von ihm ab.

Er drehte den Globus und deutete auf einen Fleck oberhalb Saudi-Arabiens. »Hier, da liegt Agrabah.«

Ich runzelte die Stirn. »Da steht nichts von Agrabah. Da liegen die Vereinigten Arabischen Emirate.«

»Das kann nicht sein.« Dalan griff nach dem Globus und studierte eingehend die Karte darauf. Seine Augen nahmen einen traurigen Schimmer an.

»Agrabah wurde durch den neuen Herrscher immer weiter zerstört, aber ich hätte nicht gedacht …« Er brach ab und schluckte. »Ich hätte nicht gedacht, dass Agrabah irgendwann einfach aufhören würde zu existieren. Auch nicht in der Zukunft.«

»Ich glaube nicht, dass deine Heimat einfach aufgehört hat zu existieren. Vielleicht haben Sie es einfach nur …«, ich ruderte hilflos mit den Händen und suchte nach den richtigen Worten, »… umbenannt und zu etwas Größerem aufgebaut. Soweit ich weiß, gibt es die Emirate noch nicht so lange.«

Dalan ließ seinen Kopf hängen und sah so bedrückt aus, dass ich mit ihm fühlte. Wieso hatte ich dieses Thema überhaupt angesprochen? Er musste sich furchtbar fühlen. Was war, wenn es seine eigentliche Heimat in dem Sinne tatsächlich nicht mehr gab?

»Bin gleich wieder da«, meinte ich und sprintete hinunter in die Küche. Nach wenigen Minuten kehrte ich mit zwei voll beladenen Schüsseln Eis zurück in mein Zimmer und drückte eine davon Dalan in die Hand.

»Das lindert den Kummer«, versprach ich und setzte mich im Schneidersitz auf mein Bett.

Dalan blickte skeptisch auf das Eis in seiner Hand. »Bist du dir da sicher? Was ist das überhaupt?«

»Meine Spezialmischung.« Ich grinste. »Schokoladeneis mit Krokant, Sahne und einem Schuss Orangenlikör.«

»Ist das jetzt so eine Art Bestechung? Damit ich dir noch mehr Wünsche erfülle?« Misstrauisch betrachtete Dalan mich.

Ich lachte. »Vertrau mir einfach.«

Schweigend löffelten wir beide unser Eis. So schlecht konnte es Dalan nicht schmecken, da ich den Ansatz eines Lächelns auf seinen Lippen bemerkte.

»Sag mal, wie kommt das eigentlich, dass du unsere Sprache sprechen kannst?«, fragte ich irgendwann. Eigentlich hatte ich Dalan diese Frage schon viel eher stellen wollen, doch irgendwie war immer etwas dazwischengekommen.

Dalan stellte für einen Moment sein Eis beiseite.

»Händler aus aller Welt haben mich mitgenommen, über alle Ozeane, und die Wunderlampe auf den Märkten feilgeboten. Dadurch bin ich unweigerlich in Kontakt mit vielen verschiedenen Sprachen gekommen. Wenngleich ich sie auch nur hören konnte und nie wirklich etwas von diesen Ländern gesehen habe. Ein Djinn beherrscht jede Sprache perfekt, ohne dafür gelernt haben zu müssen. Vermutlich, um Sprachbarrieren zu vermeiden. Ich habe das nie groß hinterfragt. Aber es ist schon praktisch, als Flaschengeist jeder Sprache mächtig zu sein.«

Nachdenklich ließ ich mir Dalans Worte durch den Kopf gehen.

Es gab so viele aus meinem Jahrgang, die nach dem Abitur ins Ausland gehen wollten. Die Welt entdecken, verschiedene Kontinente bereisen und etwas Neues erleben.

Dalan war vermutlich schon auf jedem Kontinent gewesen, hatte eine Weltreise unternommen und doch nichts gesehen. Das brachte mich ins Grübeln, weil ich mir selbst die Frage stellte, wie mein Leben in ein paar Jahren wohl aussehen würde.

Wir saßen noch eine ganze Weile so da, bis die Nacht schließlich zum Tag und das Zimmer von warmem Sonnenlicht durchflutet wurde.

5. KAPITEL

Irgendwann musste ich doch noch eingenickt sein, denn als ich das nächste Mal meine Augen öffnete, stand Dalan bereits mit blendend guter Laune vor meinem großen Schrankspiegel. »Du hast einen Bart«, begrüßte er mich.

»Was?« Kurz darauf saß ich kerzengerade in meinem Bett. Dalan war jetzt immerhin so freundlich, seinen Blick für fünf Sekunden vom Spiegel zu trennen und sich zu mir umzudrehen.

»Guten Morgen, Meisterin. Und übrigens war das mit dem Bart nicht wortwörtlich gemeint. Ich hatte damit lediglich auf die letzten Spuren des Schokoeises an deinem Mund hinweisen wollen.«

Ich setzte meine Brille auf, griff nach dem kleinen Taschenspiegel auf meinem Nachtschrank und warf einen Blick hinein.

Dalan hatte recht. Da klebten noch verkrustete Schokokrümel an meinem Mund. Peinlich. Mit dem Handrücken wischte ich mir über die Lippen.

Ich hatte nun mal nicht häufig Männerbesuch. Oder um es noch deutlicher auszudrücken: gar nicht. An den Gedanken, dass Dalan nun wohl oder übel etwas länger bleiben würde, musste ich mich erst einmal gewöhnen.

»Dalan, was machst du da?«, fragte ich stirnrunzelnd, da dieser sich noch immer im Spiegel betrachtete. Hoffentlich hatte ich mir da nicht einen besonders eitlen Djinn angelacht. Er trug schon wieder sein Baumwollshirt und diese grässliche Pumphose.

»Kleidung für die Schule auswählen«, kam es prompt als Antwort zurück und meine Laune verschlechterte sich merklich. Ich konnte unmöglich einen Flaschengeist mit in die Schule nehmen. Das würde ein Desaster werden! Die würden ihn doch alle gleich in die nächste Klapsmühle einliefern lassen. Mich eingeschlossen.

Zum Glück hatte ich jedoch noch zwei Tage Zeit, mir bezüglich der Schule Gedanken zu machen, da heute Samstag war.

»Noch nicht das Richtige?«, fragte Dalan, woraufhin ich zaghaft den Kopf schüttelte und meine Brille zurechtrückte.

Er überlegte einen Moment, bis sich ein Strahlen auf sein Gesicht legte, als wäre ihm gerade die Erleuchtung schlechthin gekommen.

»Ich verstehe, es muss natürlich dem Anlass entsprechend sein.« Er nickte verständnisvoll, murmelte dann irgendetwas vor sich hin und plötzlich war ich in eine Dunstwolke gehüllt. Ich musste husten und kniff meine Augen zusammen, da sie zu brennen begannen. Der Orangenduft verströmende Nebel löste sich langsam auf und zum Vorschein kam … ach du liebes bisschen!

»Ist das dein Ernst?« Mit offenem Mund starrte ich Dalan an.

Zusätzlich zu seiner merkwürdigen Pumphose und dem weißen Baumwollhemd trug er jetzt noch einen beige-türkisfarbenen Turban auf dem Kopf. Dalan blinzelte, da ihm die Feder darauf immer wieder in die Augen fiel. Er pustete energisch, jedoch ohne Erfolg.

»Na, was sagst du … *pfff?*« Beifall heischend sah er mich an.

»Äh …« Mehr fiel mir in dem Moment nicht ein. Kritisch betrachtete ich das Monstrum auf seinem Kopf inklusive dem ganzen Klim-Bim daran. Meine gesamten Mitschüler hielten mich sowieso schon für den Loser schlechthin, aber wenn ich dort auch noch mit Dalan in *dem* Outfit auftauchte, konnte ich mir gleich ein Loch buddeln und mich darin bis zum Abitur verkriechen.

»Holst du gleich vielleicht auch noch deinen fliegenden Teppich hervor?« Die Frage kam spöttischer heraus als beabsichtigt.

Dalan sah mich von oben herab an. »Also bitte, werde nicht albern.«

Er wandte sich erneut dem Spiegel zu und betrachtete selbstbewusst sein Spiegelbild. »Optimal, würde ich sagen.« Erneut begann er zu pusten und schnauben, als er die Feder an seinem Turban in den Mund bekam. »Bis auf die Feder vielleicht.«

Ein unkontrolliertes Glucksen verließ meinen Mund, doch bei dem Anblick konnte ich einfach nicht anders. Diese ganze Situation war zu schräg.

»Was ist denn daran jetzt so lustig?« Dalan stemmte seine Hände in die Hüften. Sein empörtes Gesicht brachte mich noch stärker zum Lachen.

»Dalan … das ist vielleicht in deiner Welt und Zeit normal«, kicherte ich, »aber so läuft man hier höchstens an Karneval rum.«

Dalan verzog schmollend den Mund, ein eingeschnapptes »Püh« verließ seine Lippen. »Ich kann auch nichts dafür, dass ihr euch hier wie die letzten Kameltreiber kleidet. Hinterwäldler.«

Hochgradig beleidigt rauschte er aus dem Zimmer. Im wahrsten Sinne des Wortes, denn das Letzte, was ich von ihm zu sehen bekam, war eine Nebelwolke.

Selbst am nächsten Morgen war Dalan noch immer nicht wieder aus seiner Lampe hervorgekrochen. Anscheinend hatte ich ihn tatsächlich in seiner Ehre gekränkt. Meine Mutter fragte sich mit Sicherheit schon, wo er abgeblieben war.

Vorsichtig nahm ich die Wunderlampe in meine Hand und lugte durch die Öffnung. Den Tesafilm hatte ich mittlerweile entfernt. »Dalan?«, fragte ich.

Schweigen, keine Reaktion. Also versuchte ich es noch mal. »Dalan?« Nichts.

Ich pustete in die Lampe und jemand pustete zurück. Aha!

»Hallo-ho, jemand zu Hause?« Ich klopfte gegen das goldfarbene Metall.

»Au!«, kam es vorwurfsvoll aus der Lampe. »Davon bekomme ich Kopfschmerzen.« Ich lächelte. Er redete wieder mit mir.

»Dann kannst du ja jetzt rauskommen.«

»Ganz sicher nicht«, grummelte Dalan. Ich seufzte und verdrehte die Augen.

Wie beschwor man einen beleidigten Djinn? *Werter Flaschengeist, würden Sie bitte aus Ihrer Lampe kommen?*

»Eine Entschuldigung würde es auch tun«, ertönte es prompt, als hätte Dalan meine Gedanken erraten.

Ich holte Luft. »Dalan, es tut mir leid, wenn ich dich gekrankt habe, das war ganz sicher nicht meine Absicht.«

Wieder war es still.

Erneut verließ ein Seufzen meine Lippen. So langsam war ich mit meinem Latein am Ende, schließlich konnte ich ihn nicht gewaltsam aus der Wunderlampe zerren. Es musste doch irgendeine andere Möglichkeit geben …

Plötzlich kam mir die Idee. Ein diebisches Grinsen schlich sich auf mein Gesicht. Ich hatte es versucht, aber wenn er es so haben wollte, dann bitte. Ich konnte auch anders.

Leise flitzte ich hinunter in die Küche und durchwühlte Mamas Gewürzregal. Als ich fand, wonach ich gesucht hatte, lief ich damit zurück in mein Zimmer. Behutsam öffnete ich den Verschluss der kleinen Curry-Plastikdose. Wollen wir doch mal sehen, wie lange Dalan noch in seiner Lampe ausharrte … Das Grinsen wurde bei dem Gedanken an mein Vorhaben noch ein wenig breiter. Mir war vorher nicht bewusst gewesen, dass ich so eine diabolische Ader besaß.

Ich beugte mich über die Wunderlampe. Und pustete dann den Curry mit einem langen Atemzug in die kleine Öffnung hinein.

Ein lautes Niesen ertönte, Nebelschwaden drangen aus der Wunderlampe. Erneut wurde ich in den mir mittlerweile so vertrauten Geruch nach Orange eingehüllt.

Plötzlich verdichtete sich jedoch der Nebel und es stiegen dicke Rauchschwaden in die Luft. Oh Gott!

Entsetzt starrte ich auf die dunkle Wolke vor mir. Wo kam das denn jetzt her? Inzwischen roch es in meinem Zimmer auch nicht mehr nach Orangen, sondern nach Feuer. Dalan war kurz davor, das ganze Haus abzufackeln!

Völlig hysterisch rannte ich ins Bad, ließ einen Eimer mit Wasser volllaufen und hastete damit zurück in mein Zimmer.

Der Rauch über der Lampe war mittlerweile so dicht, dass ich husten musste. Ich hob meinen Arm, holte aus – und das Wasser landete direkt in Dalans Gesicht.

Die Haare klebten klitschnass auf seiner Stirn, Wassertropfen liefen sein Kinn hinab und tropften zu Boden. Sein weißes Baumwollhemd klebte an seiner Haut.

»Was sollte das denn jetzt?«, fragte er mich entgeistert.

Ich stemmte meine Hände in die Hüften. »Das frage ich dich! Wolltest du unser ganzes Haus in Brand setzen?«

Dalan zog ein zerknirschtes Gesicht. »Ich hatte meine Kräfte nicht so ganz unter Kontrolle …«

»Was du nicht sagst! Wäre ich nie draufgekommen«, erwiderte ich mit einem sarkastischen Unterton.

Dalans Augen blitzten auf. »Das lag nur daran, dass du Curry in meine Lampe gepustet hast. Das hat mein Djinn-Gleichgewicht durcheinandergebracht!

Und falls es dich interessiert, ich bin allergisch gegen Curry. Das dauert ewig, bis ich den Geruch aus der Lampe bekomme«, motzte er weiter und verschränkte seine Arme vor dem Bauch.

Irgendwie sah er ziemlich süß aus, wenn er so ein säuerliches Gesicht zog. Den Gedanken wischte ich allerdings schnell beiseite.

»Mein Gott, dann stell sie zum Lüften auf den Balkon«, entgegnete ich lapidar. »Hattest du wenigstens eine angenehme Nacht in der Lampe?« Liebreizend klimperte ich mit den Wimpern.

Dalans grimmiger Blick sprach Bände, was ich jedoch einfach überging.

»Wir haben heute was Besonderes vor. Es ist verkaufsoffener Sonntag in der Stadt.«

»Und das bedeutet jetzt was?«, fragte Dalan und sah mich verständnislos an.

»Das heißt, dass wir beide dir jetzt ein schulalltagstaugliches Outfit besorgen werden. Ohne irgendwelchen Hokuspokus.«

Als wir in dem großen Einkaufszentrum in der Stadt ankamen, war Dalans anfänglicher Trotz wie weggeblasen. Stattdessen ließ er seinen Blick wie ein aufgeregtes Kind von links nach rechts schweifen und blieb alle fünf Sekunden vor einem der Schaufenster stehen. Kaum hatte man ihn auch nur für einen winzigen Moment aus den Augen gelassen, so stand er schon vor dem nächsten Shop. Ich hatte das Gefühl, er war zu einem Flummi mutiert.

Besonders der riesige Süßwarenladen in der zweiten Etage hatte es ihm angetan. Umso mehr kostete es mich an Überredungskraft, ihn von da loszureißen. Und das funktionierte auch erst, nachdem ich ihm einen giftgrünen Lolli gekauft hatte.

Manchmal wurden uns durch Dalans gewöhnungsbedürftigen Look befremdliche Blicke zugeworfen, doch Dalan war dagegen so immun wie ich gegen die Sonne. Ich sah grundsätzlich das ganze Jahr über aus wie ein Käsekuchen.

Als wir nach einigen Umwegen endlich bei H&M ankamen, schaffte Dalan es innerhalb weniger Sekunden, eine der jungen Verkäuferinnen mit seinem Charme um den Finger zu wickeln. Es war unschwer zu erkennen, dass sie ihm schon jetzt hoffnungslos verfallen war.

Ich verdrehte die Augen.

Andererseits konnte uns die junge Dame wirklich gut beraten, sodass wir den Laden schon nach einer Stunde mit einem völlig neu eingekleideten Dalan in Jeans, weißem T-Shirt mit V-Ausschnitt, Lederjacke und dunkelblauen Sneaker verließen. Das Funkeln in Dalans Augen verriet, dass er mit der Kleidungsauswahl zufrieden war.

Als kleine *Belohnung* setzten wir uns hinterher noch mit einem Eis auf eine Bank und beobachteten vorbeigehende Passanten.

Dalan redete ohne Punkt und Komma. Er schien sich wirklich auf die Schule zu freuen. Ganz im Gegensatz zu mir, denn allein bei dem Gedanken an Marco und seine Freunde drehte sich mir schon wieder der Magen um. Würden sie mich jemals in Ruhe lassen?

Für einen Moment vergaß ich das Eis in meiner Hand, bis ich spürte, dass etwas Feuchtes meine Hand hinunterlief und auf meine Hose tropfte. Ich erwachte aus meiner Trance und besah mir den großen Schokoladenfleck auf meiner Jeans. So ein Mist! Hektisch versuchte ich ihn wegzurubbeln, doch dadurch wurde es noch schlimmer.

Dalan redete noch immer und bemerkte nicht, dass ich ihm nicht mehr zuhörte. Drei Mädchen liefen kichernd an uns vorbei. Im Gegensatz zu Dalan entgingen mir nicht ihre interessierten Gesichter und die Blicke, die sie Dalan zuwarfen. Das konnte er doch nicht übersehen?

Bei manchen Mädchen hatte ich schon die Befürchtung, ihnen könnten bei Dalans Anblick gleich die Augen rausfallen. Zugegeben, er war nicht gerade von der unscheinbaren Sorte, ganz im Gegensatz zu mir.

Nachdenklich betrachtete ich sein Profil. Ich würde lügen, wenn ich sagen würde, dass er nicht gut aussah.

Das markante Kinn, die hohen Wangenknochen, der ebenmäßige, karamellfarbene Teint und noch dazu die pechschwarzen Haare, die ihm in die Augen fielen. In die wirklich beeindruckenden Augen.

Dalan drehte sich plötzlich zu mir um. »Alles in Ordnung?« Ich fühlte mich ertappt und spürte, wie Hitze in mein Gesicht stieg.

»Da war nur … eine Fliege«, stotterte ich. »Ist aber schon weg.«

Hastig wandte ich meinen Blick ab und leckte schweigend weiter an meinem Eis.

6. KAPITEL

»Na, schon aufgeregt?«, fragte meine Mutter Dalan, als wir beide mit unseren Taschen das Haus verlassen wollten, um noch pünktlich den Schulbus zu erreichen. Mama hatte es tatsächlich geschafft, den Direktor davon zu überzeugen, Dalan für die restlichen Wochen bis zum Abitur in meinem Jahrgang als Austauschschüler aufzunehmen. Wenn meine Mutter etwas wirklich wollte, dann konnte sie sehr überzeugend und hartnäckig sein.

Dalan grinste. »Wird schon schiefgehen. Und wenn, dann habe ich ja immer noch Jasmin an meiner Seite.« Bei diesen Worten lächelte er mich an. Ich schluckte, da mich meine innere Anspannung fast umbrachte. Mir war schon richtig schlecht vor Sorge, wie der Tag wohl verlaufen würde.

»Ich wünsche euch beiden auf jeden Fall einen schönen Tag!« Meine Mutter griff nach ihrem Schlüssel, drückte mir einen hastigen Kuss auf die Stirn und strich Dalan noch einmal über den Arm.

Dann verschwand sie in ihrem Wagen, der mit quietschenden Reifen aus der Einfahrt fuhr.

Als Dalan und ich ebenfalls wenige Minuten später das Haus verließen und am Gartentor von Frau Wannemüller vorbeikamen, stand diese mit ihrem Dackel in ihrem Morgenmantel neben dem Briefkasten. Ihr gräuliches Haar hatte sie auf knallig bunte Lockenwickler gerollt.

»Ihr habt euch doch jetzt wohl nicht auch einen Flüchtling angeschafft?«, fragte Frau Wannemüller anstelle jeglicher Begrüßung und beäugte Dalan höchst misstrauisch von oben bis unten.

Ich verdrehte die Augen. Unsere Nachbarin hatte mir jetzt gerade noch gefehlt. Die Frau hatte einen an der Pfanne. Manchmal wurde ich das Gefühl nicht los, dass sie unter Verfolgungswahn litt. Und diese ständige Neugier … Selbst hinter jedem Kohlkopf witterte sie irgendeine neue Verschwörung.

Irgendwie tat sie mir aber auch leid. Seitdem ihr Mann vor ein paar Jahren verstorben war, lebte sie allein in dem großen Haus. Das machte bestimmt einsam.

So traurig sich das auch anhören mochte, aber ich glaube, ihr einziger Lebensinhalt bestand nur noch darin, sich um ihren Hund oder um ihren Garten zu kümmern.

Dalan sah mich noch immer irritiert an. Ich signalisierte ihm mit einem Kopfschütteln, dass er Frau Wannemüllers Gerede einfach ignorieren sollte.

Ich setzte ein möglichst strahlendes Lächeln auf. »Frau Wannemüller, Ihnen auch einen wunderschönen guten Morgen! Darf ich Ihnen Dalan vorstellen, unseren neuen Austauschschüler aus Andalusien?«

Diesmal kam mir die Lüge zum Glück leichter über die Lippen.

Dalan winkte fröhlich und verbeugte sich kurz.

»Hallo, Frau Wampenknüller, ich bin erfreut, Ihre Bekanntschaft zu machen.« Ich biss mir auf die Zunge und musste mich schwer zusammenreißen, nicht laut loszuprusten. Frau Wannemüller stand zur Abwechslung doch tatsächlich mal der Mund offen.

Bevor sich unsere Nachbarin von ihrem anfänglichen Schock erholen konnte, packte ich Dalan am Arm und warf Frau Wannemüller noch einen entschuldigenden Blick zu.

»Er ist ein wenig aufgeregt vor seinem ersten Schultag und noch nicht so gut mit der deutschen Sprache vertraut. Tja, wir müssen dann jetzt auch leider los, sonst verpassen wir unseren Bus …«

Und flugs zog ich Dalan mit mir um die nächste Ecke, bevor er noch mehr Unheil anrichten konnte. Dabei entgingen mir jedoch nicht Frau Wannemüllers letzte Worte.

»Unverschämt … Hast du gehört, wie der Junge mich eben genannt hat, Waldi? Die Jugend von heutzutage wird immer schlimmer!«

Im Bus kramte ich mein Notizbuch hervor und schrieb weiter an der Geschichte über Yara und Finn. Dabei hielt ich den kleinen Block absichtlich so zur Fensterseite, dass Dalan nichts lesen konnte.

»Woher weiß ich, dass ich dir vertrauen kann?«, fragte Yara.

Finn trat auf sie zu und strich ihr sanft über die Wange, die von der Kälte rosig war.

»Wäre ich sonst hier?«, entgegnete er und blickte in ihre kristallblauen Augen.

»Was machst du da?«

Ich zuckte zusammen und starrte Dalan an, der sich verdächtig weit über mich gebeugt hatte und versuchte, einen Blick auf meine Notizen zu erhaschen.

»Du bist ein verdammt neugieriger Flaschengeist«, knurrte ich – allerdings so leise, dass uns niemand verstehen konnte –, klappte mein kleines Büchlein energisch zu und stopfte es zurück in die Tiefen meines Rucksacks.

»Wird das ein Liebesbrief?«

»Was? Bist du verrückt? Nein!«, erwiderte ich impulsiv und fühlte, wie sich mein Gesicht vor Verlegenheit erhitzte.

Nervös fingerte ich an meiner Brille herum.

Dalan zuckte mit den Schultern. »Und was wird es dann?«

»Das geht dich nichts an.« Demonstrativ blickte ich aus dem Fenster, was Dalan jedoch keinesfalls davon abhielt, mich weiter zu nerven.

»Eine Geschichte?«, hakte er weiter nach.

Ich brummte lediglich, was Dalan als Zustimmung deutete.

»Das ist ja interessant.« Seine Augen blitzten auf.

»Verrätst du mir, worum es geht?«

»L-lieber nicht«, stotterte ich und presste den Rucksack enger an meinen Bauch. Ich war es nicht gewohnt, dass jemand mir gegenüber so viel Interesse zeigte.

»Tut mir leid, ich wollte dich nicht in Verlegenheit bringen.« Dalan lächelte mich entschuldigend an, woraufhin ich den Blick abwandte und an meiner Jacke herumfriemelte.

Bisher hatte ich niemandem etwas von meinen geschriebenen Sachen gezeigt. Meine Mutter wusste nicht einmal, dass ich schrieb. Es war nichts weiter als eine Leidenschaft. Und sie sollte weiterhin mein Geheimnis bleiben. Darüber mussten sich andere nicht auch noch das Maul zerreißen.

»Vielleicht magst du mir ja irgendwann mal etwas davon zeigen. Wenn du so weit bist.«

Ich nickte zaghaft, auch wenn ich mir nicht vorstellen konnte, dass ich Dalan in näherer Zukunft mein Notizheft unter die Nase halten würde.

Dalan gab sich siegessicher. »Irgendwann wirst du dich mir gegenüber schon öffnen, Orangenblüte! Vertrau mir. Meinem Charme kann auf Dauer keiner widerstehen«, meinte er im Brustton der Überzeugung.

Ich verdrehte die Augen und bedachte ihn mit einem genervten Blick, doch es war schwierig, Dalan böse zu sein. In meinem ganzen Leben hatte ich noch nie jemanden erlebt, der so viel Lebenslust versprühte. Es hatte etwas Ansteckendes.

»Warum nennst du mich eigentlich Orangenblüte?«, fragte ich irgendwann.

Dalan wandte mir sein Gesicht zu. Seine Augen funkelten.

»Hast du schon einmal die beeindruckende Orangenblüte im Frühling gesehen? Wenn das strahlende Weiß der Blüten und das goldene Orange der Früchte um die Wette leuchten?«

Ich überlegte einen Moment, schüttelte dann aber den Kopf. Klar kauften Mama und ich besonders zur Weihnachtszeit des Öfteren Orangen ein, aber ich glaubte, dass ich noch nie blühende Orangenbäume gesehen hatte.

Dalan lächelte wissend.

»Nur ein kleiner Teil der Blüten verwandelt sich in Orangen. Die meisten fallen nach dem Öffnen auf den Boden. Und von jenen Blüten, die am Baum bleiben, bilden auch nur wenige tatsächlich eine Frucht. Manche Blüten brauchen Zeit, um zu gedeihen und ihre Blätter der Sonne entgegenzustrecken. Doch sobald sie zu Orangen werden und ihre volle Farbenpracht entfalten, umso schöner und interessanter werden sie. Und genauso ist es mit manchen Menschen.«

»Worauf willst du hinaus?«, fragte ich. Was wollte Dalan mir damit sagen?

»Ich möchte dir mal eine Geschichte erzählen«, setzte Dalan an und wandte sich mir zu.

»Es war einmal ein Markthändler in Agrabah. Jeden Tag stand er mit seinen Orangen am Straßenrand und hoffte darauf, dass die anderen Einwohner sein Obst kauften.

An seinem Stand gab es zwei Kisten. In der einen lagen pralle und knallig leuchtende Orangen ohne jeglichen Makel. Und in der zweiten Kiste lagen solche Orangen, die vorher schon vom Baum gefallen waren und kleine Macken oder ein paar braune Stellen hatten.

Alle Menschen, die an dem Stand vorbeiliefen, entschieden sich für die perfekt aussehenden Orangen. Bis ein kleiner Junge kam und dem Mann eine weniger auffällige Orange aus der zweiten Kiste abkaufte.

Er pflanzte die Kerne der Orangen tief in den Sand ein. Und aus den Orangenkernen entwickelte sich mit der Zeit der prächtigste Orangenbaum, den Agrabah je gesehen hatte.«

Ich runzelte die Stirn. »Die Geschichte hast du dir doch gerade ausgedacht, oder?«

»Das ist nicht der springende Punkt, Jasmin. Was ich dir mit dieser Geschichte sagen will, ist: Hab keine Angst davor, anderen zu zeigen, wer du bist. Meist sind gerade die Menschen, die zunächst etwas unscheinbarer wirken, diejenigen, die am Ende am meisten leuchten und strahlen. Und eine Person mit Ecken und Kanten ist doch wesentlich interessanter als ein aufpoliertes Äußeres.«

Bei den letzten Worten warf er mir einen durchdringenden Blick zu und ich schaffte es nicht, seinem Blick standzuhalten.

Mit hitzigen Wangen starrte ich nach draußen und betrachtete die Landschaft, die an mir vorbeirauschte.

Wollte Dalan mir damit etwa sagen, dass ich mich trauen sollte, aus meinem Schneckenhaus herauszukommen?

Und wenn ja, wie sollte ich das anstellen?

»Du bist so still«, stellte Dalan neben mir fest, als wir aus dem Bus gestiegen waren und vor der Schule standen. »Habe ich vorhin etwas Falsches gesagt? Das wollte ich nicht.«

Wenn Dalan wüsste … Ich war schweißgebadet, doch er hatte keinen blassen Schimmer, was in mir vorging.

Nachdem er nämlich seine tiefschürfende Analyse über Orangenblüten im Allgemeinen und Orangenblüten im Speziellen beendet hatte, war er kurz darauf nach vorne in Richtung Busfahrer verschwunden.

Und zwar, um ihn darauf hinzuweisen, dass es doch viel umweltfreundlicher wäre, auf Kamelen zur Schule zu reiten.

Selbst jetzt spürte ich noch das Lachen der anderen Schüler in meinem Nacken, wohingegen Dalan das Ganze völlig kalt ließ.

Ich schreckte aus meinen Gedanken hoch und blickte meinen *Gastbruder* verwirrt an.

»Was hast du gesagt?«

Dalan grinste. »Ich habe heute noch keinen bissigen Kommentar von dir gehört, Meisterin. Sollte mir das zu denken geben?«

Mir war wirklich nicht nach Lachen zumute. Ich bezweifelte, dass es von meiner Mutter eine gute Idee gewesen war, Dalan als Austauschschüler an meiner Schule anzumelden. Ich sah das pure Chaos auf mich zusteuern.

Ich drehte mich zu Dalan um und sah ihn bittend an. »Keine weiteren Aktionen wie die im Bus eben, okay? Hier wird nicht auf Kamelen geritten. Wir leben im 21. Jahrhundert, da fährt man Auto. Und kein hochtrabendes Gerede mehr, sonst fällst du noch mehr auf als ohnehin schon.

Bitte versprich mir, dass du dich an unsere Abmachung hältst. Keiner darf bemerken, dass du«, ich hielt kurz inne und vergewisserte mich, dass uns auch niemand hören konnte, »ein *Flaschengeist* bist. Die anderen halten mich sowieso schon für …« Im letzten Moment schaffte ich es, mir auf die Zunge zu beißen.

Dalan war jedoch nicht entgangen, dass ich mich selbst unterbrochen hatte. Fragend sah er mich an. »Was ist mit den anderen? Wofür halten sie dich?«

»Ach, nichts«, antwortete ich schnell. »Halt dich einfach an unsere Abmachung, ja? Dann wird schon alles gut gehen.«

Dalan beäugte mich schweigend, nickte jedoch.

»Bevor wir gleich mit dem Unterricht beginnen, darf ich euch heute einen neuen Mitschüler vorstellen«, versuchte Herr Marx Ruhe in unseren Kurs zu bringen. Einige waren noch immer damit beschäftigt, an ihren Handys rumzuspielen oder sich die neuesten Ereignisse in einer Tonlage mitzuteilen, sodass es auch bloß keiner verpasste.

Ich sah, wie Nikki ihren Blick desinteressiert und nahezu wie in Zeitlupe hob und eine Kaugummiblase vor ihrem Mund zerplatzen ließ, als sie plötzlich innehielt. Sie stupste ihre Freundin Jenny an und mit einem Kopfnicken deutete sie auf Dalan.

Nervös rutschte ich auf meinem Stuhl hin und her.

Dalan stand vor der Klasse und ließ seinen Blick neugierig durch den Raum schweifen. Kaum zu glauben, dass er gestern noch in Pumphose, Baumwollshirt und Turban vor mir gestanden hatte. Doch in der neuen Lederjacke und mit dem schwarzen Rucksack auf dem Rücken sah er tatsächlich wie ein ganz normaler Austauschschüler aus. Würden auch die anderen ihn so wahrnehmen? Was war, wenn irgendjemand rausbekam, wer Dalan wirklich war? Den Gedanken wollte ich nicht einmal zu Ende spinnen, denn dann würden die letzten Tage bis zum Abitur zu einem einzigen Spießrutenlauf werden. Und das nicht nur für mich.

Die Stimme von Herrn Marx drang wieder an mein Ohr und übertönte das rege Geplapper meiner Mitschüler.

»Es freut mich sehr, dass Dalan im Zuge eines Austauschs für die restlichen Wochen bei uns sein und unter anderem diesen Kurs besuchen wird. Also tut mir den Gefallen und nehmt ihn in den ersten Wochen ein wenig unter eure Fittiche. Am Anfang ist es immer schwierig, so weit von zu Hause zu sein und sich den neuen Gegebenheiten anzupassen.«

»Oh là là, den nehme ich liebend gerne unter meine Fittiche«, hörte ich Nikki leise sagen, doch nicht leise genug. Ich verspürte ein unangenehmes Ziehen in der Magengegend. Natürlich wollte ich, dass meine Mitschüler Dalan akzeptierten und ihm nicht das Leben zur Hölle machten, wie sie es bei mir taten. Aber musste jetzt ausgerechnet Nikki ein Auge auf ihn geworfen haben?

Im Kursraum war es wieder lauter geworden, Gemurmel machte sich bemerkbar. »Ruhe bitte«, bat Herr Marx erneut und gab das Wort schließlich an Dalan weiter. »Dalan, vielleicht möchtest du einfach ein paar Sätze über dich selbst sagen?«

Auch die Jungs hatten mittlerweile ihre Aufmerksamkeit auf Dalan gerichtet. Marco sah alles andere als begeistert aus.

Dalan ließ sich davon jedoch keineswegs beirren oder bekam es schlichtweg nicht mit. Mit einem strahlenden Lächeln stellte er sich vor die versammelte Klasse und grinste breit.

»Hey, ich bin Dalan«, stellte er sich vor und hob zur Begrüßung kurz die Hand. »Wenn ihr was über mich wissen wollt, nur zu, fragt mich.«

»Darf man fragen, wo du herkommst?«, säuselte Nikki prompt. Angespannt hielt ich den Atem an, doch meine Sorge war zum Glück unbegründet, da Dalan in diesem Moment mit »Aus Andalusien« antwortete. Jedoch nicht, ohne mir vorher noch einen kurzen Blick zuzuwerfen.

Erleichtert atmete ich ein und aus. Glücklicherweise ließen die anderen das Thema auf sich beruhen und es kam auch keiner auf die Idee, Dalans Spanischkenntnisse auf die Probe zu stellen. Auch wenn Dalan als Flaschengeist anscheinend jede Sprache beherrschte, musste ich mein Glück nicht unbedingt herausfordern.

Trotzdem prasselten noch so einige Fragen auf ihn herab. Wie alt er wäre, ob er Geschwister hätte und so weiter.

»Aber wird dich deine Freundin in Spanien denn nicht vermissen?«, flötete Nikki. Ich verdrehte die Augen.

Dieser Tag hatte gerade erst angefangen und ich spürte jetzt schon, wie sich gigantische Kopfschmerzen bei mir anbahnten. Ich rieb mir über die Schläfen. Warum musste sich Nikki immer derart in den Mittelpunkt drängen? Zum Glück bereitete Herr Marx an dieser Stelle dem Ganzen ein Ende.

»Nike, ich glaube, damit greifst du dann doch ein bisschen zu weit in die Privatsphäre ein. Ich würde dich bitten, deine privaten Angelegenheiten auf später zu verschieben.«

Er deutete auf den leeren Platz neben mich. »Dalan, wie wäre es, wenn du dich einfach neben deine Gastschwester setzt? Dann kann sie dir schon mal zeigen, wo wir im Moment mit dem Unterrichtsstoff sind. Und nochmals ein herzliches Willkommen auch von mir. Schön, dass du da bist.«

»Was? Er ist bei *der* untergebracht?« Nikkis Kopf wirbelte zu mir herum. In der Klasse setzte erneut Getuschel ein und ich spürte die neugierigen, teils ungläubigen Blicke meiner Mitschüler auf mir.

Ich hasste es, so im Fokus der Aufmerksamkeit zu stehen. Dalan kam auf mich zu, seine Augen musterten mich einfühlsam. Als er sich neben mich gesetzt hatte, fühlte ich eine Hand, die sich unter dem Tisch vorsichtig auf die meine legte. Es sollte wohl beruhigend wirken, doch auf mich hatte es den gegensätzlichen Effekt und ich zog meine Hand fort. Stattdessen rutschte ich mit meinem Stuhl möglichst weit an den Rand des Tisches und war erleichtert, als es eine Stunde später endlich klingelte.

Auch in der Pause ließen meine Mitschüler (die in diesem Fall zu 99% aus Mädchen bestanden) nicht von Dalan ab. Sie umschwirrten ihn wie Motten das Licht.

Missmutig stand ich in der Ecke des Schulhofes und beobachtete den Tumult, während ich in meinen Apfel biss. Plötzlich stellte sich irgendjemand direkt neben mich. Beinahe hätte ich mich an dem Stück Obst in meinem Mund verschluckt, denn zu meiner eigenen Überraschung war es ausgerechnet Marco, der mir gerade Gesellschaft leistete.

»Da hat dich dein komischer neuer Freund ja schnell ausgetauscht«, meinte er mit einem seltsamen Unterton in der Stimme. Marco blickte zu den anderen hinüber und spielte mit der Cola-Dose in seiner Hand.

Seine Worte hinterließen einen bitteren Beigeschmack. In dem Moment reckte Dalan seinen Kopf, als würde er irgendjemanden suchen, doch da war Nike schon wieder an seiner Seite aufgetaucht und hakte sich bei ihm ein. Meine Laune wurde immer schlechter.

Marco warf seine Cola-Dose zu Boden und kickte sie einmal quer über den Schulhof. Die Dose hinterließ auf dem Asphalt ein äußerst unangenehmes Geräusch in meinen Ohren und ich verzog das Gesicht.

Was wollte Marco eigentlich von mir? Konnte er nicht rüber zu den anderen gehen und mich in Ruhe lassen? Am liebsten hätte ich mich einfach woanders hingestellt, doch das hätte ihn bloß noch weiter angestachelt. Vielleicht würde er verschwinden, wenn ich ihn einfach ignorierte?

Möglichst desinteressiert starrte ich in den wolkenlosen Himmel.

Leider zeigte die Taktik nicht sonderlich viel Wirkung.

»Hätte nicht gedacht, dass jemand wie du einen Austauschschüler aufnimmt. Sitzt du nicht den ganzen Tag zu Hause, machst brav deine Hausaufgaben und lernst irgendwelche Vokabeln auswendig? Aber soziales Engagement im Zeugnis macht sich sicherlich gut bei den nächsten Bewerbungen«, ätzte Marco.

Entschlossen rückte ich meine Brille zurecht.

»Du bist doch bloß sauer, dass du gerade nicht im Mittelpunkt stehst«, rutschte es mir heraus. Im gleichen Moment fuhr mir der Schreck durch die Glieder. War ich denn von allen guten Flaschengeistern verlassen, so etwas zu sagen? Beim allmächtigen Djinn, ich musste wahnsinnig sein!

Marco hob eine Augenbraue.

Und bevor ich nähere Bekanntschaft mit seiner Hand machen konnte, flüchtete ich ganz schnell auf die Mädchentoiletten, wo ich bis zum Klingeln zur nächsten Unterrichtsstunde ausharrte.

Da ich nach der Schule keine Lust hatte, zu meinen Mitschülern in den überfüllten Bus zu steigen, gingen Dalan und ich zu Fuß. Ich spürte Dalans fragende Blicke auf mir. Schweigend lief ich neben ihm her und ignorierte seine Annäherungsversuche.

»Tut mir leid, dass ich vorhin in der Pause nicht bei dir stand«, entschuldigte er sich plötzlich. »Ich wusste einfach nicht, wie ich die anderen abschütteln sollte und ich wollte auch nicht unhöflich erscheinen.«

»Ach, schon gut.« Ich winkte ab, auch wenn mich die Ereignisse vom Vormittag noch immer wurmten.

»Was war das vorhin zwischen dir und Nike?«, fragte Dalan mich plötzlich. »Warum hat sie so abfällig reagiert? Ist das der Grund, warum du bei dem Thema Schule heute Morgen und die vergangenen Tage so verhalten reagiert hast?«

Ich musste schlucken und ich spürte, wie mir Tränen in die Augen stiegen. Dalan hatte mit seinen Worten einen wunden Punkt getroffen. Mein Hals war wie zugeschnürt. Doch ich schwieg beharrlich und beschleunigte mein Tempo.

Dalan versuchte, mit mir Schritt zu halten und blieb dicht auf meinen Fersen. »Jasmin, jetzt warte doch, bitte.«

Ich spürte seine warme Hand auf meiner Schulter. Als ich stehen blieb, drehte er mich langsam zu sich herum. Blau traf auf das warme Braun seiner Augen, aus denen er mich aufmerksam ansah.

»Ich verstehe eure Welt manchmal nicht. Sie ist so anders als meine. Erklär es mir«, bat er mich leise.

Und schon wieder war da dieser dumpfe Schmerz in meiner Brust. Ein Schmerz, den ich schon so lange mit mir herumtrug und der jeden Tag ein bisschen stärker wurde.

Ich schluckte erneut. »Da gibt es nichts zu erklären«, flüsterte ich. »Mach dir keine Gedanken.« Ich versuchte mich an einem winzigen Lächeln.

Bevor Dalan meine wahren Gefühle erkennen konnte, drehte ich mich um und lief hastig den Weg weiter, ohne mich noch einmal nach ihm umzusehen.

Ich wollte nicht, dass er mir zu nahe kam. Es war gefährlich für mich. Denn dann würde er irgendwann unweigerlich all meine Narben sehen, die ich mit der Zeit davongetragen hatte. Und das verkraftete ich einfach nicht.

Dalan folgte mir nicht.

7. KAPITEL

Meinen geheimen Rückzugsort hatte ich das erste Mal in der fünften Klasse entdeckt. Ich war damals an einem Tag im Mai wütend darüber gewesen, dass mein Deutschlehrer meine fantasievolle Drachengeschichte nur mit einer Zwei benotet hatte. Nach der Schule war ich sofort nach Hause gerannt und hatte einen Platz gesucht, an dem ich meine Ruhe hatte.

Seit diesem Tag war der kleine Vorsprung auf dem Dach vor meinem Zimmerfenster zu meinem Rückzugsort geworden.

Ich liebte das alte Forsthaus, das Mama und ich bewohnten. Die hohen Holzbalken, der heimelige Kamin im Wohnzimmer … Es hatte etwas Uriges, Gemütliches an sich. Im Winter war es hier besonders schön.

Nach dem plötzlichen Tod meines Großvaters vor neun Jahren hatte meine Mutter das Haus von ihm geerbt.

Das Forsthaus war für Mama und mich allein eigentlich viel zu groß, aber Mama hatte das Haus unbedingt behalten wollen.

Es lag auf einer Anhöhe oberhalb der Stadt direkt am Waldrand, umrahmt von hohen Tannen und Fichten an der Hinterseite. Doch von meinem Zimmer direkt unterm Dach konnte ich die Häuser der Stadt betrachten.

Vorsichtig setzte ich mich auf die mittlerweile schon von der Zeit brüchigen Dachziegel und betrachtete die hell erleuchtete Stadt im Licht der untergehenden Sonne. Ich legte schließlich meinen Kopf in den Nacken.

Der Himmel war noch immer von feinen roten Streifen durchzogen und hatte sich mittlerweile dunkelblau verfärbt. Ein Vogelschwarm zog in majestätischen Schleifen über die Stadt hinweg.

Erst wenn ich mich an diesem Ort befand – mit der Stadt zu meinen Füßen, die hellen Lichter im Visier – und das leise Brummen der Autos an mein Ohr drang, lösten sich die Nervosität und der dumpfe Schmerz in meinem Innersten allmählich auf. In mir wurde dann alles ganz leise.

Ich zog meine Knie dicht an meinen Körper, bettete mein Kinn darauf und schaute stillschweigend auf das rege Treiben unter mir.

Autos fuhren über die Kreuzung, Spaziergänger liefen mit ihren Kindern und Hunden gemütlich durch den Park.

Von hier hatte man das Gefühl, die ganze Welt würde einem zu Füßen liegen.

Der Frühlingswind pustete mir ins Gesicht und wirbelte meine Haare durcheinander. Es war alles so friedlich. Der Gedanke, dass ich hier oben nur ein kleiner Fleck des Universums war, beruhigte mich irgendwie. Ich glaube, das war auch einer der Gründe, warum ich diesen Platz am liebsten hatte. Weil ich mir dann einbilden konnte, dass ich gerade einfach nur dieses Mädchen auf dem Dach war. Ohne Sorgen, ohne Ängste. Einfach ich. Doch ich wusste: Sobald ich morgen wieder den Schulkorridor betrat, würde dieses Gefühl verschwunden sein.

Hinter mir vernahm ich plötzlich ein leises Knarzen. Als ich mich umdrehte, sah ich Dalan durch mein Zimmerfenster klettern.

»Hier versteckst du dich also … Darf ich?«, fragte er beinahe etwas verlegen und deutete mit einem Kopfnicken auf den kleinen Vorsprung.

Ich nickte schweigend und wandte meinen Blick dann wieder der funkelnden Stadt zu. Dalan ließ sich vorsichtig neben mich gleiten, wobei er jedoch einen gewissen Abstand zwischen uns beiden ließ.

»Schön hier oben.« Ich konnte ein Lächeln aus seiner Stimme heraushören.

»Ich komme oft hierher, wenn ich einfach meine Ruhe haben und nachdenken möchte. Es hilft mir irgendwie, abzuschalten«, gab ich zu und lächelte zaghaft bei dem Gedanken daran. Dalan erwiderte mein Lächeln und blickte wie ich dann wieder schweigend auf die Stadt hinunter, deren helle Lichter in der heraufziehenden Dunkelheit noch stärker leuchteten. Es sah aus wie ein einziges Lichtermeer.

Schweigend saßen wir beide da, während der Wind mit unseren Haaren spielte. Ich war Dalan dankbar dafür, dass er in dieser Situation nicht versuchte, krampfhaft ein Gespräch zu beginnen. Und dass er mich nicht dazu drängte, ihm erklären zu müssen, warum ich manchmal so in mich gekehrt war.

Nachdenklich betrachtete ich ihn von der Seite.

Mir fiel auf, dass ich kaum etwas über Dalan und seine Herkunft wusste, weil ich viel zu sehr mit meinen eigenen Sorgen beschäftigt gewesen war. Doch konnte ich Dalan so einfach fragen?

Ich gab mir einen Ruck. Vielleicht wäre das hier ein Anfang, um den fremden Jungen besser kennenzulernen.

»Erzähl mir mehr von Agrabah«, bat ich ihn und sah Dalan aufmerksam an.

Er hielt einen Moment inne und rieb sich über die Schläfe.

»Agrabah war einst ein Land voll Harmonie. Kaufmänner reisten von weit her an, um zahlreiche kostbare Gewürze auf den bunten Souks zu erstehen. Der Sultan und seine Frau haben das kleine Sultanat mit Güte regiert. Ihnen lag das Wohl ihres Volkes sehr am Herzen, die Einwohner Agrabahs haben sie verehrt.«

Dalan stockte und hielt seinen Blick in die Ferne gerichtet. Er sah plötzlich so aus, als befände er sich an einem weit entfernten Ort.

»Ihre Tochter hieß Yazmine, wie du. Wenn auch anders geschrieben.«

Bei seinen Worten spürte ich plötzlich eine Gänsehaut auf meinem Körper. Ich zog meine Knie noch näher an meine Brust und umschlang sie mit meinen Armen.

Dalan richtete seinen Blick wieder auf die Stadt zu unseren Füßen.

»Die Tochter war stets in lange Gewänder gehüllt und ihr Gesicht von einem Schleier bedeckt. Im ganzen Land erzählte man sich jedoch, dass die junge Sultanstochter so schön sei, dass allein ihr Antlitz jeden Mann vor Ehrfurcht verstummen ließ.«

Gespannt hielt ich den Atem an. »Und hast du sie jemals zu Gesicht bekommen?«, fragte ich neugierig.

Dalan nickte. »Bei einem Kostümfest in der Stadt. Alle Einwohner verkleideten sich bunt, aus den Gassen ertönte heiteres Gelächter und fröhliche Stimmen.

Zu diesem Anlass hatte sich sogar das Königshaus angekündigt. Die Einwohner von Agrabah warteten aufgeregt vor ihren Häusern, um von dem königlichen Einmarsch nichts zu verpassen. Zahlreiche Wachen des Palastes ritten vorneweg, dahinter fuhr die königliche Kutsche. Inmit ten der Garde ritt Yazmine, doch ihr Pferd scheute, als plötzlich eine Kobra sich über den Weg schlängelte. Dabei ist ihr Schleier verrutscht. Es stimmte, was man sich im Dorf über die Prinzessin erzählte. Ihr langes schwarzes Haar fiel in sanften Wellen über ihre Schultern und umrahmte ihr engelsgleiches Gesicht. Und ihre dunklen Augen funkelten wie Sterne.«

Während Dalans Erzählung versuchte ich mir ein Gesicht zu dem königlichen Mädchen vorzustellen. Sofort kam mir dabei eine orientalische Schönheit in den Sinn: ebenmäßige karamellfarbene Haut wie die von Dalan, dichte Wimpern, wallendes Haar und volle rosige Lippen.

Kurzum: Das Einzige, das sie und mich verband, war wahrscheinlich unser Name. Und damit waren die Gemeinsamkeiten ausgeschöpft.

Plötzlich legte sich ein dunkler Schatten über Dalans Gesicht und er zog seine Augenbrauen zusammen.

»Doch dann kam der Tag, an dem Agrabah von dunklen Wolken der Trauer bedeckt wurde. Der Königspalast verkündete das tragische Ableben des Sultans und seiner Gemahlin. Es hatte sich ein schrecklicher Unfall bei einem Ausritt ereignet. Das Volk versank in Kummer und Prinzessin Yazmine blieb allein zurück. Der Thron musste neu besetzt werden.

Normalerweise erbte nur ein Sohn, doch da der Sultan nur eine einzige Tochter hatte, war diese die rechtmäßige Thronfolgerin. Die Gesetze von Agrabah sahen vor, dass die Prinzessin noch vor Vollendung ihres achtzehnten Lebensjahres einen Adeligen zum Mann nehmen musste.«

Dalans Stimme klang so bitter, dass mir allein bei ihrem Klang ein kalter Schauer über den Rücken lief. Er ballte seine Hände zu Fäusten.

»Prinzessin Yazmine heiratete schließlich den Großwesir eines anderen Königreiches, der das Land fortan voller Habgier beherrschte. Die Einwohner der Stadt mussten mehr als die Hälfte der Einnahmen, die sie auf dem Markt erzielten, an das Königshaus weitergeben. Die Menschen litten Hunger und die Armut im Land stieg. Krankheiten brachen aus, doch es gab kaum Medizin.

Gewalt und Unruhen rollten wie ein Wüstensandsturm über das Sultanat hinweg und das sonst so friedliche und glänzende Agrabah war plötzlich nichts weiter als ein Ort, der Angst und Schrecken verbreitete.

Niemand kannte das wahre Aussehen des neuen Sultans, da dieser stets komplett in Schwarz gekleidet war, sein Gesicht verbarg er ebenfalls unter einem schwarzen Schleier. Allein sein Anblick versetzte das Volk in Grauen. Sein Herz war kalt und seine Seele so finster und rabenschwarz wie sein äußeres Erscheinungsbild.«

Es fiel mir schwer, mir vorzustellen, in welchen Verhältnissen Dalan aufgewachsen war und bisher gelebt hatte. All das war mir so fremd.

Ich traute mich gar nicht nachzufragen, aber dann rang ich mich doch dazu durch.

»Und deine Eltern?«, fragte ich leise. Er hatte noch nie etwas von ihnen erzählt.

Für einen Moment herrschte Stille zwischen uns, bis Dalan schließlich mit den Schultern zuckte.

»Ich weiß es nicht. Ich habe keine Erinnerungen an meine Familie. Seit ich ein kleiner Junge bin, schlage ich mich allein durchs Leben.«

Diese Antwort kam so überraschend, dass ich Dalan erschrocken ansah. »Was? Ganz allein? Wo hast du denn gelebt?«

»Anfangs auf der Straße. Doch dann hat mich Omar, ein weiser alter Mann, bei sich aufgenommen. Ich habe ihm so viel zu verdanken«, wisperte Dalan und betrachtete nachdenklich seine Schuhspitzen.

»Und was ist mit Freunden?«, hakte ich nach.

»Der einzige wahre Freund, den ich hatte, war Abu.«

»Schöner Name für einen jungen Mann«, überlegte ich laut, woraufhin Dalan zu meiner Überraschung schmunzeln musste. Doch es war ein trauriges Lächeln, das seine Sehnsucht nach zu Hause und seinen Freunden widerspiegelte.

»Abu war ein kleines Kapuzineräffchen. Er war mein bester Freund. Aber ich habe keine Ahnung, wo er jetzt ist oder wie es ihm geht. Es sind viele Jahrzehnte ins Land gezogen und ich bin in einer völlig anderen Zeit und Welt. Ich hätte so gerne wenigstens noch die Gelegenheit gehabt, mich von ihm zu verabschieden.«

Ich sah den Schmerz in seinen Augen.

Bei dem Anblick schnürte sich mir die Kehle zu. Meine Mutter war manchmal echt nervig, aber wie schrecklich wäre es, sie nicht mehr an meiner Seite zu haben? Der Gedanke war so angsteinflößend, dass ich ihn erst gar nicht weiter zu Ende spinnen wollte.

Unwillkürlich hob ich meine Hand, da ich Dalan mit dieser mitfühlend über den Arm streichen wollte, doch im letzten Moment ließ ich sie wieder sinken. Ich war so ein Feigling.

»Es tut mir ehrlich leid«, antwortete ich stattdessen mit leiser Stimme, woraufhin Dalan mich dankbar anlächelte. Nervös rückte ich meine Brille zurecht.

»Aber wie …« Ich räusperte mich, da ich plötzlich einen dicken Kloß im Hals verspürte. »Wie kann das sein, dass du nach all den Jahren in der Lampe immer noch so jung aussiehst, als wärst du gar nicht gealtert?«

Dalan nickte. »Am Anfang habe ich mich das auch gefragt, bis mir irgendwann klar wurde, dass der Alterungsprozess in der Lampe angehalten wird. Es gibt keine Zeit.«

Wieder blickten wir schweigend auf die vielen Lichter. Ich hatte keine Ahnung, was ich sagen könnte, um diese trübe Stille zwischen uns beiden zu durchbrechen und Dalan irgendwie das Gefühl zu geben, dass ich für ihn da war. Und dass ich ihm zuhörte.

Es war ausgerechnet Dalan, der plötzlich das Wort ergriff. Angestrengt rieb er sich über die Schläfe.

»Sobald ich versuche, mich an etwas zu erinnern, das kurz vor dem Zauber passiert sein muss, verschwimmt alles vor meinen Augen. Als wäre da nur noch ein undurchdringlicher Nebel. Ich möchte die Puzzleteile zusammenfügen, aber es gelingt mir nicht.«

»Wie meinst du das?«, fragte ich irritiert.

»Ich habe keine Ahnung, wer mir damals diesen Bann auferlegt hat. Oder aus welchem Grund mich dieser Jemand in die Lampe gesteckt hat.« Dalan zuckte mit den Schultern und zog ein grimmiges Gesicht.

Ich bekam immer mehr Mitleid mit Dalan. Wer verfluchte einen armen Straßenjungen als Flaschengeist? Und welchen Sinn und Zweck hatte das? Zig Fragen schwirrten in meinem Kopf umher, doch ich wusste sie nicht zu ordnen.

Ich hörte Dalan weiter schweigend zu, da ich das Gefühl hatte, dass er gerade keinen Kommentar meinerseits benötigte. Vielleicht reichte es schon aus, sich einfach den Kummer von der Seele zu reden. Ich sage ja, dieser Ort hatte eine magische Wirkung.

»Auch wenn ich mich an vieles nicht erinnern kann … ihre Blicke werde ich nie vergessen.« Seine Stimme hatte erneut einen scharfen Ton angenommen, sein Gesicht war von Kummer überschattet.

»Welche Blicke?«, fragte ich.

»Die mitleidigen Blicke der Stadtbewohner.« Dalan schnaubte. »Einen Nichtsnutz haben sie mich genannt. Einen Dieb. Sie haben gesagt, dass niemals etwas aus mir werden würde. Ich würde immer nur ein dreckiger kleiner Straßenjunge bleiben.« Er holte tief Luft und presste seine Lippen zu einer schroffen Linie zusammen.

»Knapp hinter unserer Stadt lag der goldverzierte Palast des Sultans«, erzählte er weiter. »Es fühlte sich so unwirklich an. Mein Leben lag nur zwei Kilometer vom Palast entfernt, auf der anderen Seite des Flusses, und doch war es so vollkommen anders.

Ich habe mich immer gefragt, wie es wohl sein müsste, in dem Palast zu leben. Weg von der Armut, dem ganzen Dreck und der Angst und stattdessen unter all dem trüglichen Glanz zu leben.

Doch nicht alles, was glänzt, ist Gold.«

8. KAPITEL

»Ich möchte, dass ihr in den nächsten Stunden Referate passend zum Unterrichtsstoff vorbereitet, die Themen werde ich noch zuteilen.« Herr Marx blickte in sein Notizheft, das er vor sich auf dem Lehrertisch liegen hatte.

Ich seufzte leise. Ich hasste Referate, vor allem, weil die ganze Arbeit in Gruppen immer an mir hängen blieb. Außerdem war ich alles andere als erpicht darauf, mit jemandem aus diesem Jahrgang zusammenzuarbeiten. Und hinzu kam außerdem noch, dass ich freies Sprechen vor anderen wirklich verabscheute. Da bekam ich jedes Mal zwei Wochen vor der Präsentation Panik.

Bei dem Gedanken daran raste bereits mein Herz. Ich blickte auf den leeren Platz neben mir. Nicht mal Dalan war heute an meiner Seite, da er wegen Angelegenheiten bezüglich des Austausches noch mal ins Sekretariat gerufen worden war. Ich machte mir etwas Sorgen deswegen. Hoffentlich hatte die Sekretärin Dalans Angaben nicht näher überprüft und dabei herausgefunden, dass Dalans Papiere und Ausweise nicht echt waren und er keineswegs aus Andalusien stammte.

»Und damit es erst gar nicht wieder zu Streitereien bei der Gruppenbildung kommt …«, Herr Marx warf einen eindeutigen Blick in die Runde, »… habe ich meinen Würfel sprechen lassen.«

Ein allgemeines Stöhnen ging durch den Kurs.

»Jaja, ihr werdet es überleben«, entgegnete Herr Marx ungerührt. »Also, fangen wir an. Das erste Pärchen sind Nike und Vanessa. Jenny und Lea. Kevin und …«

Ich hörte gar nicht richtig hin, bis mein Name schließlich aufgerufen wurde.

»Jasmin …«

Ich drückte meine Hände so fest zusammen, dass es beinahe schmerzhaft war. *Bitte, bitte lass es eine Einzelarbeit werden,* schoss es mir durch den Kopf.

Doch mein Wunsch wurde jäh zerstört, als ich folgenden Namen hörte:

»… und Marco.«

Herr Marx warf uns beiden einen mehrdeutigen Blick zu.

Ich riss die Augen auf, gleichzeitig durchfuhr es mich heiß und kalt. Das war jetzt bitte ein schlechter Scherz. Das konnte mir Herr Marx nicht wirklich antun?

Doch ich hatte keineswegs ein Problem mit den Ohren, da sich Marco in dem Moment ruckartig zu mir umdrehte, nur um kurz darauf seinen Kopf wieder zu unserem Lehrer schnellen zu lassen.

»Sie wollen uns doch wohl verarschen?«, fragte Marco fassungslos, in seiner Stimme schwang Wut mit.

Herr Marx schüttelte den Kopf. »Keineswegs, mein lieber Marco. In eurer späteren Berufslaufbahn könnt ihr euch auch nicht aussuchen, mit wem ihr zusammenarbeitet und jedes Mal rebellieren, wenn euch euer Teampartner nicht passt. Also betrachte es einfach als Vorbereitung für das spätere Berufsleben.«

Marco stand der Mund offen. Kevin, Marvin und Marcus lachten hämisch und klopften Marco auf die Schulter.

»Alter, mein Beileid«, meinte Kevin. »Viel Spaß mit der Brillenschlange.«

Nervös rückte ich meine schwarze Brille zurecht und ließ meine Haare schützend vor mein Gesicht fallen.

»Jasmin, kann ich kurz noch mal mit dir sprechen?«, hielt mich Herr Marx nach der Unterrichtsstunde zurück. Mein Kopf schnellte verblüfft nach oben.

Während die anderen bereits den Kursraum verließen, streifte ich meinen Rucksack über die Schulter und ging mit gemischten Gefühlen langsam nach vorne zum Lehrerpult.

Als der Letzte die Tür hinter sich zugezogen hatte und Herr Marx und ich schließlich allein im Raum waren, bedachte mich Herr Marx mit einem prüfenden Blick.

»Ich bin mir sicher, dass du nicht begeistert über diese Gruppenaufteilung bist, aber ich hoffe, dass Marco und du das Beste daraus macht.«

Da ich nicht wusste, wie ich reagieren sollte, schwieg ich und friemelte an einem Fussel, den ich an meinem Shirt entdeckte.

»Hör zu, Jasmin. Ich möchte nicht, dass du das in irgendeiner Weise als Bestrafung oder Ähnliches betrachtest. Auch wenn sich das für dich vielleicht gerade so anfühlen mag«, fuhr Herr Marx in sanftem Tonfall fort.

»Marco ist ein schwieriger Fall und leider nicht so leicht zu knacken wie manch andere Nuss. Aber ich denke, dass es ganz gut wäre, wenn ihr beide lernt, miteinander auszukommen. Möglicherweise kann euch dieses Referat dabei behilflich sein, da ihr auf den jeweils anderen angewiesen seid.

Der eigentliche Grund, warum ich dich noch einmal zu mir gebeten habe, war der, um zu herauszufinden, wie es dir mit meiner Entscheidung gerade geht.«

Wie es mir ging? Spielte das jetzt noch eine Rolle? Ich horchte in mich hinein. Im Moment sah ich mich nicht in der Lage, meine Gefühle einzusortieren, da ein einziges Chaos in mir herrschte.

Ich zuckte mit den Schultern. »Keine Ahnung«, gab ich zu. »Aufgewühlt und durcheinander beschreibt es vermutlich am besten.«

Herr Marx nickte. »Ich verstehe dich. Trotzdem hoffe ich, dass du meine Entscheidung akzeptieren kannst. Versuch es doch einfach als Chance zu sehen.«

Nach dem Gespräch mit Herrn Marx lief ich gedankenverloren die Treppen hinunter, als mich Marco schließlich vor dem Schulgebäude abpasste.

»Dachtest du, du könntest mir so einfach entkommen?«, hörte ich plötzlich eine dunkle Stimme knapp neben mir. Ich starrte in Marcos Gesicht. Seine Lippen verzogen sich zu einem fiesen Grinsen.

»A-also …«, stotterte ich und machte ein paar Schritte zurück, als ich auf einmal die Backsteinmauer des Schulgebäudes in meinem Rücken spürte. Meine Hände wurden feucht, als ich feststellte, dass Marco mich eingekesselt hatte.

Er ließ den Rucksack aus seiner Hand fallen, machte ein paar Schritte auf mich zu und stützte seine Hände dann links und rechts neben mir ab.

»Ich warne dich …«, zischte er. »Noch mal lasse ich deinetwegen ganz sicher nicht den Spott der Klasse auf mich ziehen. Du wirst zu Herrn Marx gehen und ihm sagen, dass du nicht in der Lage bist, dieses Referat mit mir zu halten. Dir gibt er mit Sicherheit den Mitleidsbonus.«

Mir fehlten die Worte, aus schreckgeweiteten Augen sah ich Marco an.

»A-aber ich möchte das nicht machen«, entgegnete ich panisch und spürte, wie sich mein Herzschlag beschleunigte.

Marcos Blick wurde noch finsterer. »Dann kannst du dir schon mal dein eigenes Grab schaufeln. Und es wird mir eine Freude sein, dir dabei zuzusehen. Zumal du mir auch immer noch was für das Nachsitzen schuldest, das ich deinetwegen aufgebrummt bekommen habe.« Das Blau seiner Augen war so kalt, als bestünde Marco lediglich aus einem Eisblock. Mir stockte der Atem. Ich war schon davon überzeugt, dass mein letztes Stündlein geschlagen hatte, da tauchte Dalan wie aus dem Nichts an meiner Seite auf. Erleichtert atmete ich auf. »Lass-sie-sofort-in-Ruhe«, knurrte er mit einer Stimme, die mir Angst einjagte. Ich hatte Dalan noch nie dermaßen wütend erlebt. Seine Augen schleuderten beinahe Blitze in Marcos Richtung.

Ich schluckte.

Marco riss erschrocken seinen Kopf in die Höhe und wich ein paar Schritte von mir zurück. »Wo kommst du denn jetzt auf einmal her?« Irritiert blickte er zwischen Dalan und mir hin und her.

»Wag es nicht, ihr noch einmal so nah zu kommen, hast du mich verstanden?«, kam es gefährlich leise von Dalan. »Sonst schicke ich dich höchstpersönlich in die Wüste!«

Die anfängliche Überraschung auf Marcos Gesicht wich einem überheblichen Blick. Er streckte seine Brust heraus und baute sich vor Dalan auf. »Glaubst du ernsthaft, es würde mich interessieren, was du zu sagen hast?«

Dalans Gesicht blieb starr wie eine Maske. »Das sollte es besser.«

»Irgendwas ist merkwürdig an dir und ich werde schon noch herausbekommen, was es ist«, zischte Marco.

Dalan zuckte nicht einmal mit der Wimper, sondern verschränkte seine Arme vor der Brust, sodass sich seine Muskeln unter dem weißen T-Shirt anspannten.

»Tu dir keinen Zwang an«, entgegnete er ungerührt und zog eine Augenbraue nach oben.

Marco schnaubte, griff nach seiner Tasche und lief den anderen Jungs hinterher, die sich gerade zum Trainieren in Richtung Stadion aufmachten.

Zischend entließ ich einen Schwall Luft aus meinem Mund, als hätte sich soeben ein Ventil geöffnet. »Puh, das war knapp. Meinst du, er ahnt etwas?« Meine Stimme nahm einen verunsicherten Ton an.

»Bei seinem Spatzenhirn mache ich mir da jetzt nicht allzu große Sorgen«, meinte Dalan trocken und zuckte mit den Achseln.

»Danke …«, nuschelte ich verlegen und fühlte die Hitze in meine Wangen steigen. »Ich weiß nicht, was ich ohne dich getan hätte.«

Dalan lächelte. »Irgendwas Gutes muss es ja haben, ein Flaschengeist zu sein. Es hat schon manchmal seine Vorteile, wie aus dem Nichts aufzutauchen. Den Überraschungsfaktor habe ich damit definitiv auf meiner Seite.«

Ich lächte zustimmend. »Da kann ich inzwischen ein Lied von singen.«

Dalan und ich entschieden uns dazu, bei dem schönen Wetter noch einen kleinen Abstecher in den Park zu machen. Ich schickte Mama eine kurze Nachricht, damit sie sich keine Sorgen machte, dann nahmen wir den Weg in Richtung See. Es war herrlich draußen, nahezu schon sommerlich warm; am Himmel zeigte sich keine einzige Wolke.

Unterwegs holten Dalan und ich noch eine Kleinigkeit von der Eisdiele – ich einen Bananen- und er einen Schokoladenmilchshake – und setzten uns damit unter eine schattige Linde.

»Warum hast du eigentlich noch immer nicht deine drei Wünsche eingelöst?«, fragte Dalan mich. »Jeder andere hätte das mit Sicherheit schon getan.«

Ich überlegte einen Moment, während ich weiter an dem Strohhalm sog und den kühlen Bananen- und Milchgeschmack auf meiner Zunge genoss.

»Um ehrlich zu sein, habe ich mir noch nicht so viele Gedanken wegen der Wünsche gemacht. Ich möchte sie einfach nicht unnütz verschwenden, verstehst du? Es soll irgendetwas sein, dass sich lohnt, gewünscht zu werden«, ich zuckte mit den Schultern.

„Sag mal, wieso hast du dich eigentlich nicht schon bei meiner Tante gezeigt?“, setzte ich hinterher.

„Dafür gibt es eine ganz simple Erklärung“, antwortete Dalan. „Es haben zwar schon viele die Wunderlampe in der Hand gehalten, aber keiner hat zuvor an ihr gerieben. Du warst die Erste.“

»Also, wie genau funktioniert das mit den Wünschen?«, fragte ich zwischen zwei Schlucken. »Ich nenne dir einen beliebigen Wunsch und du musst ihn mir dann erfüllen?«

Dalan legte seinen Kopf schräg. »Sehr einfach formuliert, aber im Prinzip ja. Es kommt immer darauf an, was man sich wünscht und wie diese Wünsche formuliert sind. Man muss da wirklich aufpassen und sich seiner Formulierung genauestens bewusst sein. Außerdem kann ich nur dann in Aktion treten, wenn mein Meister seinen Wunsch ausspricht, anders sind mir die Hände gebunden. Ich besitze keine Macht darüber hinaus. Sie ist allein auf die drei Wünsche beschränkt. Und wie ich dir schon gesagt habe, kann ich auch nicht alle Wünsche erfüllen. Zum Beispiel kann ich kein Geld zaubern oder die Gefühle von Menschen beeinflussen. Allerdings gibt es da auch wieder Schlupflöcher. Würdest du dir jetzt beispielsweise einen Liebestrank wünschen, wäre das in Ordnung. Ob der dann wirkt oder nicht, ist Ermessenssache.«

»Hört sich ziemlich kompliziert an.« Ich spielte an meinem Strohhalm und schirmte meine Augen vor der blendenden Sonne ab. »Erzählt man sich in den Geschichten über euch Djinn nicht sowieso, dass ihr äußerst gewieft und listig wärt? Ich meine, so ein Wunsch ist doch in gewisser Weise auch Auslegungssache. Wenn ich mir jetzt also, sagen wir mal, ein Pferd wünschen würde, dann könnest du mir auch einfach ein Schaukelpferd herzaubern?«

»So denkst du also von mir? Schön zu wissen«, grummelte Dalan und schürzte die Lippen. »Wir Djinn sind ein sehr friedfertiges und ehrliches Volk, obwohl man uns als Mensch ungerechtfertigt eingesperrt hat. Wir sind vielleicht verzaubert, aber das heißt noch lange nicht, dass wir keine Gefühle oder gar kein Herz mehr haben.

Zugegeben, es mag auch andere meiner Art geben, die nicht so gute Absichten haben. Aber bisher bin ich solchen noch nicht begegnet. Überhaupt habe ich in meiner Gefangenschaft bisher nur einen weiteren Flaschengeist kennengelernt.«

»Tatsächlich?« Ich machte große Augen. »Dann gibt es wirklich noch mehr Flaschengeister?«

Dalan nickte. »Im Orient beziehungsweise im Morgenland ist dunkle Magie keine Seltenheit. Es gibt zahlreiche Magier, Zauberer und Wahrsager.

In Marrakesch auf dem Markt bin ich einem weiteren Djinn begegnet. Unsere Wunderlampen standen zufällig nebeneinander und wie sich herausstellte, war seine nicht unbewohnt. Und da haben wir uns ein wenig unterhalten.«

Dalan sagte das so, als wäre es das Normalste der Welt und als hätte er einfach nur einen guten Kumpel im Supermarkt getroffen.

Ich fand Dalans Erzählung so absurd, dass ich nicht mehr an mich halten konnte und mich vor Lachen an meinem Shake verschluckte.

»Ihr habt euch durch die Lampen unterhalten?«

Dalan sah genervt aus.

»T-tut mir leid«, entschuldigte ich mich, wurde aber immer wieder von neuen Lachsalven durchgeschüttelt. Ich wischte mir die Tränen von der Wange. »Die Vorstellung ist einfach zu komisch.«

Ich biss mir auf die Zunge und versuchte, mir jedes weitere Lachen zu verkneifen, auch wenn ich es unter der Oberfläche noch immer brodeln spürte.

»Also.« Ich richtete mich auf und machte ein möglichst ernstes Gesicht. »Wie ging die Geschichte weiter?«

Dalan runzelte skeptisch die Stirn, als hätte er die Befürchtung, ich könnte jederzeit wieder in hysterisches Gelächter verfallen.

»Der Junge war kaum älter als ich«, fuhr er schließlich fort. »Cemal war sein Name. Doch ihn hat es mit seinem Meister schlimm getroffen. Ein geldgieriger, rachsüchtiger Mann, den es nach Macht dürstete und ihn nicht freigeben wollte. Da man seine Wünsche nicht vervielfachen kann, verlangte der Mann bei seinem dritten Wunsch, dass Cemal auf ewig an die Lampe gebunden sein würde. Er glaubte, dass er somit immer wieder aufs Neue über Cemal herrschen könnte. Doch er irrte sich. Nachdem der Meister nämlich ziemlich schnell feststellte, dass Cemal nicht mehr dazu verpflichtet war, einen seiner weiteren Wünsche zu erfüllen, da alle seine Wünsche bereits aufgebraucht waren, schmiss er die Wunderlampe weg. So landete Cemal wie ich auf dem Markt. Zu dem Zeitpunkt war er schon viel länger als ich in der Lampe eingesperrt …«

Ich sog erschrocken die Luft ein und hielt mir vor Entsetzen die Hand vor den Mund. Wie konnte man jemandem so etwas Grausames antun?

»Es tut mir so leid«, sagte ich mitfühlend und mein Herz wurde schwer. »Muss Cemal jetzt für immer in der Lampe bleiben?«

Dalan zuckte mit den Achseln. »Ich denke, dass er erst wieder einen neuen Meister bekommen und ihm alle Wünsche erfüllen muss, bevor er den Bann brechen kann. Schließlich hat sein alter Meister ihn mit seinem letzten Wunsch zurück in die Lampe geschickt.«

Der Gedanke daran bedrückte mich. »Und du hast nicht mal eine leise Ahnung, wer dich damals in die Lampe gesperrt haben könnte? Und aus welchem Grund?«

Dalan blickte finster drein. »Ich weiß es nicht. Ich weiß es wirklich nicht. Aber irgendwann werde ich es herausfinden.«

9. KAPITEL

Dalan

Sonnenlicht wärmte mein Gesicht und kitzelte meine Nase. Im Hintergrund hörte ich das Lachen eines Kindes.

Bilder eines schreienden Babys blitzten vor meinem geistigen Auge auf, ein goldverzierter Palast und ein verschnörkeltes Tattoo mischten sich dazu.

Doch dann verdunkelten sich plötzlich die Farben, bis sie schließlich ganz schwarz wurden.

Finsternis umhüllte mich.

»Hallo, ist hier jemand?«, fragte ich, wobei meine Stimme von Wänden, die ich nicht sehen konnte, widerhallte. Ich zuckte zusammen, als eine Fledermaus kreischend über meinen Kopf hinwegflog.

»Hallo?«, fragte ich erneut, diesmal etwas lauter. Wo zum Teufel war ich hier?

Nur langsam gewöhnten sich meine Augen an die Schwärze um mich herum. Ich nahm nun Schemen und Umrisse wahr.

In etwas weiterer Entfernung sah ich einen kleinen Lichtschimmer, der kurz darauf jedoch wieder verschwand. Führte er mich zum Ausgang aus diesem Gefängnis?

Obwohl ich noch immer kaum etwas vor Augen erkennen konnte, hatte ich das Gefühl, dass ich nicht allein in dieser Höhle war. Jemand verfolgte mich.

Ich hörte den fremden Atem hinter mir. Oder bildete ich mir das nur ein? Mein Herz polterte los, ein Schauer rieselte meinen Rücken hinab.

Ich lief schneller, um meinem Verfolger zu entkommen. Beinahe stolperte ich über einen Felsbrocken. Die Schritte hinter mir beschleunigten sich ebenfalls, Steinchen schrappten über den unebenen Boden.

Ich zögerte, dann nahm ich jedoch meinen ganzen Mut zusammen und drehte mich blitzschnell um.

Ich blinzelte.

Bis auf völlige Dunkelheit war nichts zu erkennen. Noch immer war ich ringsherum von Finsternis umgeben.

Doch kaum hatte ich mich wieder umgedreht, beschlich mich erneut das untrügliche Gefühl, jemand würde mir folgen. Meine Nackenhaare stellten sich auf, ein eisiger Wind pfiff mit einem Mal durch die Höhle.

Die Person und ich konnten nur wenige Zentimeter voneinander entfernt sein.

Noch immer hörte ich das gleichmäßige Atmen, das jedoch nicht von mir kam. Das Blut pulsierte in meinen Adern.

Wer auch immer da in der Dunkelheit auf mich lauerte, spielte mit meiner Unsicherheit und versuchte mich zu irritieren.

Wie kam ich hier bloß schnellstmöglich raus? Ich grübelte.

Andererseits … warum sollte ich die Dunkelheit nicht auch zu meinem Freund machen? Ich musste es irgendwie schaffen, die andere Person zu verwirren und sie aus der Reserve locken. Vielleicht konnte ich dadurch herausfinden, wer mich verfolgte.

Ich lehnte mich flach gegen die spitze, kalte Wand hinter mir und hielt die Luft an, damit ich meinen Plan nicht durch meine Atmung verriet. Einen Moment lang verharrte ich in dieser Position, dann bückte ich mich ganz langsam und tastete mit meinen Fingerspitzen lautlos den Boden unter mir ab.

Als ich einen kleinen Kieselstein gefunden hatte, holte ich aus und warf ihn, so weit ich konnte. Es war nichts zu hören, allerdings sah ich, wie eine Person in einem dunklen Gewand gekleidet und mit einer Kerze in der Hand durch den Untergrund eilte. Urplötzlich wurde die Gestalt wieder von der Dunkelheit verschluckt. Ich blieb weiterhin stehen und lauschte.

»Ich bin hier«, hörte ich eine helle Frauenstimme, flüsternd und verführerisch zugleich. Ich drehte meinen Kopf. War das eine Falle? Redete diese Stimme mit mir oder mit dieser anderen Person? Mittlerweile schien die Stimme von allen Seiten zu kommen und sich mir weiter anzunähern, sie kesselte mich ein.

Schlagartig erwachten die Fackeln an den Wänden zum Leben und erhellten meine Umgebung, sodass ich zunächst geblendet vom Licht meine Augen abwandte. Ich blinzelte irritiert, mein Blick wanderte ungläubig an der schroffen Felswand hinter mir empor. Ich befand mich in einer Höhle. Warum war ich hier und wie war ich hergekommen? Als ich meinen Kopf drehte, erblickte ich eine verschleierte Person. Nur das Glänzen ihrer Augen verriet, dass es sich um einen Menschen hielt. Intuitiv wollte ich einen Schritt zurückweichen, spürte jedoch die Wand in meinem Rücken. Die scharfen Kanten bohrten sich in meine Haut.

»Hast du wirklich gedacht, du könntest es mit mir aufnehmen?«, fragte mich der Fremde mit tiefer Stimme, seine Augen blitzten rötlich auf.

»Wer seid Ihr? Was wollt Ihr von mir?«, fragte ich und hielt schützend eine Hand vor mein Gesicht, da der Wind noch immer nicht nachgelassen hatte.

Die Gestalt lachte dröhnend auf und ließ mich erzittern; Gesteinsbrocken lösten sich von den Wänden und zerschmetterten auf dem Boden.

»So langsam solltest du nichtsnutziger Junge verstanden haben, dass du mir nicht entkommen kannst. Niemand widersetzt sich mir!«

Er beugte sich zu mir hinab und lüftete seinen Schleier.

Das Gesicht war von tiefen Furchen gezeichnet. Seine Augen lagen so weit in den Augenhöhlen zurück, dass er dadurch noch furchteinflößender erschien.

»Verwechsle Mut nicht mit grenzenloser Dummheit! Dieses Mädchen hat dich vielleicht aus der Lampe befreit, aber ich habe dich in meiner Gewalt!«

Erneut fegte sein grollendes Lachen wie ein wütender Orkan über mich hinweg.

»Sieh dich vor, Junge! Noch ist es nicht vorbei! Du gehörst mir!« Er streckte seine alten, knöchernen Hände aus, wollte nach mir greifen …

»NEIN!«

Schweißgebadet fuhr ich aus meinem Traum hoch und saß kerzengerade auf meiner Schlafcouch. Mein Herz pochte wild in meiner Brust.

Schwer atmend strich ich mein nasses Haar aus der Stirn. Noch immer hatte ich das schreckliche Gefühl, dass eine kalte Hand nach meiner Schulter griff.

Ich ließ meinen Blick durch das Zimmer schweifen. Erst der Anblick von Jasmin, die auf der anderen Seite in ihrem Bett schlief, beruhigte mich wieder.

Seit ein paar Tagen träumte ich jede Nacht exakt das Gleiche. Am Anfang hatte ich mir nichts weiter dabei gedacht und es geschafft, diesen Traum aus meinem Bewusstsein zu verdrängen.

Doch diesmal war es anders gewesen.

Diese Träume fühlten sich immer realer an und ich hatte keine Ahnung mehr, was davon nur Fantasie und was Wirklichkeit war. Ich hatte das Gefühl, dass die Grenzen ineinander verschmolzen waren. Was hatte all das zu bedeuten? Wer war dieser Mann, der mich jede Nacht in meinen Träumen heimsuchte?

Doch noch viel mehr beschäftigte mich die Frage: Wer war ich?

Mich überkam das beunruhigende Gefühl, diese Person – von der ich dachte, dass ich sie wäre – nicht mehr zu kennen. Sie noch nie gekannt zu haben.

Ich war mir selbst fremd geworden.

10. KAPITEL

Die Woche plätscherte vor sich hin, doch am Freitagnachmittag erhielt ich überraschend eine Nachricht von Marco. Und das, nachdem er mich die vergangenen Tage lediglich mit kalten Blicken bedacht hatte. Was jetzt nichts Neues für mich war, da ich diese Prozedur bereits kannte.

Umso irritierter war ich, als mein Handy eine eingegangene Nachricht anzeigte. Ich wusste nicht mal, woher Marco meine Nummer hatte. Vermutlich aus dem Jahrgangs-Verteiler.

»*17 Uhr, Königsallee 12, Referat.*«

Ich seufzte. Mir behagte der Gedanke ganz und gar nicht, allein mit Marco ein Referat vorzubereiten, und das wohlbekannte flaue Gefühl breitete sich in meiner Magengegend aus.

Mit einem Blick auf meine Armbanduhr stellte ich fest, dass es schon 16:30 Uhr war. Widerwillig stopfte ich einen Karoblock, mein Geschichtsbuch und mein Federmäppchen in den Rucksack, als Dalan in dem Moment mit einem Apfel in der Hand mein Zimmer betrat. Mittlerweile unterließ er es glücklicherweise, die Wände als unsichtbarer Flaschengeist zu durchqueren. Zumindest meistens.

»Machen wir einen Ausflug?« Dalan blickte mich erfreut an.

Bedauernd schüttelte ich den Kopf. »Leider nicht. Ich muss das Referat mit Marco vorbereiten.«

Dalans Lächeln fiel in sich zusammen, stattdessen verfinsterte sich sein Blick. »Du willst allein zu ihm? Ist das dein Ernst?«

»Von *wollen* kann wohl kaum die Rede sein. Aber mir sind meine guten Noten wichtig und ich will Herrn Marx nicht enttäuschen. Er ist die einzige Person an der Schule, die an mich glaubt.« Ich zuckte mit den Schultern.

»Und deswegen steckt er dich ausgerechnet in eine Gruppe mit Marco? Sehr sinnvoll. Er scheint dich wirklich gut zu kennen.« Dalan schnaubte spöttisch und sah mich mit einer solch sauren Miene an, dass man meinen könnte, er hätte in eine Zitrone gebissen.

„Sei doch einfach froh, dass du als Austauschschüler von Referaten gänzlich freigesprochen worden bist“, entgegnete ich genervt.

Abwehrend verschränkte Dalan die Arme vor seiner Brust.

»Das gefällt mir ganz und gar nicht, dich allein zu ihm gehen zu lassen. Ich komme mit.«

Ich wirbelte herum. »Wie sieht das denn bitte aus? Soll ich dich vielleicht noch als meinen persönlichen Bodyguard vorstellen?« Entschieden schüttelte ich den Kopf. »Kommt gar nicht infrage. Du bleibst hier, da muss ich jetzt allein durch. Und wag es nicht, bei ihm im Haus herumzugeistern. Untersteh dich.« Mein Ton ließ keinen Widerspruch zu.

Dass Dalan meine Antwort nicht passte, stand ihm mehr als deutlich ins Gesicht geschrieben. Seine Augen glühten auf, kleine goldene Sprenkel tanzten aufgewühlt darin auf und ab.

»Frauen … wirklich in jedem Zeitalter gleich anstrengend und müssen immer das letzte Wort haben«, zischte Dalan, drehte sich um und tauchte als Lufthauch in die Wand. Der Duft nach Orangen, Zimt und Rosen erfüllte mein Zimmer.

Ich verdrehte die Augen.

Ich blieb vor dem protzigen Haus stehen und blickte unschlüssig die schneeweiße Fassade an. Ein glänzender Jaguar stand in der Auffahrt, die von roten Pflastersteinen gesäumt war. Der Rasen war so akkurat geschnitten, dass man meinen könnte, jeder Grashalm wäre einzeln mit einer Schere gestutzt worden. Bestimmt besaß die Familie einen eigenen Gärtner.

Die ganze Königsallee war – passend zum Namen – nur mit Villen gesäumt. Eine sah teurer aus als die andere. Was so ein Anwesen hier wohl kosten mochte? In dieser Gegend könnten meine Mutter und ich uns wahrscheinlich nicht mal eine einfache Garage leisten.

Am liebsten hätte ich auf der Stelle wieder kehrtgemacht.

Doch ich wollte Herrn Marx aus irgendeinem Grund nicht enttäuschen. Ich holte tief Luft, nahm meinen ganzen Mut zusammen und stieg die Treppenstufen zum Haus hinauf. Als ich die Hand hob, um die Klingel zu betätigen, öffnete sich mir bereits die Tür.

Marco stand entgegen seiner sonstigen Markenoutfits in Jogginghose und einem einfachen T-Shirt vor mir. Seine blonden Haare standen von allen Seiten ab, als wäre er gerade erst aufgestanden. Zugegebenermaßen sah er dadurch leider nicht minder attraktiv aus.

»Hi«, meinte ich und war ein wenig nervös. Marco sah mich desinteressiert an und grummelte vor sich hin, was in seiner Sprache wohl einer Begrüßung gleichkam. Vielleicht war es aber auch bloß wieder eine seiner Beleidigungen.

Ohne ein weiteres Wort zu sagen, verschwand er wieder im Hausflur, während ich irritiert vor der geöffneten Haustür stehen blieb.

»Was ist? Kommst du jetzt oder willst du da draußen Wurzeln schlagen?«, rief mir Marco von drinnen zu.

Ich seufzte und ergab mich meinem Schicksal.

Der lange, helle Flur war mit weißem Marmor gefliest, an den Wänden hingen edel gerahmte abstrakte Gemälde.

»Schuhe ausziehen«, meinte Marco knapp und deutete auf das Schuhregal zu meiner rechten Seite. »Meine Mutter bekommt sonst wieder einen ihrer hysterischen Anfälle und auf die kann ich gut verzichten.«

Marcos Aussage ließ eigentlich keine Zweifel übrig, da der Fußboden aussah wie geleckt. Staub und Dreckflecken überlebten hier sicherlich nicht lange.

Ich streifte meine Chucks ab und stellte peinlich berührt fest, dass ich heute meine Smiley-Erdbeer-Socken angezogen hatte …

Marco zog belustigt seine Mundwinkel nach oben. Ein spöttischer Kommentar blieb zu meinem Erstaunen jedoch aus. Stattdessen drehte er sich wortlos um und ich folgte ihm.

Mittlerweile war ich tatsächlich etwas neugierig auf den Rest der Inneneinrichtung geworden. Doch Marco machte nicht den Anschein, als wollte er mir eine Privatführung durch sein Haus geben. Stattdessen steuerte er zielstrebig auf eine Tür zu und öffnete diese.

Im Vergleich zum restlichen Teil des Hauses, der kühle Eleganz ausstrahlte, war Marcos Zimmer zu meiner Verwunderung das komplette Gegenteil.

Über seinem Bett hing eine Flagge vom Hamburger SV. Ansonsten war der Raum eher einfach eingerichtet. Ein Bett auf der rechten Seite, ein kleiner Flachbildfernseher an der Wand und ein Schreibtisch in der Mitte des Zimmers. Nicht mal auf der Fensterbank standen Fotos oder kleine persönliche Gegenstände, die etwas über Marco verrieten.

Das Einzige, was ich finden konnte, war ein Bild von ihm und einem Hund, das auf der Kommode hinter mir stand. Es musste bereits vor ein paar Jahren gemacht worden sein, da Marco darauf noch wesentlich jünger aussah und jungenhaft in die Kamera lächelte. Er sah glücklich aus. Mir kam der Gedanke, dass ich Marco noch nie hatte lächeln sehen.

»Ist das dein Hund?«, fragte ich und deutete auf das Foto, um die unangenehme Stille zwischen uns beiden zu überbrücken. Noch immer hatte ich Schweißhände, da mich Marcos Gesellschaft unruhig machte.

Er folgte meinem Blick und für einen winzigen Moment erkannte ich so etwas wie Trauer in seinen Augen. Marco schluckte. Er fasste sich wieder und zuckte mit den Schultern.

»Kira *war* unser Hund«, antwortete er monoton.

»Das tut mir leid.« Ich fühlte mich unbehaglich, da ich das Gefühl hatte, einen wunden Punkt angesprochen zu haben. Um ehrlich zu sein, wäre ich an jedem anderen Ort gerade lieber gewesen als an diesem. Die Kälte in diesem Haus war nicht zu ertragen.

»Was ist? Fangen wir dann jetzt an?«, blaffte Marco. »Ich würde das hier gerne schnellstmöglich hinter mich bringen. Und ich muss noch trainieren.«

Marco setzte sich an seinen Schreibtisch und ich ließ mich unbehaglich auf den zweiten Stuhl gleiten.

»Ich hasse Geschichte«, stöhnte Marco wenige Minuten später. »Wen interessiert bitte dieser trockene Mist?«

»Vielleicht sollten wir die Themen einfach ein bisschen aufteilen, dann kann jeder zu Hause schon mal recherchieren«, schlug ich vor. *Und umso weniger Zeit muss ich mit dir verbringen.*

»Hast du etwa Angst, dass ich dich auffresse?«, kam es prompt von Marco und er zog eine Augenbraue in die Höhe.

In meinem Magen grummelte es. »Ähm«, stammelte ich, wusste aber keine Antwort darauf und schwieg stattdessen. Meine Hände waren schon wieder schweißnass.

»Lass uns einfach weitermachen«, murmelte Marco schließlich abweisend und kramte sein Geschichtsbuch hervor. »Also, womit fangen wir am besten an?«

Nach einer guten halben Stunde waren wir immerhin so weit vorangekommen, dass wir eine grobe Gliederung für unsere Präsentation erstellt und schon mal die inhaltlichen Schwerpunkte notiert hatten.

Ich hörte ein Auto in die Auffahrt fahren, Kies knirschte unter den Reifen und kurz darauf wurden Türen zugeschlagen.

Mir fiel auf, dass Marco auf seinem Stuhl hin und her rutschte. Seine Körperhaltung verriet, dass er angespannt war.

»Es ist besser, wenn du jetzt gehst«, sagte er plötzlich.

Verwirrt sah ich zu Marco, wagte jedoch nicht, ihm zu widersprechen.

»Ähm, o-okay«, stammelte ich und packte meine Sachen zusammen. Anscheinend konnte es Marco gar nicht schnell genug gehen, mich loszuwerden, da er mir sogar dabei half, meine Sachen zusammenzupacken. Auf eine solche Idee würde er normalerweise nicht mal im Traum kommen.

»Bist du fertig?«, fragte er. Ich nickte, und als ich auf den Flur zusteuerte, griff Marco nach meinem Handgelenk und zog mich mit sich. »Warte, du gehst besser über die Terrasse.«

Bitte? Was war denn jetzt los?

Schweigend und mit meinem Rucksack unterm Arm folgte ich Marco ins Wohnzimmer. Er betätigte den Türhebel an der riesigen Fensterfront.

»Also, man sieht sich«, sagte Marco und schloss die Tür hinter mir, während ich noch ein paar Sekunden völlig verdattert im Garten stehen blieb.

Hinterher erzählte ich Dalan von dem merkwürdigen Treffen mit Marco, als wir durch den Stadtpark liefen.

»Sag mal, du wirst dir doch jetzt wohl nicht ernsthaft Gedanken über diesen aufgeblasenen Kronleuchter machen? Bei uns wäre solch einer gehängt worden«, echauffierte sich Dalan und hob würdevoll seinen Kopf. Er bedachte mich zusätzlich noch mit einem Blick á la *Was hast du anderes erwartet?* Ich zog die Stirn kraus.

»Dalan, darf ich dich daran erinnern, dass wir heute im 21. Jahrhundert leben? Solche Methoden mögen ja noch Anwendung im tiefsten Arabien finden, hier aber nicht mehr. Gott sei Dank. Und nur zu deiner Info: Es heißt Armleuchter, nicht Kronleuchter.«

Ich grübelte. »Sein Verhalten war so seltsam. Marco ist total angespannt gewesen und hat mich regelrecht rausgeschmissen, als wollte er vermeiden, dass ich etwas Bestimmtes sehe. Es hatte bestimmt etwas mit dem Auto zu tun, das plötzlich in die Einfahrt gefahren ist. Ich weiß zwar nicht, wer darin saß, aber ich könnte mir gut vorstellen, dass es seine Eltern waren.«

»Wer weiß, vielleicht hat er auch einfach ein paar Leichen im Keller versteckt«, entgegnete Dalan trocken.

Entsetzt starrte ich ihn an. Dalan grinste plötzlich und ich schlug ihm spielerisch gegen den Arm.

»Ey! Du bist unmöglich, weißt du das?«, sagte ich, konnte mir aber ein amüsiertes Schmunzeln nicht verkneifen.

Dalan rieb sich über seinen Arm, ein schalkhaftes Funkeln trat in seine Augen. Als wir die Brücke überquerten, die über den Fluss führte, blieb Dalan stehen und blickte wehmütig auf das Wasser. Ein traurig wirkender Schatten legte sich auf Dalans Gesicht.

»Was ist los?«, fragte ich, verlangsamte ebenfalls meinen Schritt und stellte mich neben Dalan.

Dalan schüttelte den Kopf. »Ich habe das Gefühl, dass der Fluss bei euch eine ganz andere Funktion hat als bei uns damals in Agrabah. Es ist mehr so, als würde er die Stadt vereinen, die Bevölkerung miteinander verbinden. Und in Agrabah hat der Fluss lediglich Reich von Arm getrennt.«

Dalan drehte sich zu mir um. »Ich habe gestern in der Schulbibliothek mal ein bisschen recherchiert. Ich wollte wissen, wie Agrabah inzwischen aussieht. Und dabei habe ich herausgefunden, dass der Creek – so hieß der Fluss damals – heute nur noch eine winzige schmale Meeresenge in Dubai ist. Mittlerweile wird er als der ›Dubai Creek‹ bezeichnet. Sie haben den Fluss künstlich verkürzt, um noch mehr bauen zu können.

Früher war der Fluss eine bedeutende Lebensquelle für die arme Bevölkerung. Außerhalb der Stadt und des Palastes war Agrabah eine einzige vertrocknete Wüste. Und jetzt sieht das ganze Land, die Vereinigten Arabischen Emirate, aus wie ein Palast. Als würden alle Sultane, Kalifen, Maharadschas und Könige dieser Welt dort zusammenleben. Es hat sich einfach so viel verändert, während ich …« Dalan brach ab und starrte in die Ferne. Ich wusste, was er hatte sagen wollen.

… während ich über Jahrzehnte in der Lampe gefangen war.

Mitfühlend strich ich ihm über den Arm. »Ich weiß nicht, ob dir das jetzt hilft«, begann ich, »aber weißt du, was meine Tante Doris immer zu mir gesagt hat?«

Dalan schüttelte den Kopf.

»Dass jede Veränderung etwas Gutes mit sich bringt. Auch wenn es einem zunächst nicht so vorkommen mag.«

Sein Blick lag auf mir und ich wurde nervös.

»Was?«, fragte ich verunsichert. »Habe ich irgendwas im Gesicht?«

Dalan lachte leise und trat einen Schritt auf mich zu. Sanft strich er mir eine Haarsträhne aus der Stirn.

»Weißt du, was der einzige Grund ist, dass ich noch nicht die Hoffnung aufgegeben habe?«, fragte er leise.

Ich schluckte, weil ich plötzlich einen Kloß im Hals hatte.

»Du. Du hast mir mein Leben zurückgegeben.«

Mein Gesicht lief puterrot an und meine Hände wurden feucht. Verlegen knibbelte ich an meiner Unterlippe.

»So etwas Nettes hat noch keiner zu mir gesagt«, gestand ich, meine Stimme war dabei kaum mehr als ein Flüstern.

»Wie meinst du das?«, fragte Dalan und runzelte seine Stirn.

»In dieser Welt zählen Werte wie Charakter doch kaum noch, ständig geht es nur ums Aussehen. Ich gehöre nun mal nicht zu den angesagten Leuten an der Schule und trage auch nicht die neueste Markenkleidung. Die meisten Menschen machen sich bei mir nicht einmal die Mühe, hinter die Fassade zu blicken. Sieh mich doch an.« Ich deutete an mir herunter.

»Das tue ich«, antwortete er mit rauer Stimme und fixierte mich mit seinen dunklen Augen. »Schon die ganze Zeit.«

Mir wurde flau im Magen und mein Herz schlug plötzlich schneller.

»In mir sehen doch alle bloß die kleine, bemitleidenswerte Streberin mit uncoolen Klamotten. Wer will schon mit einer wie mir befreundet sein?«, murmelte ich leise.

Dalan wurde mit einem Mal ärgerlich, seine Augen blitzten auf.

»Ich will so etwas nie wieder aus deinem Mund hören«, entgegnete er. »Diese Menschen haben keine Ahnung, was Schönheit bedeutet. Ihr habt ein absolut krankhaftes Schönheitsideal.

Ich habe gestern in der Schule zwei Mädchen reden hören, die sich über irgendeine Heidi Klum und diese dämliche Fernsehshow unterhalten haben, ›Germany's Next Topmodel‹. Da ich es nicht kannte, wurde ich neugierig und habe mir ein Video dazu angesehen. Und weißt du was?

Ich habe mich geschämt für diese Frau, für diese Ideale und es hat mich so unfassbar wütend gemacht. Warum hungert man sich freiwillig halb krank, während Menschen in anderen Ländern ernsthaft unter Hunger zu leiden haben? Manchmal verstehe ich eure Welt einfach nicht. Warum seid ihr so versessen darauf, perfekt zu sein? Weißt du, was in Agrabah als schön gilt?«

Ich schüttelte den Kopf.

»Das Lächeln einer Frau. Weil es mehr über den Charakter verrät als alles andere.«

Mein Hals wurde erneut eng.

»Und was …« Ich schluckte. »… was sagt mein Lächeln aus?«, fragte ich mit zittriger Stimme.

Dalan näherte sich mir weiter, sein Blick brannte sich tief in den meinen.

»Dass dein Herz voller Güte ist und alles um dich herum erstrahlen lässt. Und es gibt nur wenige Frauen, die ein solch ehrliches Lächeln besitzen.«

11. KAPITEL

»Wo sind wir hier?«, fragte Dalan irritiert, als wir vor einem kleinen Laden in der Ernst-August-Straße standen. Die Fenster waren mit schweren dunkelroten Gardinen verhangen, die es einem unmöglich machten, einen Blick ins Innere zu werfen. Über der Tür hing ein Schild, auf dem ein verschnörkeltes Wort stand. Da es in arabischen Lettern geschrieben war, wusste ich nur durch meine Tante, dass es übersetzt ›Harmonie‹ bedeutete. Normalerweise machte ich um diesen Laden einen großen Bogen, aber besondere Umstände erforderten nun einmal besondere Maßnahmen.

»Lass dich überraschen«, antwortete ich daher, warf Dalan einen aufmunternden Blick zu und öffnete die Tür. Das Glockenspiel über der Tür klingelte. Weihrauch gemischt mit einem süßlichen Duft drang in meine Nase. Ich hustete. Meine Klamotten konnte ich so morgen auf keinen Fall ein zweites Mal anziehen.

Glitzernde orientalische Tücher hingen geschwungen von der Decke herab. In dem langen Regal an der Wand erspähte ich zahlreiche Tee- und Kräutersorten.

Jasmin, Lavendel, Baldrian … Meine Tante hatte sich mittlerweile ein beachtliches Sortiment zugelegt.

»Wer ruft mich?«, ertönte eine rauchige Stimme aus dem Lager. Ich verdrehte die Augen bei ihrer Wortwahl. Sie liebte es einfach dramatisch.

»Doris, ich bin es, Jasmin. Du kannst dir den Auftritt also sparen.«

Wenige Sekunden später trat meine Tante in einem bodenlangen Fummel aus ihrem kleinen Hinterzimmer hervor. Um ihre kurzen schwarzen Strubbelhaare hatte sie ein buntes Tuch gebunden.

»Nette Begrüßung, Kindchen. Du nimmst einem aber auch wirklich jeden Spaß.« Doris schüttelte entrüstet den Kopf. »Wie schön, dass du deine alte Tante mal besuchen kommst. Was verschlägt dich in meinen bescheidenen Laden? Mir dir hätte ich hier nun wirklich nicht gerechnet.«

Wem sagte sie das. Ich auch nicht.

Ich zwang mich zu einem Lächeln. »Ich bin nicht meinetwegen hier, sondern seinetwegen.«

Demonstrativ griff ich nach Dalans Arm und zog ihn zu mir heran. Er war noch immer damit beschäftigt, sich ein wenig skeptisch und befremdlich umzusehen.

Doris musterte Dalan ausgiebig. »Vom Stirnrunzeln bekommt man Falten.«

»Wie bitte?« Dalan schaute höchst verdutzt drein.

Doris richtete ihre Aufmerksamkeit wieder auf mich. »Der Hellste ist er ja nicht. Aber sonst … hübscher Bursche. Geschmack hast du.«

»Doris«, zischte ich.

»Ja, was denn? Nun sei doch nicht immer so steif. Die Angewohnheit hast du definitiv von deinem Vater.«

»Er ist nicht mein Vater, höchstens mein Erzeuger. Und ich will nicht über ihn reden«, unterbrach ich Doris scharf.

Meine Tante seufzte. »Die Familie Winterberg hätte dringend mal etwas Entspannung nötig.«

Ich hatte bald eher eine Therapie nötig, wenn ich mir diesen ganzen Esoterik-Quatsch hier ansah. Mein Blick fiel auf die Glaskugel, die in der Mitte eines runden Holztisches auf einem weinroten Tuch lag. Um den Tisch standen abgewetzte Ledersessel. Warum hatte ich Dalan noch mal hergeschleppt?

»Es war eine Schnapsidee gewesen, herzukommen«, teilte ich Doris ziemlich unverblümt meine Meinung mit und wollte gemeinsam mit Dalan schon auf dem Absatz kehrtmachen, doch Doris hielt mich zurück.

»Jasmin, nun warte doch. Ich verspreche auch, dass ich mich jetzt zurückhalten werde. Ihr seid doch nicht ohne Grund hergekommen. Also, wie kann ich euch helfen?«

»Du hast da jetzt aber nicht irgendwelche merkwürdigen Zutaten reingemischt?«, fragte ich misstrauisch und schnupperte an dem Gebräu, dass Doris vor Dalan und mir auf den kleinen Tisch gestellt hatte. Wer wusste schon, was sie da zusammengebraut hatte?

»Wenn du denkst, dass ich bei Vollmond erst um ein Feuer getanzt bin, irgendwelche Beeren gesammelt und die hinterher zu einem Tee zusammengemixt habe, muss ich dich leider enttäuschen«, entgegnete meine Tante. »Die Mischung ist aus dem neuen orientalischen Lädchen in der Straße. Für wen hältst du mich?«

Ich zog es vor, zu schweigen.

Meiner Tante fiel das jedoch nicht weiter auf, da sie bei Dalans Anblick schon wieder dieses Leuchten in den Augen bekam. Wahrscheinlich, weil er seit Tagen ihr erster Kunde war. Das konnte nichts Gutes bedeuten.

»Also, Dalan, was genau beschäftigt dich derzeit?« Interessiert beugte sie sich zu ihm vor und durchbohrte ihn förmlich mit ihrem Blick. Als Dalan Anstalten machte, auf Doris' Frage zu antworten, fiel ich ihm schnell ins Wort.

Ich hatte vor, das Ganze hier so kurz wie möglich zu halten und Doris möglichst wenige Informationen zukommen zu lassen. Und dabei zu verheimlichen, dass Dalan ein Flaschengeist war. Da ich nun mal wusste, dass Dalan ein ziemliches Plappermaul sein konnte, nahm ich das Reden besser selbst in die Hand.

»Denkst du, dass es so etwas wie Zeitsprünge gibt? Und dass man unter gewissen Umständen in die alte Zeit zurückkehren kann?«

»Du meinst, ob es so etwas wie ein Paralleluniversum gibt? Durchaus!« Doris nickte bekräftigend. »Es gibt Dinge, die wir nicht erklären können. Aber was genau hat das jetzt mit eurer Situation zu tun?«

Ich räusperte mich und schwieg.

»Also, Jasmin, du musst schon etwas konkreter werden, wenn ich euch helfen soll. Was soll ich denn mit einer dermaßen hypothetischen Aussage anfangen?«

Dalan verschränkte seine Arme vor der Brust und sah mich herausfordernd an. »Tja, das würde ich auch gerne wissen. Ich darf ja anscheinend nichts dazu sagen.«

Ich stöhnte laut auf und hob beschwichtigend meine Hände.

»Also gut, also gut.«

Ich wand mich zunächst noch einen Moment, weil ich es für keine gute Idee hielt, meine Tante in alle Einzelheiten einzuweihen. Doch sie war im Moment leider die einzige Person, die uns möglicherweise helfen konnte. Also begann ich langsam zu erzählen.

Angefangen bei Doris' Mitbringsel und Dalans Erscheinen. Dass Dalan von seiner Heimat getrennt war und sein eigentliches Zuhause nicht mehr existierte.

Erschöpft beendete ich meinen Vortrag und wartete gespannt Doris' Reaktion ab. Das Erschreckende dabei: Sie war nicht einmal überrascht.

Stattdessen nickte sie und murmelte nur ein salbungsvolles »Soso, ein Flaschengeist, hmmh, hmmh … Ich habe gleich gespürt, dass da etwas ist. So etwas fühle ich.«

Ach ja? Beim Kauf der Wunderlampe in Dubai hatte sie anscheinend auch nicht bemerkt, dass die Lampe bewohnt gewesen war …

»Was für ein Händler war das, bei dem du die Lampe gekauft hast?«, fragte ich.

Meine Tante wiegte ihren Kopf. »Jasmin, du glaubst doch nicht, dass ich mir das ernsthaft gemerkt habe? Ich bin an so vielen Ständen vorbeigeschlendert. Das war ein ganz normaler Markt. Ich glaube nicht, dass der Verkäufer etwas mit Dalans Zauberbann zu tun hatte. Und sagtest du nicht, er sei schon seit Jahrzehnten darin gefangen?«

Doris streifte Dalan mit einem mitfühlenden Blick.

»Und wie können wir jetzt herausbekommen, wer Dalan in die Lampe verbannt hat? Und aus welchem Grund?«, schob ich ein wenig ungeduldig hinterher.

Doris seufzte. »Das ist nicht so einfach, Jasmin. Aber Fakt ist: Die Person, die diesen Zauber durchgeführt hat, muss unwahrscheinlich viel Macht besitzen.«

Ich grübelte. »Dalan hat mir erzählt, dass er sich nicht daran erinnern kann, was direkt vor dem Zauber geschehen ist. Glaubst du, diese Person, die ihn in die Lampe geschickt hat, könnte möglicherweise auch Dalans Erinnerungen beeinflusst haben? Um irgendeinen wichtigen Teil aus seinen Gedanken zu streichen?«

»Ich wüsste nicht, was er davon haben könnte, einem Straßenjungen die Erinnerungen zu rauben«, meldete sich Dalan schließlich zu Wort.

»Oft sind die Dinge anders, als sie auf den ersten Blick scheinen«, murmelte meine Tante geheimnisvoll.

Die Frau machte mich fertig. Hatte Doris diese Weisheiten von irgendwelchen Kalenderblättern oder Glückskeksen?

»Wartet, ich habe noch etwas für euch. Vielleicht bringt es euch dem großen, mysteriösen Geheimnis um Dalans Vergangenheit näher«, sagte meine Tante und holte eine Packung Karten aus der Tasche ihres Gewands hervor.

»Doris, wir hatten jetzt echt nicht vor, Karten mit dir zu spielen, sondern gehofft, dass du uns irgendwie eine konkrete Antwort geben kannst«, erwiderte ich, doch Doris unterbrach mich.

»Psst. Ich muss mich konzentrieren.«

Oh Gott. Jetzt ging es los. Ich konnte es echt nicht fassen, dass manche Menschen hierfür ihr mühsam erarbeitetes Geld ausgaben. Aber solange es Dalan half …

Nachdem Doris die Karten ordentlich auf den Tisch gelegt hatte, richtete sie ihren Blick auf Dalan.

»Dalan, was genau würdest du gerne wissen? Du musst eine bestimmte Frage formulieren, die du an die Tarotkarten richtest.«

»Hmmh …« Dalan legte seinen Kopf schief. »Ich würde gerne wissen, ob ich den Bann brechen kann.«

»Also schön.« Meine Tante nickte und bat Dalan schließlich, drei Karten aus dem Stapel zu ziehen.

Nachdem er Doris diese gezeigt hatte, deckte meine Tante die erste Karte auf und legte sie offen auf den Tisch.

Sie deutete auf das Symbol. Es war ein Löwe, der von einem Mädchen umarmt wurde. »Die erste Karte spiegelt deine aktuelle Situation wider. Der Löwe auf der Karte weist auf Dalans Kraft hin. Und dass er den Mut und die Tapferkeit besitzt, die Dinge zu hinterfragen.«

Doris deckte die zweite Karte auf. »Der Magier. Steht in diesem Fall ganz klar für deine Vergangenheit und für die Person, die dich in die Lampe gesperrt hat.« Ihre Hand wanderte weiter zur nächsten Karte.

»Oh.« Das Gesicht meiner Tante hellte sich merklich auf, ihre geschminkten Lippen verzogen sich zu einem vielsagenden Lächeln. »Und hier hätten wir noch die Liebenden, ein ganz besonderes Symbol.«

»Was bedeutet das?«, fragte Dalan.

»Dass du jemanden an deiner Seite haben wirst, der dich unterstützt und der nicht mehr von dir weichen wird. Und dass ihr gemeinsam gegen das Böse ankämpfen könnt. Zusammen könnt ihr alles schaffen.«

Bei Doris' Worten überkam mich ein merkwürdiges Gefühl. Das bedeutete, dass es tatsächlich jemanden gab, der hinter Dalan her war?

Und wer waren die beiden Liebenden? Sprach sie da etwa gerade von … Dalan und mir?

Plötzlich wandte Doris mir ihre Aufmerksamkeit zu.

»Kind, deine Aura ist ganz schlecht. Ich spüre viel zu viele negative Schwingungen, die deine Seele belasten.« Meine Tante fuchtelte mit ihren Armen um mich rum und schloss die Augen. »Etwas bedrückt dich.«

Ich verdrehte die Augen. Dafür musste ich keine Wahrsagerin sein, um das zu deuten.

»Schätzchen, soll ich dir auch die Karten legen?«, fragte Doris euphorisch und ich entschied, dass jetzt der beste Zeitpunkt war, um zu gehen.

»Ein anderes Mal vielleicht. Und bitte tu mir den Gefallen und behalt dieses Gespräch für dich. Niemand darf hiervon erfahren.«

Doris tat, als würde sie ihren Mund verschließen und den Schlüssel dazu wegwerfen.

»Meine Lippen sind versiegelt. Mach dir keine Sorgen, euer Geheimnis ist bei mir sicher.«

»Na, das hat uns ja nicht wirklich weitergeholfen«, stöhnte ich, sobald Dalan und ich Doris' Laden verlassen hatten. »Meine Tante macht aber auch immer kryptische Aussagen. Jetzt bin ich genauso schlau wie vorher.« Ich redete mich immer weiter in Rage, weil ich so enttäuscht war, bis mich Dalan plötzlich unterbrach.

»Jasmin?«

»Hmmh?« Überrascht wandte ich mich ihm zu.

»Danke«, sagte Dalan leise, sein Blick war aufrichtig. »Ich weiß, dass du das heute nur für mich getan hast. Das bedeutet mir viel.«

Vor Verlegenheit wurden meine Wangen ganz hitzig. Betreten winkte ich mit der Hand ab. »Dafür musst du mir doch nicht danken«, murmelte ich. »Bloß tut es mir leid, dass wir nicht mehr über deine Vergangenheit herausfinden konnten.«

»Das muss es nicht«, erwiderte Dalan. »Ich habe heute mehr Antworten bekommen als in den Jahrzehnten, die ich in der Lampe gefangen war. Und das habe ich dir zu verdanken.«

Mein Herz machte einen kleinen Satz und ein zufriedenes Lächeln legte sich auf meine Lippen. Ich warf Dalan einen schüchternen Blick von der Seite zu und er lächelte ebenfalls.

Schweigend liefen wir nebeneinanderher. Ab und zu berührten sich unsere Hände, doch keiner von uns beiden machte Anstalten, auf Abstand zu gehen.

»Sag mal, als Doris vorhin deinen Vater erwähnt hat …«, begann Dalan unerwartet und ich versteifte mich.

»Was genau ist eigentlich mit ihm?«

Ich zuckte mit den Achseln. »Da gibt es nichts groß zu erzählen. Ich bin seit meiner Geburt ohne einen Vater aufgewachsen. Mein Erzeuger hat sich davor noch rechtzeitig in den Amazonas abgesetzt. Anscheinend fand er es spannender, irgendwelche Dschungelkrankheiten zu erforschen, als seiner eigenen Tochter beim Aufwachsen zuzusehen.«

Es hatte locker klingen sollen, doch es schwang ein bitterer Unterton in meiner Stimme mit. Ich spürte Dalans Seitenblick auf mir. Anscheinend wartete er darauf, dass ich weitererzählte.

»Am Anfang hat sich alles ganz normal für mich angefühlt«, fuhr ich fort, »es gab einfach nur Mama und mich. Mir hat nichts gefehlt, ich war glücklich mit dem, was ich hatte. Ich kannte es ja auch nicht anders. Mama hat alles dafür getan, um mir eine schöne Kindheit zu geben.

Als ich aber in die Grundschule kam, habe ich immer die ganzen Väter gesehen, die ihre Kinder von der Schule abgeholt haben. Ich habe Mama gefragt, was mit meinem Vater wäre und warum er mich nie von der Schule abholte.

Von da an wartete ich jeden Tag darauf, dass er zurückkam. Nach Schulschluss stand ich immer am Eingang und hielt nach ihm Ausschau. Monate vergingen, doch er kam nicht. Und irgendwann begriff ich, dass er nie wiederkommen würde.

Nachts lag ich wach und fragte mich, ob irgendetwas mit mir nicht stimmte. Und ob es meine Schuld war, dass mein Vater nicht bei meiner Mutter und mir war.

Ich verstand einfach nicht, warum er sein eigenes Kind nicht sehen wollte. Die anderen Väter gingen mit ihren Kindern schwimmen, spielten mit ihnen Ball oder besuchten gemeinsam Freizeitparks.

Mit acht Jahren fand ich mich schließlich damit ab, dass meine Familie nicht so war wie die der anderen. Und dass sie niemals so sein würde.«

Dalan hatte während meines kleinen Vortrags geschwiegen und bedächtig zugehört. »Und … du hast auch danach nie etwas von ihm gehört?«, hakte er nach.

Ich kickte einen Kieselstein beiseite. Er prallte gegen einen Laternenpfeiler und verursachte ein leises Scheppern.

»An meinem zehnten Geburtstag fand ich plötzlich einen Brief im Postkasten. Er war an mich adressiert und mit einer merkwürdigen Briefmarke versehen. Er kam direkt aus Manaus im Amazonas.

In den Jahren darauf folgten Briefe aus Indien, Madagaskar und so weiter, jeweils zu meinen Geburtstagen und zu Weihnachten. Doch ich hatte kein Interesse mehr an meinen Vater und habe bis heute keinen einzigen seiner Briefe geöffnet. Es ist zu spät für ihn, um seine Fehler wiedergutzumachen.«

Dalans Augen wurden groß. »Bist du denn gar nicht neugierig, was er dir zu sagen hat?«

»Was soll schon groß drinstehen?« Ich schnaubte und trat diesmal fester gegen einen Stein.

»Er hat meine Mutter und mich im Stich gelassen. Er wollte vorher nichts von mir wissen und jetzt will ich nichts mehr von ihm wissen. Mama und ich sind auch ohne ihn sehr gut ausgekommen, wir brauchen ihn nicht in unserem Leben.«

»Ich bin mir sicher, dass dein Vater einen Grund für seine Entscheidung hatte. Es war bestimmt nie seine Absicht gewesen, deine Mutter oder dich zu verletzen.« Dalans Stimme war sanft.

Ich warf ihm einen wütenden Blick zu. »Dann nenn mir doch mal bitte einen einzigen Grund, seine eigene Familie sitzen zu lassen? Es gibt nichts, das dies rechtfertigt. Und jetzt glaubt dieser Mann allen

Ernstes, er könnte mit ein paar lächerlichen Briefen alles ändern und achtzehn Jahre, in denen er nicht bei uns war, ungeschehen machen? Er soll sich aus meinem Leben raushalten«, entgegnete ich mit Nachdruck und registrierte Dalans erschrockenes Gesicht. Gleich darauf bereute ich, dass ich so heftig reagiert hatte.

»Dalan, es tut mir leid, ich wollte dich nicht so anfahren. Ich möchte bloß einfach nichts von diesem Mann wissen, verstehst du? Er hat mich so sehr verletzt und ich will das nicht noch einmal mitmachen müssen. Können wir jetzt bitte das Thema wechseln?«, bat ich ihn. »Es geht mir gut, mach dir keine Gedanken.«

»Ich mache mir aber Sorgen um dich«, sagte Dalan ruhig. »Es macht mich traurig, wenn dich etwas bedrückt. Schließlich sind wir Freunde.«

Das nahm mir den Wind aus den Segeln. Völlig überrumpelt blieb ich stehen und dachte im ersten Moment, mich verhört zu haben.

»Wa-was hast du da gerade gesagt?«, stotterte ich.

Dalan war nun ebenfalls stehen geblieben.

»Dass wir Freunde sind?«, wiederholte er, wobei sich seine Lippen zu einem sanften Lächeln verzogen.

Mein Hals fühlte sich plötzlich eng an, Tränen verschleierten mir die Sicht. Ich schluckte.

In meinem ganzen Leben hatte ich bisher noch keine richtige Freundin oder keinen richtigen Freund gehabt. Ich war immer nur die gewesen, die *anders* als die anderen war.

Während die anderen Mädchen im Kindergarten zusammen mit Barbies gespielt hatten, hatte ich mich lieber dem Lego gewidmet.

In der Grundschule hatte es ein Mädchen gegeben, mit dem ich mich zu Anfang sehr gut verstanden hatte. Sie hieß Luisa und sie hatte lustige Sommersprossen auf ihrer Nase gehabt. Als in der zweiten Klasse jedoch ein neues Mädchen zu uns kam und drei nun mal einer zu viel waren, ersetzte mich Luisa kurzerhand durch Mara. Und am Gymnasium hatte es irgendwann schließlich mit den gehässigen Sprüchen begonnen.

Dalan hatte also keine Ahnung, was seine Worte in mir auslösten.

Es war mir peinlich, dass ich so emotional darauf reagierte. Ich wollte nicht, dass er sah, wie mir eine Träne über die Wange rann, und drehte mich daher von ihm weg. Da spürte ich auf einmal Dalans Hand auf meinem Arm.

»Jasmin?«, fragte er mit belegter Stimme. »Habe ich was Falsches gesagt?«

Stumm schüttelte ich den Kopf.

»Es ist bloß … also …« Mein Gesicht musste mittlerweile einem Feuerlöscher gleichen. Langsam drehte ich mich zu Dalan um und traute mich kaum, ihn anzusehen. »Ich hatte noch nie einen echten Freund.«

»Ich hatte auch noch nie einen echten Menschenfreund. Es gab immer nur Abu«, erwiderte Dalan.

Wir beide lachten unsicher und ich fühlte mich so leicht und glücklich wie schon lange nicht mehr.

Dalan hielt mir seine Hand entgegen. »Komm, deine Mutter wartet bestimmt schon mit dem Essen auf uns.«

Ich ergriff Dalans Hand und ein Kribbeln machte sich in meiner Magengegend breit.

Den ganzen Heimweg legten Dalan und ich so zurück. Er ließ meine Hand nicht einmal los.

Und das fühlte sich verdammt schön an.

12. KAPITEL

Heute war der Tag gekommen. Heute würde ich Bernd kennenlernen.

Jegliche Hoffnung, das Geturtel zwischen meiner Mutter und ihm würde sich doch nur als etwas Harmloses entpuppen, hatte sich leider wie eine Seifenblase in Luft aufgelöst.

Meine Mutter rannte schon seit heute Nachmittag wie eine aufgescheuchte Henne durch die Wohnung und machte mich ganz nervös damit. So aufgeregt hatte ich sie nicht mehr gesehen, seit sie vor zwei Jahren Tickets für Robbie Williams gewonnen hatte.

»Die Frau kann nicht mit mir verwandt sein«, zischte ich Dalan zu, der neben mir auf dem Sofa saß und das rege Treiben meiner Mutter studierte. Aus der Küche hörte man ein lautes Klappern, es roch ziemlich angekokelt in der Wohnung. Hoffentlich schlugen die Nachbarn nicht gleich Alarm und riefen die Feuerwehr, weil sie dachten, dass wir hier das Haus abfackelten.

Vielleicht hätte Mama doch lieber bei ihrer altbewährten Lasagne bleiben und auf die Schnelle nicht noch das gesamte Kochbuch von Dr. Oetker durchprobieren sollen.

»Hey, tu es deiner Mutter zuliebe«, raunte Dalan mir zu und stupste mich an. Er schenkte mir ein liebevolles Lächeln. »So schlimm wird es schon nicht werden. Und du hast immerhin noch mich an deiner Seite.«

In dem Moment klingelte es an der Tür.

»Jasmin-Schatz, machst du bitte mal die Tür auf?«, drang Mamas Stimme eine Spur zu hoch zu uns herüber.

Ich knirschte mit den Zähnen, warf Dalan einen grimmigen Blick zu und erhob mich vom Sofa. Innerlich bereitete ich mich schon auf das Schlimmste vor, zählte gedanklich noch einmal bis zehn und drückte dann die Türklinke runter.

Was ich sah, verschlug mir die Sprache.

Ich hatte wirklich mit allem gerechnet. Mit einem knackigen Fitnesstrainer, einem feurigen Südländer oder einem schmierigen Model-Verschnitt.

Doch Bernd war klein, hatte schon leicht ausgedünntes Haar und ein gemütliches Bäuchlein. Noch immer starrte ich ihn wie ein Alien an.

Er lächelte breit und reichte mir seine Hand. »Du musst dann wohl Jasmin sein. Melanie hat mir schon viel von dir erzählt.«

Wenigstens war ich geistesgegenwärtig genug, ihm ebenfalls die Hand zu reichen und ein bemüht freundliches »Hallo« zu entgegnen.

Dalan trat neben mich und schüttelte überschwänglich Bernds Hand. »Hallo, freut mich sehr, Sie kennenzulernen. Wir haben auch nur Gutes über Sie gehört.«

Schleimer.

Bernds Gesicht hellte sich auf, als hätte man eine Glühbirne angeschaltet. »Ja?«, fragte er. »Dann bist du wohl Dalan, Jasmins Freund.«

»Nein«, sprudelte es aus mir heraus.

Dalan und Bernd drehten sich zu mir um und sahen mich wegen meines Ausrufs irritiert an.

»Nein?« Bernd hob seine Augenbrauen.

»A-also doch. Aber nicht richtig. Also er ist ein Freund, nicht *mein* Freund«, brabbelte ich daher und sank immer tiefer ins Fettnäpfchen.

Dalan sah mich jetzt vollends verstört an und ich entschied, dass es besser war, ab jetzt den Mund zu halten und das Reden lieber anderen zu überlassen.

»Ich helfe Mama mal eben«, murmelte ich und verschwand mit diesen Worten in der Küche, um nicht noch mehr Unheil anzurichten. Der Abend fing ja schon gut an.

Meine Mutter hatte sich für den heutigen Anlass richtig rausgeputzt. Ihre lockigen braunen Haare hatte sie zu einer eleganten Hochsteckfrisur zusammengebunden und ihre Lippen waren von einem sanften Schimmer überzogen. Außerdem trug sie das rote Kleid, das ihre grünen Augen noch stärker zur Geltung brachte.

Da kam ich mir in meiner zerschlissenen Jeans und dem einfach T-Shirt jetzt doch etwas underdressed vor.

Meine Mutter sah wirklich aufgeregt aus. »Geht das so?«, fragte sie mich und deutete auf ihr Outfit. Angesichts ihrer Nervosität legte sich nun doch ein winziges Lächeln auf meine Lippen.

»Du siehst super aus«, versicherte ich ihr. »Wenn er das nicht erkennt, ist er entweder blind oder schwul.«

»Jasmin!« Meine Mutter spähte um die Ecke, in der Befürchtung, Bernd könnte etwas gehört haben. Dieser war jedoch in eine rege Unterhaltung mit Dalan vertieft.

Als meine Mutter schließlich mit einem schiefen Lächeln ins Wohnzimmer trat, wurden Bernds Augen bei Mamas Kleid kugelrund. Der Auftritt war ihr wohl geglückt.

Das ganze Essen über warfen sie sich so verstohlene, verliebte Blicke zu, dass mir schon ganz schlecht wurde.

Bernd strahlte bis über beide Wangen und bei Mama machte ich mir ernsthaft Sorgen, dass sie sich ihr penetrantes Grinsen ins Gesicht gemeißelt hatte.

Warum konnte es nicht einfach bei unserem Zweiergespann bleiben? Doch leider hatte ich diesmal das ungute Gefühl, dass Bernd nicht nur ein harmloser Flirt für Mama war …

13. KAPITEL

Auch der nächste Tag hielt eine Überraschung für mich parat. Marco und ich hatten uns am Nachmittag noch einmal für das Referat zusammengesetzt.

Nun stand ich vor der Haustür und wollte mich von ihm verabschieden, als ein Range Rover rasant in die Einfahrt fuhr und nur knapp vor meinen Füßen bremste. Die Beifahrertür öffnete sich und zwei lange Beine auf schwarzen High Heels kamen zum Vorschein, bis kurz darauf eine schlanke blonde Frau mittleren Alters in mein Sichtfeld trat.

Sie schritt galant auf uns zu und machte vor Marco halt.

»Hallo, Mutter«, antwortete er förmlich, woraufhin sie ihm zwei Küsschen auf die Wange hauchte.

»Du hast ein wirklich beeindruckendes Spiel verpasst, dein Bruder hat drei Tore geschossen. Er ist noch im Gespräch mit dem Trainer. Jason hat gute Chancen, diese Saison von einem der Talentscouts entdeckt zu werden.«

Erst jetzt schien sie mich zu bemerken, da sie für einen winzigen Moment ihre Sonnenbrille hinunterschob, ihr feines Näschen rümpfte und ihre Aufmerksamkeit schließlich wieder auf Marco richtete.

»Wer ist das?« Es war offensichtlich, dass sie mich damit meinte, doch bei diesen Worten würdigte sie mich nicht eines Blickes.

In dem Moment öffnete sich auch die Fahrertür und ein hochgewachsener Mann mit leicht angegrautem Haar gesellte sich an die Seite von Marcos Mutter.

Marco trat unbehaglich von einem Fuß auf den anderen und räusperte sich. »Mom, Dad, das ist Jasmin. Sie ist in meiner Stufe. Wir bereiten gemeinsam ein Referat für die Schule vor.«

Marcos Mutter presste ihre in einem kühlen Rotton geschminkten Lippen zu einer dünnen Linie zusammen.

Und zum ersten Mal bekam ich eine leise Ahnung davon, warum Marco mich den einen Tag so schnell hatte loswerden wollen.

Meine Nackenhärchen stellten sich auf. Wie reagierte ich jetzt am besten auf diese Situation? Erwartete Marcos Mutter etwas von mir? Dass ich den Anfang machte und auf sie zuging?

Ich gab mir einen Ruck. Mit laut klopfendem Herzen trat ich einen Schritt vor und streckte meine Hand aus. Marcos Mutter ignorierte die Geste jedoch und bedachte meine Hand stattdessen mit einem angeekelten Blick, als hielte ich ihr einen leblosen glitschigen Fisch entgegen. Sie schob sich ihre Sonnenbrille ins Haar. Ihre Augen waren von einer solchen Härte und Kälte, dass mir jegliches Wort im Hals stecken blieb.

Mein Gesicht lief vermutlich knallrot an und ich zog zutiefst beschämt meine Hand zurück. Ich fühlte mich schrecklich unwohl in meiner Haut.

Marcos Mutter schritt, ohne mich eines weiteren Blickes zu würdigen, an mir vorbei und legte ihrem Sohn im Vorbeigehen flüchtig ihre manikürte Hand auf die Schulter. Mit den Krallen an ihren Fingern hätte sie jemanden ermorden können.

»Marco, sei so gut und richte noch den Wintergarten für morgen her. Dein Bruder hat sich nach seinem anstrengenden Spiel eine Pause verdient. Und wenn sein Trainer von der Uni morgen noch mal vorbeikommt, muss alles passen.«

Wenn man den hochlobenden Worten der Eltern in Bezug auf Jason so zuhörte, dann könnte man meinen, Jason würde demnächst in der Nationalmannschaft spielen.

Marcos Vater klimperte mit dem Autoschlüssel in seiner Hand. »Ich hoffe, dieses Treffen morgen wird dir eine gute Motivation sein, mein Sohn.«

Marcos Schultern hingen schlaff nach unten und ich sah ihm an, wie unangenehm und peinlich ihm diese Situation war. Auch wenn Marco eigentlich kein Mitgefühl verdient hatte, tat er mir trotzdem ein bisschen leid.

Seine Eltern waren solche Personen, die es innerhalb von wenigen Sekunden schafften, einem die komplette Energie zu entziehen und das Gefühl zu geben, man wäre weniger wert als sie. Die beiden waren in etwa so liebevoll und herzlich wie ein Eisblock.

Betreten wandte ich meinen Blick ab und schabte mit meinen Füßen über den Asphalt.

»Tja, ich … ich geh dann jetzt besser mal«, murmelte ich und wagte es, für einen kurzen Moment nach oben zu schauen.

Marco hob daraufhin seinen Kopf und blickte mich resigniert an.

»Wir sehen uns«, sagte er leise und folgte seinen Eltern schleppend ins Haus.

14. KAPITEL

Dalan

Irgendetwas stimmte nicht, als ich am Nachmittag mit den Einkäufen vom Supermarkt nebenan nach Hause kam. Ein merkwürdiger Geruch lag in der Wohnung. Lediglich eine feinherbe Note, und dennoch war sie so präsent, dass ich unwillkürlich die Nase rümpfte.

Der Duft wurde penetranter, sobald ich die Treppen nach oben stieg. Mit klopfendem Herzen stieß ich die Tür zu Jasmins Zimmer auf und noch im gleichen Moment wurde mir klar, dass jemand hier gewesen sein musste.

Jemand Fremdes.

In Windeseile musterte ich Jasmins Zimmer, doch ich war allein. Erneut stieg mir dieser fremde Geruch in die Nase, er erinnerte mich an Zedernholz. Das war keines von Jasmins Parfüms, ihre hätte ich unter Tausenden wiedererkannt. Sie mochte süßlichere Düfte.

Ich trat auf den Flur und blickte die Wendeltreppe hinab. »Jasmin? Melanie?«

Keine Antwort.

Jasmins Mutter musste noch bei der Arbeit sein und Jasmin saß mit Marco wahrscheinlich schon wieder an dem Referat. Der Stachel bohrte sich immer tiefer und der Gedanke an die beiden hinterließ einen bitteren Nachgeschmack in meinem Mund, sodass ich ihn schnell verdrängte.

Viel eher galt es jetzt herauszufinden, wer sich unerlaubt Zutritt zum Haus verschafft hatte und vor allem: aus welchem Grund? Und dafür benötigte ich einen klaren Kopf.

Meine Blicke wanderten über Jasmins Schreibtisch und ihr ordentlich gemachtes Bett. So war nichts Auffälliges zu erkennen. Es sah alles ganz normal aus und auf den ersten Blick gab es keinerlei Anzeichen, dass jemand hier gewesen war … Bis ihre Kommode meine Aufmerksamkeit erregte.

Die oberste Schublade stand sperrangelweit offen, der Inhalt war komplett durchwühlt. Hatte Jasmin heute Morgen so das Haus verlassen? Ich konnte mich nicht daran erinnern …

Ich schluckte.

Die Person hatte offensichtlich nach etwas gesucht. Ob etwas fehlte?

Mein Puls raste. Es lag auf der Hand, dass dieser Vorfall etwas mit meiner Person zu tun hatte. Mit meinem Auftauchen.

Warum sonst sollte sich jemand in Jasmins Zimmer schleichen?

Erst diese merkwürdigen Träume, die mich mittlerweile fast jede Nacht heimsuchten, und dann auch noch das hier … So viele Zufälle konnte es nicht geben, daran glaubte ich nicht mehr.

Irgendjemand war hinter mir her.

Von den vielen wirren Bildern in meinem Kopf bekam ich Kopfschmerzen. Ich schloss meine Augen, strich mir über die pochende Schläfe und ließ mich auf Jasmins Bett sinken. Der Schmerz in meinem Kopf verstärkte sich.

Wieso gelang es mir nicht, die unzähligen Puzzleteile in meinem Kopf zusammenzusetzen? Wieso war da nur ein einziges schwarzes Loch, in dem ich versank und das meine Erinnerungen aufzusaugen schien wie ein Staubsauger?

Langsam öffnete ich meine Augen wieder und blickte aus dem Fenster. Regentropfen hingen an der Scheibe und liefen das verschmierte Glas hinunter.

Der graue Einheitsbrei da draußen passte perfekt zu meiner derzeitigen Stimmung.

Wie konnte es bloß sein, dass eine fremde Person ins Haus gelangt war? Alle Fenster und Türen waren verschlossen gewesen, als wir heute Morgen zur Schule gefahren waren. Und genau diese Tatsache behagte mir gar nicht.

Denn das bedeutete unweigerlich, dass die Person über andere Fähigkeiten verfügte, in ein Haus einzubrechen. Und dafür gab es nur eine einzige Erklärung: Magie.

Konnte es sein, dass ein anderer Flaschengeist nach mir gesucht hatte? Das ergab aber keinen Sinn …

In meinem ganzen Leben hatte ich bisher nur einen weiteren Flaschengeist kennengelernt. Ich wusste nicht einmal, wie viele es überhaupt gab. Schließlich entstanden Flaschengeister nur durch die Magie anderer Leute und nicht viele Menschen verfügten über magische Kräfte.

Außerdem: Warum sollte ein Flaschengeist einem anderen Flaschengeist etwas Schlechtes wollen? Sollten sich die Djinns nicht gegenseitig unterstützen?

Es musste also einen anderen Grund geben. Aber welchen? Womöglich hatte es etwas mit diesem Mann zu tun, dem ich immer wieder in meinen Träumen begegnete. Doch wer war dieser Mann?

Aus einem Impuls heraus rannte ich ins Bad – und blieb wie vom Donner gerührt stehen.

›Du gehörst mir!‹

Diese drei Wörter standen in krakeliger Schrift quer über den Badezimmerspiegel geschrieben und schnürten mir den Hals zu. Meine Hände zitterten.

Wer zur Hölle war hinter mir her?

»Zeig dich endlich!«, schrie ich und raufte mir verzweifelt die Haare.

Mein Kopf brummte und fühlte sich an, als wäre eine Horde Kamele über mich hinweggetrampelt. Ich beugte mich über das Waschbecken, drehte den Wasserhahn auf und spritzte mir kühles Wasser ins Gesicht.

Als ich meinen Kopf hob, erschrak ich beinahe zu Tode. Mein eigenes Spiegelbild veränderte sich auf einmal. Der Spiegel wurde milchig und das Glas schimmerte.

»Hast du mich schon vermisst?«, ertönte plötzlich eine dunkle Stimme aus dem Nichts, woraufhin ich nach hinten stolperte und mit der Schulter gegen den Badezimmerschrank prallte. Ich rieb mir über die schmerzende Stelle, riss jedoch gleich darauf entsetzt die Augen auf, als ich sah, wie sich eine Person im dunklen Gewand im Spiegel zeigte. Zwei rote Augen starrten mich an, tiefe Furchen durchzogen das Gesicht.

Es dauerte einen Moment, doch dann setzten sich die Puzzleteile in meinem Kopf langsam zu einem Bild zusammen.

»Ihr seid das!«, rief ich aus. »Ihr seid tatsächlich die Person aus meinen Träumen!« Die Figur im Spiegel lachte. Es war ein unheimliches Lachen, bei dem sich einem sofort die Nackenhaare aufstellten.

»Was zur Hölle habt Ihr in meinen Träumen zu suchen? Und wie kommt Ihr dazu, in fremden Häusern herumzuschnüffeln? Haltet Jasmins Familie da raus!«

Das Lachen wurde nur noch dröhnender, seine roten Augen blitzten gefährlich auf.

»Dir liegt was an diesem Mädchen, habe ich recht?« Die gruselige Gestalt betrachtete ihre Fingernägel. »Es täte mir außerordentlich leid, ihr wehtun zu müssen.«

Ein eiskalter Schauer lief mir über den Rücken und mein Herzschlag setzte für einen Moment aus.

»Wagt es nicht, sonst …« Ich ballte meine Hände zu Fäusten.

»Was, du drohst mir? Sehr töricht, mein Lieber. Hast du allen Ernstes geglaubt, du könntest mich so einfach loswerden? Wie naiv du doch bist.«

»Ich kenne Euch nicht. Was wollt Ihr von mir, verdammt noch mal?«, fragte ich verzweifelt. »Ich weiß nicht einmal Euren Namen.«

»Wir kennen uns, glaub mir. Erinnerst du dich wirklich nicht mehr? Du warst damals noch so klein. Ein unschuldiger Junge, und jetzt sieh an, was aus dir geworden ist.«

Dieser Mann sprach in Rätseln.

»Wieso könnt Ihr nicht einfach sagen, was Euer Anliegen ist, und mich dann wieder in Ruhe lassen?«

»Du wirst noch früh genug erfahren, worum es hier geht«, antwortete mein Gegenüber im Spiegel nahezu gelangweilt. »Doch merke dir eines, mein Junge: Ich bin überall!«

Er warf mir noch einen letzten finsteren Blick zu, sein Mund war zu einem diabolischen Grinsen verzogen.

Begleitet von einem dröhnenden Lachen löste sich das Spiegelbild langsam wieder auf.

Das Gesicht der fremden Gestalt verzog sich zu einer hässlichen Fratze, seine Augen waren blutunterlaufen.

Ich erschauderte.

»Bleibt hier und beantwortet mir meine Fragen!«, wollte ich noch rufen, doch mir blieben die Worte im Hals stecken. Kurz darauf war seine Gestalt vollkommen verschwunden. Irritiert erwiderte ich meinen Blick.

Was zum Djinn war gerade passiert? Wer war dieser Mann?

Noch immer schlug mein Herz ungewöhnlich schnell und ich brauchte einen Moment, bis ich meine Atmung wieder unter Kontrolle hatte.

Fakt war, dass Jasmin hiervon auf keinen Fall etwas erfahren durfte. Ich konnte und wollte sie nicht unnötig beunruhigen. Sie machte sich ohnehin viel zu viele Gedanken über alles.

Bei dem Gedanken an sie krampfte sich mein Herz zusammen.

Ich war eine Bedrohung für Jasmin. Ich brachte ihre Mutter und sie in Gefahr, wenn ich bei ihnen blieb. Das konnte ich nicht verantworten.

Jasmin hätte niemals an der Lampe reiben dürfen, dann wäre all das nicht passiert. Und ich hätte auch nicht an ihrer Seite bleiben und sie in eine derart missliche Lage bringen dürfen! Es war alles meine Schuld …

Doch die Wahrheit war: Ich genoss ihre Nähe, selbst wenn das bedeutete, nicht zu Hause sein zu können.

Vielleicht war es besser für alle Beteiligten, wenn ich für ein paar Tage von der Bildfläche verschwand und mich in die Lampe zurückzog. Doch von der Lampe aus konnte ich nicht auf Jasmin aufpassen …

Dieser innere Zwiespalt machte mich wahnsinnig!

Würde ich mich nicht von ihr fernhalten, so gut es denn eben ging, und weiterhin in ihrer Nähe bleiben, brachte ich sie in große Gefahr …

Doch wenn ich nicht an ihrer Seite blieb, wäre es mir unmöglich, sie zu beschützen.

Verdammt, was konnte ich tun?

Sollte Jasmin etwas zustoßen – und das auch noch meinetwegen –, würde ich mir das nie verzeihen. Allein der Gedanke daran, sie nicht mehr in meinem Leben zu haben, brach mir das Herz. Denn Jasmin war dafür verantwortlich, dass ich endlich wieder atmete. Lebte.

Ich wusste, dass es das einzig Vernünftige war, ein bisschen auf Abstand zu gehen und Jasmin lediglich aus dem Hintergrund zu beobachten.

Doch wie konnte sich etwas vermeintlich Richtiges so falsch anfühlen?

15. KAPITEL

Als ich nach Hause kam, fand ich zu meiner eigenen Verblüffung einen Wischmopp schwingenden Dalan vor, der im Takt zu Beyoncés ›All The Single Ladies‹ durch mein Zimmer wuselte. Fenster und Türen standen sperrangelweit offen, ein kühler Windhauch strich mir über meine Wangen.

Amüsiert blieb ich im Türrahmen stehen. »Was ist denn jetzt los?«

Dalan zuckte erschrocken zusammen. Beinahe hatte ich das Gefühl, als würde er sich ertappt fühlen. Beschämt kratzte er sich am Nacken.

Seine anfängliche Verlegenheit war innerhalb weniger Sekunden jedoch verschwunden, da er in diesem Augenblick die Nase rümpfte und mich von oben herab ansah.

»Das war seit Wochen schon überfällig. Überall fliegt der Staub rum.« Mit diesen Worten stellte er den Wischmopp unwirsch in die Ecke.

Ich runzelte die Stirn. Irgendwie passte es nicht, dass Dalan deswegen so einen Aufstand machte.

»Ist alles in Ordnung? Du wirkst etwas … angespannt«, meinte ich vorsichtig, während ich meine Tasche aufs Bett legte.

»Ich bin überhaupt nicht angespannt«, fauchte Dalan. »Und wenn du mich entschuldigst: Ich hab noch was zu erledigen.«

Damit rauschte er ohne jede weitere Erklärung aus meinem Zimmer und ließ mich verwirrt zurück.

Am Abend schien sich Dalan wieder beruhigt zu haben, da er meine Mutter und mich mit einem Essen überraschte.

Als ich die Küche betrat, drang ein köstlicher Duft in meine Nase.

»Was machst du denn da?«, fragte ich neugierig und spähte über Dalans Schulter.

»Pfannkuchen mit einer speziellen orientalischen Füllung«, antwortete er, während er konzentriert den Teig in der Pfanne wendete, der bereits knusprig und goldbraun aussah.

Mir lief das Wasser im Mund zusammen.

Mit einem Blick nach draußen stellte ich fest, dass Dalan liebevoll den Gartentisch gedeckt hatte, in der Mitte des Tisches stand ein Strauß selbst gepflückter Margeriten. Gerührt sah ich zurück zu Dalan.

Vielleicht war ihm heute Nachmittag einfach nur eine Laus über die Leber gelaufen und dies war seine Art, sich zu entschuldigen. Ich beschloss, wegen des merkwürdigen Vorfalls von vorhin nicht weiter nachzuhaken und die Sache auf sich beruhen zu lassen.

In dem Moment stieg meine Mutter ebenfalls die Treppe hinab. Sie musste gerade geduscht haben, da ihre Haare in ein Handtuch gewickelt waren.

»Hat mich meine Nase doch nicht getäuscht. Was riecht denn hier so hervorragend?«

»Nur eine Kleinigkeit. Als Dankeschön, dass ich hier sein darf«, winkte Dalan verlegen ab.

»Ach nein, wie süß bist du denn?« Meine Mutter machte große Augen. »Das wäre doch nun wirklich nicht notwendig gewesen. Wir freuen uns, dich bei uns zu haben.«

Mir fiel auf, dass Dalans Augen bei diesen Worten einen traurigen Schimmer annahmen. Ein kurzzeitiger Schatten legte sich über sein Gesicht.

War wirklich alles in Ordnung mit ihm? Oder gab es irgendetwas, das ihn bedrückte, über das er aber nicht mit mir reden wollte?

»Setzt euch doch schon mal nach draußen, ich bin gleich fertig«, unterbrach Dalan meine Gedanken. Meine Mutter und ich taten Dalan den Gefallen und ließen uns auf den Korbstühlen im Garten nieder. Wenige Minuten später kam Dalan schon zu uns an den Tisch und servierte uns liebevoll angerichtete Pfannkuchen.

»Dalan, jetzt setz dich endlich hin und iss mit uns, bevor das Essen kalt wird.« Meine Mutter lachte, da Dalan nur rumwuselte und permanent zwischen Garten und Küche hin und her flitzte.

Als er sich schließlich zu uns gesellte und sich mir gegenüber setzte, wusste ich aus irgendeinem Grund plötzlich nicht mehr, was ich sagen sollte.

Krampfhaft versuchte ich, ein unverfängliches Thema aus meinem Gehirn zu kramen, aber ich fand nichts.

Stattdessen wandte ich mich ab und streckte mein Gesicht der Abendsonne entgegen. Ich schloss meine Augen und genoss die angenehm warmen Strahlen auf der Haut. Das Licht kitzelte in meiner Nase, helle Punkte tanzten vor meinen geschlossenen Augenlidern auf und ab.

Ich sog tief die Luft in mich auf, die nach frisch gemähtem Gras roch.

Von weiter weg vernahm ich das leises Rauschen des Baches, eine Lärche zwitscherte in den Tannen.

Ich seufzte leise.

Ein warmer Luftzug strich um meine Beine und fuhr durch meine Haare, wodurch sich eine besonders widerspenstige Haarsträhne in mein Gesicht verirrte. Ich versuchte sie wegzupusten und hob meinen Arm, doch da spürte ich bereits eine zaghafte Berührung auf meiner Haut. Ganz sanft strich mir eine Hand die Haarsträhne hinter das Ohr, kaum spürbar, wie der hauchzarte Flügelschlag eines Schmetterlings. Und doch fühlte es sich so intensiv an, dass meine Haut unter dieser Berührung prickelte und kribbelte.

Mein Herz schlug schneller.

Noch immer hielt ich meine Augen geschlossen und als ich sie schließlich ganz langsam wieder öffnete, blickte ich direkt in die dunklen Augen von Dalan. Kleine goldfarbene Sprenkel leuchteten im Licht der Sonne. Lachfältchen zeichneten sich um seinen Mund ab. Schweigend sahen wir uns an.

Erst jetzt fiel mir auf, dass der Stuhl meiner Mutter leer war. Ich entdeckte Mama am anderen Ende des Gartens mit ihrem Handy am Ohr. Leise drangen vereinzelte Wortfetzen zu uns herüber.

Mein Blick fiel wieder auf Dalan. Unwillkürlich und ohne jegliche Kontrolle zogen sich meine Mundwinkel ebenfalls nach oben.

Vielleicht musste ich gar nichts sagen. Denn dieser Augenblick fühlte sich, so wie er war, gerade ziemlich perfekt an.

16. KAPITEL

In der Schule ignorierte mich Marco nach wie vor. Lediglich in den Unterrichtstunden, in denen wir an dem Referat arbeiten mussten, sprachen wir miteinander. Marcos Clique riss des Öfteren noch einen Spruch, doch dies versuchte ich konsequent zu ignorieren. Zu meiner Überraschung war es Marco, der erneut vorschlug, sich am Nachmittag bei ihm zu treffen und weiter an dem Referat zu arbeiten.

Als wir in seinem Zimmer saßen, war ich gerade so in das Geschichtsbuch vertieft, dass Marcos Worte zunächst nur wie durch Watte an meine Ohren drangen.

»Danke«, murmelte er kaum merklich und im ersten Moment dachte ich schon, ich hätte mich verhört. Doch anscheinend funktionierten meine Ohren noch.

»Danke, dass du in der Schule nichts gesagt hast«, wiederholte er, diesmal etwas lauter, und räusperte sich.

Verwundert hob ich meinen Kopf, legte den Stift ab und blickte Marco an. Ich hatte keine Ahnung, was er meinte.

»Wovon redest du?«

»Na ja.« Marco druckste herum und wirkte für einen Moment sogar ein bisschen verlegen. »Ich meine, dass du das mit meinen Eltern und meinem Bruder für dich behalten und in der Schule vor den anderen nichts gesagt hast. Unsere Familiensituation ist nicht so … einfach. Nicht viele wissen davon.«

Marco wandte seinen Blick in Richtung Fenster und schaute nach draußen. Er wirkte abwesend.

Es musste bedrückend sein, die ganze Zeit nur im Schatten des eigenen Bruders zu stehen und von den Eltern nicht gesehen zu werden.

Doch wieso wollte er nicht, dass andere mehr über sein Familienleben wussten? Hatte Marco solche Angst davor, dass sein Image als unangefochtener Mädchenschwarm in der Schule Kratzer erleiden könnte, weil er in seiner eigenen Familie nur den zweiten Platz belegte?

Man konnte sich seine eigene Familie nicht aussuchen, so war das nun einmal. Früher hatte ich mir immer einen Vater an meiner Seite gewünscht. Wenn ich mir Marcos Eltern allerdings besah, war ich heute doch ganz froh über meine Familiensituation.

Nachdenklich betrachtete ich Marco von der Seite. So viele Worte wie in den letzten Tagen hatten er und ich in den vergangenen acht Jahren nicht miteinander gewechselt. Eigentlich wusste ich so gut wie nichts über ihn. In der Schule war er das unnahbare, arrogante und gehässige Arschloch. Doch wer war er sonst? Wenn er nicht mit seiner Clique und seinen sogenannten Freunden zusammen war?

Ich kann nicht behaupten, dass ich Marco seine ganzen Gemeinheiten verzieh, aber mir kam der Gedanke, dass hinter seiner fiesen Maske möglicherweise ein ganz anderer Junge steckte. Schließlich wusste niemand besser als ich, wie es war, sich vor den anderen zu verstecken. Vielleicht trug jeder von uns eine Maske. Man machte sich verletzlich, sobald man sein Inneres nach außen trug. Das entschuldigte Marcos Verhalten trotz allem aber nicht.

Manchmal fragte ich mich, ob sich Marco nicht die falschen Freunde ausgesucht hatte. Ich konnte mir nicht vorstellen, dass zwischen ihm und den anderen eine echte Freundschaft bestand. Anscheinend wussten sie gerade mal einen Bruchteil über Marco. Aber wenn Marco nicht mal seine sogenannten Freunde ins Haus ließ, warum hatte er mich dann herkommen lassen?

»Welchen Vorteil würde es mir bringen, Geschichten über dich zu verbreiten?«, fragte ich.

»Ich war nicht gerade nett zu dir«, entgegnete Marco. »Und ich bin mir sicher, dass einige Leute gerne auf meinem Grab tanzen würden.«

»Keine Sorge, ich werde nichts sagen«, antwortete ich und beugte mein Gesicht wieder über das Geschichtsbuch. Irgendwie verlief das Gespräch zwischen Marco und mir in eine äußerst unangenehme Richtung und ich würde gerne wieder in unverfänglicheren Themengebieten landen.

»Schön, dass wir uns da einig sind«, sagte Marco in dem Augenblick, und plötzlich hatte seine Stimme wieder diesen hochnäsigen Tonfall angenommen. In meinem Magen begann es zu grummeln.

»Ich fasse es ja wohl nicht. Sag mal, was glaubst du eigentlich, wer du bist?«, fuhr ich ihn an.

»Wie bitte?« Es war das erste Mal, dass ich Marco sprachlos erlebte.

Ich stemmte meine Hände in die Hüften. »Denkst du ernsthaft, für deine ganzen Gemeinheiten in den letzten Jahren reicht eine lapidare Entschuldigung und alles ist wieder gut?«

»I-ich weiß nicht«, stotterte Marco und schien noch etwas sagen zu wollen, doch ich ließ ihn nicht ausreden. Mein Puls raste.

»Glaubst du, du hättest das Recht, Menschen um dich herum wie Dreck zu behandeln, nur damit du dich besser fühlst?«

Noch immer klappte Marcos Mund auf und zu, doch kein einziges Wort kam über seine Lippen. Er sah aus wie ein Karpfen auf dem Trockenen.

Diesen Moment nutzte ich und beugte mich zu ihm hinüber.

»Jetzt pass mal auf, Marco Verhöfen. Wenn du glaubst, du könntest mit mir spielen, dann irrst du dich«, zischte ich.

Ich lehnte mich in meinem Stuhl zurück und hatte das Gefühl, mein Herz würde mir vor Aufregung gleich aus der Brust springen. Mir war schlecht und meine Hände zitterten.

Marco schluckte, sein Adamsapfel hüpfte auf und ab.

»Wieso hasst du mich so sehr?«, setzte ich hinterher, wobei meine Stimme leider nicht so selbstsicher klang wie beabsichtigt. »Was habe ich deinen Freunden oder dir jemals getan?«

Für ein paar Sekunden, die mir jedoch wie Minuten vorkamen, herrschte Stille im Zimmer. Marco zuckte mit den Schultern.

»Ich denke, ich habe einfach ein Ventil gesucht, um meine Wut rauszulassen«, wisperte er und blickte auf seine Füße. »Es hatte nichts mit dir zu tun.«

»Da bin ich aber erleichtert«, stieß ich spöttisch hervor und schnaubte. »Das ändert natürlich alles.«

»Ich weiß selbst, dass das keine Entschuldigung ist«, brauste Marco auf und stand so abrupt von seinem Stuhl auf, dass dieser ins Kippeln kam. Aufgebracht lief Marco durchs Zimmer und fuhr sich durch sein blondes

Haar. Plötzlich blieb er stehen, griff nach dem Bilderrahmen mit dem Foto von seinem Hund und warf es mit voller Wucht gegen die Wand.

»Scheiße, verdammt!«, schrie er dabei, sein Gesicht war wutverzerrt.

Erschrocken zuckte ich zusammen. Das Glas vom Bilderrahmen zersprang und ein klirrendes Geräusch drang an meine Ohren.

Wie hypnotisiert starrte Marco auf den Scherbenhaufen vor sich und bewegte sich keinen Millimeter von der Stelle.

Was war bloß in ihn gefahren?

Da ich nicht still sitzen bleiben konnte, stand ich auf und machte zaghaft ein paar Schritte auf Marco zu. Als ich mich bückte, um die Scherben einzusammeln, hielt Marco mich an der Schulter zurück.

»Nein, lass, ich mache das gleich weg. Du sollst dich nicht noch schneiden«, sagte er leise und ließ sich wie ein schlaffer Sack auf seinen Stuhl sinken. In seinen Augen konnte ich Unruhe erkennen.

Schweigend nahm ich wieder gegenüber von Marco Platz und knetete meine Hände.

»Manchmal schaffe ich es einfach nicht, die ganze Wut in mir zu kontrollieren. Es ist, als würden bei mir im Kopf dann irgendwelche Sicherungen durchknallen. Und dann werde ich unberechenbar«, flüsterte Marco. Ich hob meinen Kopf und blickte den Jungen vor mir forschend an.

»Ich erkenne mich in solchen Momenten selbst nicht wieder. Und das ist ein verdammt beschissenes und hilfloses Gefühl. Es fällt dir wahrscheinlich schwer, mir das zu glauben, aber ich verabscheue mich selbst schon genug für mein Verhalten und die Worte, die ich manchmal von mir gebe. Einmal im Monat habe ich eine Sitzung bei einer Therapeutin. Es weiß jedoch niemand etwas davon.«

Marcos Geständnis kam so überraschend für mich, dass mir die Worte fehlten. Damit hatte ich nun wirklich nicht gerechnet. Und aus irgendeinem Grund fühlte ich mich mit der Situation überfordert. Das wurde mir gerade alles zu viel.

»Ich weiß nicht, was ich sagen soll«, antwortete ich ehrlich.

»Du musst nichts sagen«, entgegnete Marco ernst und blickte mir aufrichtig in die Augen. »Ich erwarte auch nicht, dass du mir verzeihst. Aber ich wollte, dass du das weißt: Ich bin dir mehr als nur eine Erklärung schuldig.«

Meine Kehle fühlte sich eng an. In meinem Kopf herrschte Chaos und ich musste die neuen Infos erst einmal verarbeiten.

»Wann steht deine erste Prüfung an?«, fragte ich zur Ablenkung mit Blick auf die vielen Bücher, die sich auf Marcos Nachttisch stapelten.

Ich wusste nicht, ob ich Marco mit meinem abrupten Themenwechsel verwirrt hatte. Wenn ja, dann ließ er es sich zumindest nicht anmerken.

»In genau vier Wochen. Aber Französisch … das wird ein Desaster«, gab er zu.

»Ich bin ganz gut in dem Fach. Ich könnte dir helfen«, hörte ich mich zu meiner eigenen Überraschung plötzlich sagen.

Was? Hatte ich das gerade wirklich von mir gegeben? Ausgerechnet bei dem Jungen, der mir seit Jahren das Leben zur Hölle machte? Was war bloß in mich gefahren?

Im Nachhinein konnte ich mir meine merkwürdige Reaktion nicht erklären. Vielleicht war das Durcheinander in meinem Kopf dafür verantwortlich. Ich war in dem Augenblick einfach nicht in der Lage gewesen, klar zu denken.

Auch Marco machte einen reichlich verdatterten Eindruck. »Meinst du das jetzt ernst?«

Ich lief rot an und zuckte mit den Schultern. »Ähm … j-ja, also, ich weiß nicht …« Leider war es zu spät, um meine Worte rückgängig zu machen.

Marco hielt einen Moment inne und blickte mich schließlich aus seinen blauen Augen an. Heute hatte ich das Gefühl, sie würden in den Farben eines kristallklaren Bergsees schimmern. Doch wenn Marco wütend und unberechenbar war, dann wirkten seine Augen mehr wie ein gefährliches und unergründliches Gewässer. Es war irgendwie faszinierend und doch erschreckend zugleich.

»Warum tust du das für mich?«, fragte Marco.

Ich zuckte mit den Schultern. »Ehrlich gesagt kann ich dir da keine Antwort drauf geben, denn ich weiß es nicht. Eigentlich sollte ich mich freuen, oder es sollte mir gleichgültig sein, wenn du durch die Prüfungen rasselst und dein Abitur versemmelst.«

Nervös rutschte Marco auf seinem Stuhl hin und her.

»Kann ich dich etwas fragen?«

Mit einem etwas mulmigen Gefühl in der Magengegend nickte ich.

»Warum bist du hier so anders, irgendwie selbstbewusst … und in der Schule …?«

»… ein Freak?«, beendete ich seinen Satz bitter.

»Nein, das wollte ich nicht sagen, ich meinte bloß …«, stammelte Marco, doch ich unterbrach ihn.

»Und warum bist du mit solchen Idioten wie Marvin und Kevin befreundet und benimmst dich in der Schule wie der größte Arsch, obwohl du ja anscheinend auch anders kannst?«, feuerte ich wütend zurück.

Eine Pause entstand, in der keiner von uns beiden so recht wusste, was er sagen sollte und auch die restlichen zwei Stunden, in denen wir uns ausschließlich dem Referat widmeten, verliefen eher schleppend.

Doch bevor ich das Haus verließ, drehte ich mich noch einmal zu ihm um.

»Morgen um siebzehn Uhr im Stadion. Bring deine Französisch-Sachen mit. Und einen Fußball.«

»Warum treffen wir uns ausgerechnet hier?«, fragte Marco und blickte über den menschenleeren Platz. »Und warum sollte ich einen Fußball mitbringen?«

»Weil«, begann ich und stützte mich von dem Pfosten hinter mir ab, »es angeblich helfen soll, an einem Ort zu lernen, an dem man sich wohlfühlt.«

»Du bist dir sicher, dass das was bringt?«

Ich zuckte mit den Schultern. »Einen Versuch ist es wert. Probier mal die positive Energie vom Spielfeld aufs Lernen zu übertragen.«

Marco sah noch immer ziemlich skeptisch drein und runzelte die Stirn. Gut, dann eben anders.

»Was fühlst du, wenn du auf dem Fußballfeld stehst?«, hakte ich nach.

»Was?«

Ich verdrehte die Augen. Himmel, ein bisschen schwer von Begriff war der Junge aber.

»Wie fühlst du dich, wenn du auf dem Platz bist und Fußball spielst?«, wiederholte ich meine Frage und blickte Marco abwartend an.

Er überlegte einen Moment. »Na ja, ich fühle mich … locker. Entspannt. Als würde alles andere um mich herum in dem Moment nicht existieren und an Bedeutung verlieren.«

»Das ist doch schon mal ein Anfang. Dann versuch jetzt genau das. Denk nicht an die bevorstehende Prüfung und lass für einen Moment mal den ganzen Stress von dir abfallen. Und während du da ein bisschen mit deinem Fußball … dribbelst oder was auch immer machst, stelle ich dir ein paar Fragen. Oder hast du etwa Angst?«, setzte ich keck hinterher.

»Okay, okay, wirf mir die Französisch-Vokabeln zu, Baby«, Marco grinste. Ich wusste, dass Marco Letzteres nur aus Spaß gesagt hatte, doch mein Lächeln verrutschte.

Ich tat, als hätte ich den Kommentar überhört und lief in Richtung der Tribüne, wo ich unten in der ersten Reihe Platz nahm. Mit einem Nicken deutete ich aufs Spielfeld.

»Dann zeig mal, was du draufhast. Vielleicht machst du dich erst ein bisschen warm und dann werfe ich langsam ein paar Fragen ins Spiel.«

»Glaubst du etwa, ich brauche einen kleinen Vorsprung?« Marco lächelte mich frech an, wobei ein Grübchen zum Vorschein kam. Ich erwiderte seine Frage ebenfalls mit einem verschmitzten Lächeln. Wer hätte gedacht, dass Marco Verhöfen ausgerechnet mich einmal anlächeln würde?

»Wer weiß?«

Marco lief zu mir hinüber, legte seine Tasche neben mir ab. Bevor er zurück aufs Feld ging, sah er sich noch einmal nach mir um und zwinkerte mir zu.

Moment … flirtete er gerade mit mir? Nein, das konnte nicht sein, ich musste mich geirrt haben … oder doch nicht?

Ich versuchte mich wieder darauf zu konzentrieren, warum wir eigentlich hergekommen waren.

Während Marco also ein paar Runden übers Feld drehte und mit dem Fußball dribbelte, stellte ich ihm alle möglichen grammatikalischen Fragen, die mir in den Sinn kamen. Ich formulierte Sätze auf Deutsch, die Marco ins Französische übersetzen sollte. Außerdem stellte ich ihm Fragen zu den Lektüren, mit denen wir uns im Unterricht näher befasst hatten.

Und tatsächlich klappte das erstaunlich gut und fing sogar an, richtig Spaß zu machen.

Die Zeit verging wie im Flug, die Sonne senkte sich mittlerweile über den Horizont und tauchte das Stadion in ein sanftes orangefarbenes Licht. Ich lächelte, als Marco verschwitzt, aber mit einem breiten Grinsen im Gesicht auf mich zukam.

»Und, wie habe ich mich geschlagen?«

Ich wog den Kopf hin und her und tat so, als müsste ich erst noch einen Moment überlegen. Dann grinste ich ebenfalls.

»So schlecht, wie du gesagt hast, bist du gar nicht. Es hapert bei dir nicht an den Inhalten, die wir im Unterricht durchgenommen haben, sondern an deinem Vokabular. Es wird dich bei der Klausur viel Zeit kosten, wenn du alle Wörter im Wörterbuch nachschlagen musst. Du solltest wenigstens noch mal die gängigen Verben wiederholen. Ansonsten würde ich sagen, dass die Französisch-Klausur kommen kann.«

Marco stand mittlerweile vor mir und hielt mir seine Hand entgegen. Als ich diese ergriff und Marco mich etwas zu schwungvoll nach oben zog, prallte ich gegen seine Brust. Dadurch verlor er das Gleichgewicht und stolperte, sodass wir beide zu Boden gingen und ich plötzlich auf seiner Brust lag.

So nah war ich Marco Verhöfen noch nie gewesen.

»Hoppla«, sagte er etwas unbeholfen.

Mein Gesicht war nur noch knapp von seinem entfernt.

Erschrocken hielt ich die Luft an. Plötzlich hatte ich das Gefühl, dass die Stimmung zwischen uns umgeschlagen war. Marco sah mich intensiv an und ich konnte das Aftershave auf seiner Haut riechen.

Unversehens tasteten seine Hände nach meiner Brille und zogen sie mir von der Nase.

»Du hast wirklich schöne Augen«, flüsterte er leise.

Ich räusperte mich nervös. »D-danke«, antwortete ich und nahm ihm die Brille wieder ab.

Etwas umständlich rappelte ich mich auf und auch Marco schwang sich wieder auf die Beine. Einen Moment lang standen wir uns schweigend gegenüber, bis Marco schließlich das Wort ergriff.

»Ich hab total Durst. Wie wäre es mit etwas zu trinken bei mir zu Hause?« Seine Stimme klang ein wenig unsicher, doch ich war ihm dankbar für die Ablenkung.

»Gute Idee«, stimmte ich zu und lachte.

»Hier, bitte.« Marco kam mit zwei gefüllten Gläsern zurück in sein Zimmer und drückte mir eines davon in die Hand.

»Wir hatten leider nichts anderes mehr, ich hoffe, Wasser ist in Ordnung«, entschuldigte er sich mit einem verlegenen Lächeln auf den Lippen.

Bis vor ein paar Wochen hätte ich nicht mal gedacht, dass Marco überhaupt eine solche Seite besaß.

Ich nahm einen Schluck von der kühlen Flüssigkeit und genoss das Kribbeln der Kohlensäure in meinem Mund.

Marco ging hinüber ans Fenster und lehnte sich gegen den Schreibtisch. Merkwürdigerweise hatte ich das Gefühl, dass er nervös und ein wenig durch den Wind war.

»Die Sachen in der Schule ... Es tut mir leid«, hörte ich ihn sagen.

Ein Kloß setzte sich in meinem Hals fest und ich musste schwer schlucken. Bilder schoben sich vor mein geistiges Auge. Bilder und Erinnerungen daran, wie Marco mich jeden Tag aufs Neue gedemütigt und vor den anderen bloßgestellt hatte, immer und immer wieder.

»Was jetzt genau?«, fragte ich, ohne ihn dabei anzusehen. Meine Stimme zitterte. Ich musste mein Glas abstellen, sonst hätte ich das Wasser darin wahrscheinlich noch verschüttet.

»Alles. Jedes einzelne Wort, das ich zu dir gesagt habe.« Marco fuhr sich durch das blonde Haar. »Es tut mir wirklich so leid, Jasmin. Ich wollte nicht ...« Er holte mit der Hand aus und stieß dabei gegen das offene Federmäppchen auf dem Schreibtisch. Die Stifte darin fielen zu Boden.

Marco bückte sich danach. Ich beugte mich in dem Moment ebenfalls hinunter und griff nach den Stiften. Als ich meinen Kopf hob, zuckte ich überrascht zusammen, da Marcos Gesicht plötzlich ganz dicht vor mir war.

»W-was tust du da?«, stotterte ich, als sein Gesicht dem meinem immer näher kam, bis sich unsere Nasenspitzen beinahe berührten.

Unsere Arme stießen minimal aneinander und doch fühlte es sich an, als würde ein winziger Stromschlag durch meinen Arm schießen.

Marco griff nach meinem kleinen Finger und tastete sich langsam vorwärts. Atemlos verfolgte ich seine Bewegungen und wagte es nicht, auch nur einen Mucks von mir zu geben. Ich hatte Angst, den Moment damit kaputt machen zu können.

Dalans Stimme tauchte gegen meinen Willen in meinem Kopf auf.

»Ich möchte gar nicht wissen, wie viele Mädchen bei dem nichts weiter als eine Kerbe an seinem Bettpfosten hinterlassen haben. Der glaubt auch echt, er könnte sich alles herausnehmen.«

Seine Stimme klang gehässig und wurde lauter, bis ich es nicht mehr ertragen konnte und meine Hand wegzog. Ohne Marco anzusehen, raffte ich hastig meine Sachen zusammen.

»Ich … ähm … hab ganz vergessen, dass ich für meine Mutter noch einkaufen gehen sollte«, murmelte ich mit gesenktem Kopf. In meiner Hektik fegte ich nun auch noch den Locher vom Tisch, sodass sich dessen gesamter Inhalt über den Teppichboden verteilte.

Zerstreut betrachtete ich das Chaos, das ich angerichtet hatte. In Marcos Zimmer sah es aus, als hätte es geschneit. Als ich meinen Blick hob, blieb ich an Marco hängen. Von seinem anfänglichen, zaghaften Lächeln war nichts mehr übrig, stattdessen erkannte ich einen Anflug von Traurigkeit in seinen Augen. Er wusste genauso gut wie ich, dass ich ihn angelogen und keine Einkäufe mehr für meine Mutter zu erledigen hatte.

Sein Anblick tat weh, denn ich hatte das merkwürdige Gefühl, dass sich mir heute das erste Mal ein anderer Teil von Marco offenbart hatte. Ein Teil, den er sonst versteckt hielt.

Marco nickte resigniert, sagte aber nichts.

Ich griff nach meiner Handtasche und wollte bereits die Tür aufziehen, doch mir kam jemand zuvor. Ein junger Mann stürmte in Marcos Zimmer und hätte mir beinahe die Tür an den Kopf geschlagen.

Das musste Jason sein.

Er hatte die gleichen Gesichtszüge wie Marco, blondes Haar und die unverkennbaren blauen Augen.

Ich stolperte einen Schritt zurück.

»Na, wen haben wir denn da?«, schnalzte der Junge vor mir und lächelte irgendwie unheimlich.

»Jason …« Marcos Stimme klang warnend, woraufhin Jason abwinkte und Marco zum Schweigen brachte.

»Nun lass doch, Brüderchen. Wo habe ich denn meine guten Manieren gelassen, ich habe mich ja noch gar nicht vorgestellt. Wie ungehobelt von mir. Ich bin Jason.« Er hielt mir seine Hand entgegen. Noch immer lag dieses abartig arrogante Grinsen auf seinen Lippen.

Unschlüssig starrte ich auf Jasons Hand, hielt ihm meine aber letztendlich doch entgegen.

»Und du bist?«, fragte er mich mit hochgezogenen Augenbrauen, wobei er seinen Blick musternd meinen Körper hinabgleiten ließ. Dieser Sprössling hier war wirklich das perfekte Ebenbild seiner Eltern.

»J-Jasmin«, stotterte ich etwas unbeholfen und ärgerte mich noch im gleichen Moment, dass meine Stimme schon wieder so wackelig klang.

»Lass sie in Ruhe, Jason«, knurrte Marco und stellte sich schließlich zwischen uns. Jason ließ von mir ab und wandte seine Aufmerksamkeit stattdessen seinem Bruder zu.

»Nun mach dich doch mal locker. Warum denn so angespannt?«

Gemächlich schritt er durch Marcos Zimmer und rümpfte gelegentlich die Nase, bevor er sich wieder zu uns drehte.

»Hast du schon von den Neuigkeiten gehört? Ich habe gute Chancen, demnächst in der Bundesliga zu spielen. Was sagst du dazu, Brüderchen?«

»Meinen Glückwunsch«, presste Marco zwischen zusammengebissenen Zähnen hervor, seine Kiefer mahlten. »Würdest du jetzt die Güte besitzen, mein Zimmer wieder zu verlassen?«

Jason zog ein mitleidiges Gesicht. »Schon blöd, wenn man überall immer nur der Zweite ist, was? Selbst bei den Mädchen scheinst du ja nicht mehr so viel Erfolg zu haben. Wie man sieht.«

Bei diesen Worten bedachte er mich mit einem abschätzigen Blick. Mein Gesicht wurde vor Scham ganz heiß.

»Wollte Nikki dich nicht mehr oder warum dieser

plötzliche … Sinneswandel?«, setzte Jason noch einen drauf.

Marco ballte seine Hände zu Fäusten, seine Augen blitzten auf.

»Ich warne dich, Jason. Lass Jasmin aus dem Spiel. Noch ein Wort und du …«

Den Moment nutzte ich, um mich aus dem Staub zu machen. Ohne ein weiteres Wort stürmte ich aus dem Zimmer.

»Jasmin, warte!«, rief Marco mir hinterher, doch ich drehte mich nicht um.

Als meine Hand bereits auf der Haustürklinke lag, hörte ich die Stimme von Marcos Bruder.

»Ist die kleine Brillenschlange so etwas wie ein neues Projekt? Da hätte ich selbst dir etwas mehr Geschmack zugetraut.« Ich spürte ein Stechen in meiner Brust.

Bevor Marco antwortete, hatte ich die Tür schon hinter mir zugezogen.

17. KAPITEL

Dalan

Jasmin wirkte am nächsten Morgen leicht abwesend. Sie war tief in Gedanken versunken und stierte vor sich hin, sodass sie kaum etwas von ihrer Umgebung wahrnahm. Einmal lief sie fast gegen einen Laternenpfeiler, das andere Mal stolperte sie über einen Dackel.

Im letzten Moment konnte ich sie noch vor einem Fahrradfahrer wegziehen, der uns lautstark irgendwelche Flüche hinterherrief.

»Jasmin, ist alles in Ordnung?«, fragte ich. »Du warst gestern Abend schon so einsilbig.« Ich wartete einen Moment. »Du weißt, dass du über alles mit mir reden kannst?«

Jasmin nickte. »Ich weiß, Dalan. Danke dir.«

Sie blickte kurz zu mir auf und lächelte, doch es war ein trauriges Lächeln.

Ich hätte sie gerne an mich gezogen und fest in den Arm genommen. Doch ich wusste nicht, ob das so gut war. Die Angst, ihr damit wieder zu nah kommen und sie in Gefahr zu bringen, beschäftigte mich.

Im Schulkorridor blieb Jasmin stehen und hielt mir ihre Tasche entgegen. »Kannst du die kurz halten? Ich geh nur noch mal auf Toilette.«

Während ich also vor dem Mädchenklo wartete, sah ich, wie Marcos Clique um die Ecke bog. Marco stand nur wenige Meter weiter an seinem Spind und zog gerade ein Buch daraus hervor.

Er schien die anderen noch nicht bemerkt zu haben, da sich Nikki von hinten anschlich und ihn schließlich anrempelte.

»Wen haben wir denn da? Der verlorene Sohn ist zurückgekehrt. Bekommen wir dich eigentlich nur noch in der Schule zu Gesicht?«

Marco drehte sich um. »Was soll das, Nikki?«, fragte er genervt.

Ich runzelte die Stirn. Irgendwer hatte mir mal erzählt, dass Nikki und Marco vor einiger Zeit ein Paar gewesen waren.

»Geht man so mit seinen Freunden um?«, fauchte Nikki und verschränkte ihre Arme vor der Brust, ihr angepisster Blick sprach Bände.

»Alter, wo warst du gestern?«, mischte sich jetzt auch Kevin in die Unterhaltung mit ein. »Heute steht das Spiel an und du bist nicht beim Extratraining aufgetaucht. Der Trainer war stinksauer und auf deinem Handy konnte man dich ja auch nicht erreichen.«

Moment … war Jasmin nicht gestern noch mal zur Nachhilfe bei Marco gewesen? Ich verstand ja immer noch nicht, warum Jasmin zusätzlich zu den Referatsvorbereitungen nun auch zum Lernen zu diesem aufgeblasenen Muttersöhnchen ging. Aber seit ein paar Tagen hatte ich sowieso das Gefühl, dass sich zwischen den beiden etwas geändert hatte. Und das gefiel mir ganz und gar nicht.

Ich löste mich von der Wand und ging etwas auf die Gruppe zu, um besser mithören zu können. Möglichst unauffällig stellte ich mich neben den großen Mülleimer und tat so, als wäre ich tief in mein Mathebuch vertieft, während ich die Ohren spitzte.

Leider hatte das kleine Grüppchen mittlerweile seine Lautstärke reduziert, sodass ich von hier aus immer noch nicht genügend verstehen konnte. Zum Djinn aber auch! Ich blickte mich im Schulkorridor um – er war weitestgehend leer. Die meisten Schüler waren mit Sicherheit schon auf dem Weg ins Stadion, um sich die besten Plätze zu sichern. Schließlich stand heute das allseits diskutierte Spiel gegen das Hermann-Vöchting-Gymnasium an.

Das war meine Chance!

Noch ein letzter vergewissernder Blick nach links und rechts, dann huschte ich schnell hinter eine Säule. Ich stopfte mein Mathebuch zurück in meine Tasche und ließ diese auf dem Boden liegen. Innerhalb weniger Sekunden hatte ich mich in meine unsichtbare Form verwandelt, lediglich ein dezenter Geruch von Orange durchströmte den Korridor.

Leichtfüßig und tänzelnd bewegte ich mich als Lufthauch näher auf die kleine Gruppe zu und blieb in der Luft schwebend hinter Nikki stehen.

Von hier aus bekam ich alles haarklein mit. Warum war mir das nicht eher eingefallen?

Ich kicherte in mich hinein. Wer von denen konnte schon ahnen, dass ihnen gerade wortwörtlich ein Flaschengeist im Nacken saß?

Marco rieb sich gerade über die Stirn. »Scheiße, das Extratraining hab ich ganz vergessen.«

»Wo bist du in letzter Zeit mit deinen Gedanken?« Marvin schüttelte den Kopf.

»Es hat doch nicht etwas mit dieser Brillenschlange zu tun? Läuft da was zwischen euch? Man hört da so Gerüchte …«, fragte Nikki lauernd.

»Was willst du damit sagen?« brauste Marco auf und funkelte Nikki an, die gerade ihre spitzen Fingernägel begutachtete.

»Sagen wir mal so, es soll sich bei euren Treffen nicht nur um Nachhilfe handeln …«

Ein dunkler Schatten legte sich über Marcos Gesicht.

»Wer weiß, vielleicht gibt er ihr in ganz anderen Sachen Nachhilfe?« Marvin lachte. »Ich wette mit euch, dass es ihr noch keiner mal so richtig besorgt hat.«

Für den Spruch verpasste ich Marvin kurzerhand eine Kopfnuss. Er fasste sich mit verzerrtem Gesicht an den Kopf und drehte sich zu Kevin. »Au, sag mal, warst du das?«

»Hä, wovon redest du?« Kevin guckte dümmlich Löcher in die Luft.

»Wer behauptet das?«, kam Marco auf das eigentliche Thema zurück, seine Stimme war lauter geworden.

»Dein Bruder hat da was erwähnt …«, murmelte Nikki.

Marco sah aus, als würde er vor Zorn gleich explodieren.

So langsam packte mich bei dieser Unterhaltung auch die Wut. Ich holte tief Luft und pustete in einem kühlen Atemzug in Nikkis Nacken, die daraufhin erst mit ihren Händen geistesgegenwärtig über die Stelle rieb und sich schließlich irritiert nach hinten umdrehte.

Natürlich konnte sie niemanden sehen – auch wenn sie mir geradewegs in die Augen blickte.

Fröstelnd zog sie ihr dünnes Jäckchen enger um sich.

»Warum machst du denn jetzt deshalb so ’nen Aufstand?«, Kevin grinste. »Sag bloß, an den Gerüchten ist doch was dran?«

»Tz, die Alte würde ich nicht mal mit der Kneifzange anfassen«, entgegnete Marco abwehrend.

Ich ballte die Hände zu Fäusten. Obwohl ich Marco und seinem Anhang am liebsten einmal ordentlich die Meinung gegeigt hätte, blieb ich unsichtbar und beobachtete das Geschehen weiter. Mir war klar, dass es nichts bringen würde, Marco vor seinen Freunden zur Rede zu stellen. Und als Lufthauch konnte ich erst recht nichts bewirken.

»Aber dein Bruder meinte …«, begann Nikki erneut, woraufhin Marco zu ihr herumwirbelte. Sein Gesicht war rot angelaufen.

»Komm mir nicht noch ein einziges Mal mit meinem Bruder, hast du mich verstanden?«, zischte er so gefährlich leise, dass ich Mühe hatte, seine Worte überhaupt zu verstehen.

Nikkis Gesicht wurde blass.

»Marco, so war das nicht, ich bin Jason zufällig über den Weg gelaufen …«

»Ach, dann hast du ihm damals wohl auch nur zufällig deine Titten ins Gesicht gehalten und bist auch ganz zufällig bei ihm im Bett gelandet?«

Soso, das wurde ja immer interessanter … Wenn das mal nicht nach verletztem Stolz und einem gebrochenen Herzen klang!

Marco trat noch einen Schritt auf Nikki zu. »Erst steigst du mit meinem Bruder ins Bett und dann besitzt du auch noch die Frechheit, mich hier auszuhorchen? Du bist so billig, Nikki.«

Nikkis Gesicht kam mittlerweile durchaus einem Bettlaken gleich. Sie schluckte schwer und ihre Lippen bebten. Wahrscheinlich würde es nicht mehr lange dauern, bis sie anfing zu weinen. Wirklich Mitleid empfand ich mit ihr allerdings nicht. In Agrabah hatte es auch solche Mädchen wie sie gegeben.

»Marco, findest du nicht, dass es jetzt reicht?«, ergriff Marvin Partei für Nikki.

»Das geht nur Nikki und mich etwas an«, antwortete Marco beherrscht und blickte Kevin und Marvin an. »Wir sehen uns nachher auf dem Spielfeld.«

Mit diesen Worten drehte er sich um und stapfte davon, während die anderen ihm kopfschüttelnd hinterhersahen und sich in die andere Richtung verstreuten.

Jetzt kam mein Auftritt. Innerlich die Hände reibend huschte ich immer noch getarnt als unsichtbarer Lufthauch hinter die Säule zurück und verwandelte mich wieder in meine menschliche Gestalt.

Bevor Marco an mir vorbei war, packte ich ihn am Kragen seiner Lederjacke und drückte ihn gewaltsam gegen die Wand.

»Was bist du bloß für ein Arschloch?«, spuckte ich ihm entgegen.

»Lass mich los!« Marco wehrte sich. »Bist du jetzt vollkommen übergeschnappt?«

Ich drückte ihn noch etwas fester gegen die Wand in seinem Rücken. »Wenn du Jasmin wehtust, dann schwöre ich dir beim Djinn, dass du das bitter bereuen wirst!«

»Bei wem?«, fragte Marco verdutzt.

Ich packte fester zu. »Du hast mich schon verstanden«, knurrte ich mit dunkler Stimme. »Du bist so ein armseliger Feigling! Anstelle deiner Eltern würde ich mich für so einen Sohn schämen!«

Plötzlich ging ein Ruck durch Marcos Körper und die Stimmung schlug um. Das Feuer loderte in seinen Augen, sein Blick wurde hart.

Den Moment, in dem ich für ein paar Sekunden von dem Gefühlsbad auf Marcos Gesicht abgelenkt war, nutzte er. Kraftvoll wirbelte er mich rum und drückte mich nun seinerseits an die Wand.

»Lass meine Familie aus dem Spiel«, zischte er. »Du hast keine Ahnung. Also wag es nicht noch einmal, so etwas zu sagen oder über mich zu urteilen, wenn du keinen blassen Schimmer hast.« Seine Hände gruben sich noch tiefer in den Stoff meines dünnen Shirts.

Ich wehrte mich nicht einmal gegen seinen festen Griff, stattdessen starrte ich ihn völlig perplex an. Was ging denn jetzt ab?

Irgendwann ließ Marco völlig überraschend von mir ab. »Du weißt gar nichts«, wiederholte er mit einem bitteren Zug um die Lippen. Dann drehte er sich um und ging.

Ich musste wohl noch eine Weile so dagestanden haben, da Jasmin plötzlich an meiner Seite auftauchte und nach ihrer Tasche griff.

»Danke fürs Warten.« Sie hielt einen Moment inne. »War irgendwas? Du guckst so komisch.«

Ich schüttelte den Kopf. »Lass uns zum Stadion gehen. Ist bestimmt schon ziemlich voll.«

18. KAPITEL

Das Spiel gegen das Hermann-Vöchting-Gymnasium zog sich dahin wie ein langer Kaugummi. Dabei hatte sich die unsere Schulmannschaft seit Wochen darauf vorbereitet.

Jedes Jahr wurde dieses Spiel ausgetragen und nachdem unsere Schule letztes Jahr verloren hatte, war unser Direktor ganz heiß darauf, dass wir dieses Jahr den Pokal holten. Das würde ihm schließlich mehr Aufmerksamkeit und neue Schüleranmeldungen einbringen.

Ich konnte mit Fußball ehrlich gesagt herzlich wenig anfangen. Für mich waren das einfach nur ein paar Männchen auf einem Feld, die einem Ball hinterherrannten.

Allerdings galt Anwesenheitspflicht, sodass ich nicht darum herumgekommen war, mir diese äußerst interessante Darbietung anzusehen.

Ich war mit meinen Gedanken aber ganz woanders. Die gestrige Situation mit Marco und Jason ließ mich immer noch nicht los. Jasons Worte hatten mich sehr getroffen und nagten an mir.

Ich erwachte aus meiner Trance, als laute Buhrufe im Publikum ertönten. Mein Blick glitt nach unten auf das Spielfeld, wo gerade Leben in die Bude kam.

Ich hätte Dalan jetzt gerne gefragt, was geschehen war, doch dieser war wenige Minuten zuvor losgezogen, um sich und mir eine Cola zu besorgen.

Auf dem Spielfeld entstand ein Gerangel und ich sah, wie Marco einen der Gegenspieler plötzlich an den Schultern packte und ihn zu Boden drückte.

Ein Pfiff ertönte und der Schiedsrichter lief über das Spielfeld. Kurz darauf wurde Marco mit einer roten Karte vom Platz geschickt, das Spiel wurde für unbestimmte Zeit unterbrochen.

Der Spieler der anderen Mannschaft krümmte sich am Boden und hielt sich mit schmerzverzerrtem Gesicht den Magen. Sanitäter waren bereits aufs Spielfeld geeilt und hatten sich um den offensichtlich verletzten Jungen gruppiert.

Jetzt entstand auch auf den Tribünen Unruhe und Tumult. Ratlos blickte ich nach unten auf den Platz. Was war bloß in Marco gefahren?

Ich weiß nicht, was mich in dem Moment überkam oder warum ich so handelte, aber ich stand einfach auf. Meine Beine führten mich von selbst.

Ich drängte mich an den Menschenmassen vorbei und fast wäre ich über einen kleinen Hund gestolpert. Irgendjemand verschüttete sein Bier und ein Schwall davon landete auf meinem Ärmel. Angewidert verzog ich den Mund, angesichts des ekelhaften Geruchs, der mir in die Nase drang.

Als ich die Treppen hinunterlief und mich wieder ebenerdig befand, klangen die Stimmen nur noch gedämpft. Kurz bevor ich nach rechts abbog, blieb ich wie angewurzelt stehen.

Dalan wartete am Kiosk und hielt zwei Colaflaschen in den Händen und neben ihm stand – Nikki. Ich schluckte.

Sie beugte sich gerade zu Dalan hinüber und flüsterte ihm etwas ins Ohr. Die beiden sahen sehr vertraut miteinander aus. Ich schluckte und wandte meinen Blick ab.

Mehr wollte ich gar nicht sehen.

Verdammt, was war nur mit mir los? Warum spielten meine Gefühle so verrückt? Und warum nahm es mich so mit, Dalan zusammen mit Nikki zu sehen?

Ich drehte mich um und lief weiter. Den Gedanken an Dalan und Nikki versuchte ich dabei zu verdrängen.

Eigentlich sollte ich mich nicht in diesem Teil des Stadions aufhalten, weil sich in dem Trakt die Umkleidekabinen der Jungs befanden. Doch ich hatte vom Spielfeld aus beobachten können, wie Marco hierhergelaufen war. Und ich musste einfach nachsehen, ob er in Ordnung war.

Ich lief schneller, bis ich schließlich die Umkleideräume erreicht hatte und einen völlig verzweifelten Marco vorfand.

Er schlug mit der Faust gegen einen der Spinde, sein Gesicht war wutverzerrt. Die Haut an seinen Knöcheln war abgeschürft.

»Jasmin, geh bitte, bevor ich mich vergesse und dich verletze.« Ich hörte den Schmerz und die unterschwellige Wut in seiner Stimme deutlich heraus.

»Schon vergessen, ich bin der Junge, der dir das Leben zur Hölle gemacht hat!«

Ich trat einen Schritt näher an ihn heran. »Was ist passiert?«, fragte ich.

Marcos Hände zitterten. Langsam ließ er sich auf die Bank in der Umkleidekabine gleiten und fuhr sich mit seinen Händen über das Gesicht.

»Meine Familie, das ist passiert.«

Mit einer solchen Antwort hatte ich schon gerechnet.

Marco hob seinen Blick. »Manchmal habe ich das Gefühl, ich bin nichts weiter als eine ihrer Marionetten. Egal, was ich mache, ich bin unsichtbar für meine Eltern. Für sie gibt es nur Jason. Der große Fußballstar, der seinen kleinen Bruder immer wieder in den Schatten drängt.« Er legte eine kurze Pause ein. »Es tut mir leid, was Jason gestern gesagt hat. Er ist ein Arschloch. Ein noch größeres als ich.« Marco lachte bitter.

Ich schwieg einen Moment und versuchte, die Gedanken in meinem Kopf zu ordnen.

»So schlimm bist du eigentlich gar nicht«, sagte ich leise.

Marco schüttelte den Kopf.

»Wie kann man bloß so ein verdammt großes Herz besitzen?«, fragte er leise und ein schwaches, ungläubiges Lächeln legte sich auf seine Lippen.

Er stand auf, kam langsam auf mich zu und blieb dicht vor mir stehen.

Mein Herz schlug schneller. Ich spürte die Wärme, die von Marcos Körper ausging. Sein Trikot war schwitzig und klebte an ihm, ebenso wie seine Haare, die ihm wirr in die Stirn fielen.

Von draußen vernahm ich Jubelrufe und Pfiffe von den Zuschauerrängen, doch sie erreichten mich kaum. Alles war nur noch gedämpft.

Marco blickte mich einfach nur an und sagte nichts. Hinter seinen Augen wütete ein Sturm und am liebsten hätte ich ihn umarmt. Doch ich wagte es kaum, mich zu bewegen, geschweige denn zu atmen.

Ganz vorsichtig hob Marco seine Hand und strich mir eine Haarsträhne aus der Stirn. Seine unerwartete, sanfte Berührung verursachte ein angenehmes Prickeln auf meiner Haut.

Da beugte er sich plötzlich zu mir rüber und hauchte mir einen Kuss auf meine Stirn. Zu meiner eigenen Verwunderung musste ich mir eingestehen, dass ich enttäuscht war, nicht *richtig* von ihm geküsst worden zu sein. Gleich darauf schämte ich mich jedoch so sehr für meine eigenen Gedanken, dass meine Wangen ganz heiß wurden. Rasch verbarg ich mein glühendes Gesicht unter meinen Haaren.

»Danke«, flüsterte Marco, schob mein Haar zur Seite und lehnte seine Stirn gegen die meine.

»Wofür?« Meine Stimme klang kratzig.

»Dass du versuchst, jemand anderen in mir zu sehen.«

Sein Lächeln war so aufrichtig und ehrlich, dass sich mein Herz mit Wärme füllte. Er machte einen Schritt zurück.

»Ich glaube, ich sollte wieder da raus«, meinte er, woraufhin ich nickte.

Für einen kurzen Moment blieb ich noch in dem Umkleideraum stehen und hing meinen Gedanken nach, als Dalan plötzlich auftauchte.

»Verdammt, hier bist du. Ich hab mir schon Sorgen gemacht.« Dalan stand im Eingang zu den Umkleidekabinen und musterte mich forschend. »War das gerade Marco, der mir da entgegengelaufen ist?«

»Hmmh«, brummte ich.

Für einen winzigen Augenblick verfinsterte sich Dalans Miene. »Warum hast du nicht gesagt, wo du hingehst?«

Er hatte mittlerweile seine Arme vor der Brust verschränkt, seine Stimme klang vorwurfsvoll. »Du bist einfach ohne ein Wort verschwunden.«

»Es sah nicht so aus, als würde es dich interessieren«, entgegnete ich ruhig, auch wenn es in mir schon wieder tobte und der Gedanke an Nikki erneut einen Brechreiz in mir auslöste. »Du warst ganz offensichtlich anderweitig beschäftigt.«

Ich wusste, dass ich kein Recht hatte, Dalan Vorwürfe zu machen. Wir waren schließlich nicht zusammen. Und dennoch konnte ich nicht verhindern, dass ein anklagender Ton in meiner Stimme mitschwang.

Ich hatte mit allem gerechnet. Dass Dalan sich verteidigte, dass er protestierte oder versuchen würde, sich zu rechtfertigen. Dass er mir sagte, dass die Dinge nicht so waren, wie sie vielleicht ausgesehen haben mochten. Doch ich war nicht darauf gefasst gewesen, dass er schwieg.

Ein Stich machte sich in meiner Brust bemerkbar.

Ich sah auf, direkt in Dalans Augen, und wartete mit laut klopfendem Herzen auf irgendeine Reaktion. Doch es blieb still, und diese unerträgliche Stille war Antwort genug für mich.

Ein Kloß breitete sich in meinem Hals aus. Ich hatte recht gehabt. Jeder stand auf Nikki, wie sollte es auch anders sein … Warum hätte einzig und allein Dalan nicht ihren Reizen verfallen sollen?

»Wir sollten gehen. Der Trainer möchte uns bestimmt nicht hier sehen«, antwortete Dalan vollkommen monoton, ohne auf meinen letzten Satz einzugehen.

Ich wandte mein Gesicht gen Boden, da ich merkte, dass sich Tränen in meinen Augen ansammelten. Wortlos nickte ich und folgte Dalan nach draußen, ohne ihm ein weiteres Mal in die Augen zu sehen.

Mit Grauen dachte ich daran, dass morgen die Exkursion mit unserem Geschichtskurs auf dem Plan stand. Zusammen mit Marco und Dalan konnte das ja noch heiter werden.

19. KAPITEL

Pünktlich um acht Uhr standen Dalan und ich sowie der Rest des Kurses abfahrbereit auf dem ansonsten leeren Schulhofgelände, unser Bus wartete bereits.

Die Stimmung zwischen Dalan und mir war immer noch angespannt. Wir redeten zwar ganz normal miteinander, aber irgendwie war unser Verhältnis zueinander momentan eher unterkühlt.

»Also das kann doch jetzt nicht wahr sein«, regte sich Herr Marx auf, während er die Anwesenheit der Schüler kontrollierte.

»Wozu sage ich denn drei Mal, bitte pünktlich sein? Der Busfahrer wartet nicht den ganzen Tag auf uns. Vanessa, ruf Nikki doch bitte noch mal an«, bat er das brünette Mädchen neben sich.

Vanessa wählte bereits Nikkis Nummer, als diese plötzlich um die Ecke bog.

Eigentlich durfte mich bei dem Mädchen gar nichts mehr wundern, aber sie hatte es mal wieder geschafft, den Vogel abzuschießen.

In Netzstrumpfhosen, Stilettos und einem Top, das gerade mal bis zum Bauchnabel ging, stolzierte sie über den Schulhof. Sämtlichen Jungs fielen bei ihrem Anblick fast die Augen raus.

»Nikki, kannst du mir mal bitte diesen Auftritt erklären?«, fragte Herr Marx entgeistert. »Wir fahren in eine *Höhle,* nicht zu Germany's Next Topmodel. Und was genau an *acht Uhr Treffpunkt* hast du jetzt nicht verstanden?«

»Ich wüsste nicht, dass Sie uns eine Kleidervorschrift mitgegeben haben«, entgegnete sie hochnäsig. »Und zum zweiten: Mein Wecker hat nicht geklingelt.«

Herr Marx sah aus, als stünde er kurz vor einem Nervenzusammenbruch.

»Wie auch immer jetzt: Alle einsteigen, wir haben schon dreißig Minuten Verspätung.« Er klatschte in die Hände.

Kurz bevor wir den Bus betraten, hörte ich ihn noch murmeln: »Wer noch einmal behauptet, Lehrer sein wäre ein Kinderspiel, den werfe ich höchstpersönlich in ein Piranha-Becken.«

Die Teufelshöhle befand sich in Pottenstein, mitten im Herzen der Fränkischen Schweiz, eingebettet in ein Waldstück aus hohen Tannen und Fichten. Als wir am Ziel ankamen, standen lediglich ein paar vereinzelte Autos und ein großer Reisebus auf dem Parkplatz.

»Wenn mir eine Fledermaus auf den Kopf scheißt, dann verklage ich die Schule«, giftete Nikki los, kaum dass sie unseren Bus verlassen hatte. »Wissen die überhaupt, was eine Tönung kostet?«

Schwungvoll warf sie ihre Haare in den Nacken und schritt in ihren zehn-Zentimeter-Absatz-Stilettos aus dem Bus.

Welcher normale und halbwegs zurechnungsfähige Mensch trug zu einem Schulausflug solche Schuhe? Ich würde definitiv kein Mitleid haben, wenn Nikki darin umknickte.

Prompt wurde ich für meine Gedanken bestraft. Denn als hätte Nikki diese gelesen, wirbelte sie zu mir herum. Da sie gerade anscheinend mal wieder keinen geeigneteren Kandidaten gefunden hatte, mit dem sie sich anlegen konnte, wandte sie ihre Aufmerksamkeit unglücklicherweise mir zu.

»Sieh mal, unser Mauerblümchen hat sich ganz dem Anlass entsprechend gekleidet. Unterirdisch.«

Haha. Brüller.

Sie klopfte sich wiehernd auf ihre dünnen Schenkel und prustete los, als hätte sie soeben einen brillanten Witz gemacht. Ihre Freundinnen stimmten gackernd in das Gelächter mit ein, die Jungs warfen mir hämische Blicke zu. Ich schürzte die Lippen und drehte mich weg.

Marco schabte nervös mit seinen Chucks über den staubigen Boden und schwieg. Traurigerweise überraschte es mich nicht, dass er nichts sagte und so tat, als hätte er von alldem nichts mitbekommen.

Ich stellte mich ein wenig abseits der Gruppe und hoffte, damit aus dem Fokus meiner Mitschüler zu verschwinden. Und mich am besten noch unsichtbar zu machen. Schon wieder fühlte ich, wie dieses quälende Gefühl der Verlorenheit meinen Körper lähmte und meine Zunge gefrieren ließ.

Auch wenn ich versuchte, mir nichts anmerken zu lassen und die Gemeinheiten meiner Mitschüler an mir abprallen zu lassen, so tat es doch weh. Jede ihrer Boshaftigkeiten war wie ein Messerstich und eine weitere Demütigung meines ohnehin sehr angeknacksten Selbstwertgefühls.

Wieso konnte ich mich nicht einmal wehren? Warum konnte ich nur in meinen Gedanken und gegenüber Dalan schlagfertig sein? Warum schaffte ich es nicht, den anderen meine Meinung zu sagen?

So oft dachte ich darüber nach. Doch mir war auch klar: Es war einfach, sich Sätze in seinen Gedanken zurechtzulegen. Sich zu überlegen, was man Nikki und ihren ganzen Freunden am liebsten einmal alles ins Gesicht sagen würde. Doch in der Realität sah das Ganze anders aus. Es war etwas anderes, den Menschen dabei gegenüberzustehen. Plötzlich war das Gehirn wie leer gefegt und aus den vorher so mühsam zurechtgelegten Wörtern blieb nichts weiter als ein durchgewürfelter Salat aus Buchstaben. Ein einziger Wirrwarr im Kopf.

Ich war allein. Die anderen nicht.

Vielleicht war es besser, die restlichen Tage bis zum Abschluss still und leise über mich ergehen zu lassen, anstatt mich kurz vor Erreichen des Ziels mit Nikki anzulegen. Das Letzte, was ich wollte, war, ihren Zorn auf mich noch weiter anzuheizen.

Ich hätte Dalans Unterstützung und sein gutes Zureden jetzt wirklich gut gebrauchen können. Wo war er überhaupt abgeblieben? Suchend blickte ich mich um und sah ihn schließlich hinter einer dicken Tanne hervorkommen.

»Dalan, ohne meine Erlaubnis entfernt sich niemand von der Gruppe«, wies Herr Marx ihn scharf zurecht, woraufhin Dalan entschuldigend grinste.

»Hätten wir einen Bus mit funktionierender Toilette gehabt, hätte ich mich auch nicht entfernen müssen. Aber meine Blase hatte da leider auch noch ein Wörtchen mitzureden.«

Herr Marx stöhnte. »Dalan, du hättest auch einfach ein paar Minuten warten und die Toilette im Terrassencafé nutzen können. Also noch mal für alle anderen in diesem Kurs: Wer seine Blase entleeren muss, der kann die öffentlichen Einrichtungen nutzen und muss nicht den nächsten Baum aufsuchen. Vorher meldet sich der- oder diejenige allerdings bei mir ab. Ich möchte nicht, dass irgendjemand verloren geht. Sonst drehen wir postwendend um.«

»Dann müssen wir uns immerhin nicht irgendwelche staubigen Gesteinsbrocken ansehen«, murmelte Nikki, allerdings nicht leise genug.

»Nike, das habe ich gehört. Wieso investierst du deine überschüssige Energie nicht mal in etwas Sinnvolles und verteilst schon mal die Flyer über die Teufelshöhle?«, schlug Herr Marx vor.

Und bevor Nike noch eine Chance hatte, etwas zu erwidern, drückte Herr Marx ihr ein dickes Papierbündel in die Hand.

»Sie sind so langweilig«, entgegnete Nikki schmollend.

Herr Marx blieb ganz entspannt. »Einen Schulausflug mit diesem Kurs zu wagen, kommt einer Achterbahnfahrt gleich. Eine weitere Aufregung erspare ich mir gerne. Außerdem tut so manchen von euch ein kleiner Ausflug in das Thema Allgemeinbildung mit Sicherheit keinen Abbruch.«

Vor der Teufelshöhle warf Herr Marx noch einen warnenden Blick in die Runde.

»Es hat mich viel Zeit und Mühe gekostet, dass ich mit einem der Reiseleiter hier eine Führung außerhalb der normalen Besuchszeiten ausmachen konnte. Dadurch haben wir auch die Gelegenheit, Räume zu besichtigen, die nicht für die Öffentlichkeit zugänglich sind. Nur damit dass noch mal für alle klar ist: Es wird weder getrunken noch geraucht noch irgendwelche Faxen gemacht.«

»Für wen halten sie uns denn?«, fragte Kevin, einer der Jungs, der ebenfalls der Gruppe rund um Marco angehörte, frech. Er zählte zu den äußerst trinkfesten und partyfreudigen Jungs, wenn man denn seinen prolligen Erzählungen in der Schule Glauben schenkte. (Nicht, dass ich jemals schon mal auf so einer Party gewesen wäre …)

»Kevin, ich hoffe, darauf erwartest du jetzt keine ehrlich gemeinte Antwort«, erwiderte Herr Marx, grinste aber dennoch.

Nikki klammerte sich sofort an Dalan und klimperte mit ihren stark getuschten Wimpern.

»Du beschützt mich doch bestimmt, wenn ich von irgendwelchen gemeingefährlichen Tieren angegriffen werde?«

Ich verdrehte die Augen. Bei dem Klang ihrer viel zu hohen und theatralischen Stimme stellten sich mir die Nackenhaare auf.

Dalan guckte ein wenig irritiert aus der Wäsche, tat jedoch auch nichts dagegen, sich aus ihren Klauen zu befreien. Stattdessen lächelte er ein wenig hilflos und tätschelte Nikkis Hand.

Bei dem Anblick wurde mir übel.

Glücklicherweise gesellte sich in dem Moment unser Reiseleiter zu unserer Gruppe dazu, sodass ich mir keine weiteren Gedanken mehr über Nikki und Dalan machen konnte. Er stellte sich als Thomas vor, erzählte uns kurz von seinen Erfahrungen als Reiseleiter und stieg dann ohne großes Drumherum in seinen Vortrag ein.

»Die Teufelshöhle gilt als eine der beliebtesten Schauhöhlen Deutschlands und ist sogar weit über die Grenzen für ihren einzigartigen Tropfsteinschmuck und die zahlreichen beeindruckenden Stalagmiten und Stalaktiten bekannt.

Bevor wir jetzt gleich mit dem Rundgang beginnen: Ich bitte euch, während der gesamten Führung auf den dafür gekennzeichneten Wegen zu bleiben. An einigen Stellen kann es doch sehr steil werden. Ich gehe davon aus, dass euer Lehrer euch bereits mit den üblichen Vorschriften vertraut gemacht hat?«

Ein allgemeines Nicken in der Runde.

»Wunderbar«, freute sich Thomas. »Dann können wir ja loslegen. Folgt mir.«

20. KAPITEL

Plötzlich hatte ich das Gefühl, dass sich der oberste Teil der Höhle vor meinen Augen zu einem Tigerkopf verformte. Das Maul war weit aufgerissen und gab einen Blick auf messerscharfe Zähne frei. Es sah aus wie ein riesiger dunkler Schlund.

Irritiert drehte ich mich zu meinen Mitschülern um. Die standen jedoch nach wie vor tuschelnd in ihren Grüppchen da.

Ich blinzelte und als ich meinen Blick erneut in Richtung der Höhle wandte, hatte das Gestein wieder seine normale Form angenommen. Alles war wie zuvor. Kein Anzeichen von einem Tigerkopf, als hätte ich mir all das nur eingebildet und meine Augen mir einen Streich gespielt.

Ich lächelte amüsiert über mich selbst und schob das merkwürdige Szenario auf die Sonne. Wahrscheinlich war mir einfach die Hitze zu Kopf gestiegen. Ich bekam generell schnell einen Sonnenstich und war dann oftmals ein wenig neben der Spur.

Thomas, unser Reiseleiter, stieg bereits die lange Treppe hinab, die in das Innere der Höhle hineinführte, Herr Marx und der Rest der Klasse folgten ihm mehr oder weniger murrend. Begeisterung sah anders aus.

Nikki hatte sich bereits wieder bei Dalan eingehakt und schritt mit ihm gemeinsam die Stufen hinab.

Ich knirschte mit den Zähnen. Hoffentlich musste ich mir diesen Anblick nicht die ganze Führung über antun. Enttäuschung machte sich in mir breit, dass Dalan nicht zu mir kam und mich allein ließ.

Marco stieg vor mir die Treppen hinab, die anderen waren bereits um eine Biegung verschwunden. Marco und ich waren die beiden Letzten, die noch hier oben waren.

Plötzlich hielt er einen Moment inne und drehte sich zu mir um. In seinem Blick lag eine Mischung aus Unsicherheit und Verzweiflung.

»Marco, was …«, setzte ich an, doch da kam er schon auf mich zu. Er blieb vor mir stehen, hob mein Kinn sacht an und beugte sich zu mir hinunter.

Hauchzart legten sich seine Lippen auf die meinen, wie der sanfte Flügelschlag eines Schmetterlings.

Meine Augen fielen zu und für einen Moment hatte ich das Gefühl, die Welt um uns herum würde stehen bleiben. Alles kam mir in diesen wenigen Sekunden viel intensiver vor.

Am liebsten hätte ich diesen Augenblick auf einem Foto festgehalten. Die Eindrücke, die auf mich einstürzten und die Gefühle, die durch meinen Körper strömten.

Ich hörte das leise Vogelgezwitscher, das melodisch von den Tannen zu uns herübergeweht wurde. Roch den unvergleichlich süßlichen Duft der Tulpen, die ihre lilafarbenen Knospen dem warmen Tageslicht entgegenstreckten.

Ich spürte die warmen Strahlen der Sonne auf meinem Gesicht und den leichten Wind, der angenehm um meine Ohren strich und durch meine Haare fuhr.

In meinem Magen kribbelte es.

Bevor ich überhaupt begreifen konnte, was da gerade geschehen war, hatte Marco sich schon wieder von mir gelöst. Er trat einen Schritt zurück und sah mich an, schweigend und durchdringend. Bei dem Blick aus seinen blauen Augen, die im Licht der Sonne nahezu wie türkisfarbenes Wasser glitzerten und funkelten, fühlte ich die Schmetterlinge aufgeregt in meinem Bauch flattern.

Marco hob eine Hand und strich mit seinem Daumen über meine Wange und meinen Mund. Eine Weile lang verharrte seine Hand in dieser Position und ich genoss seine zaghafte Berührung.

Seine Mundwinkel hoben sich zu einem winzigen, verschmitzten Lächeln, so als wüsste er selbst nicht, was all das zwischen uns zu bedeuten hatte. Er warf mir noch einmal einen letzten Blick zu, dann drehte er sich um und folgte den anderen in die Höhle.

Wie erstarrt stand ich da und konnte kaum glauben, was gerade passiert war. Meine Lippen prickelten von dem unerwarteten Kuss.

Herr Marx erschien plötzlich wieder am Treppenaufgang und riss mich aus meiner Trance.

»Jasmin, ist alles in Ordnung? Kommst du?«, fragte mein Lehrer und sah mich abwartend an.

»Ja, k-klar«, stotterte ich noch immer völlig aus dem Häuschen und folgte den anderen schließlich in die Höhle.

Es war ziemlich düster hier unten und die Luft roch modrig.

Auf dem Boden seitlich des Geländers waren Leuchten angebracht, deren Strahler auf die Stalagmiten und Stalagtiten gerichtet waren und das Innere der Grotte erhellten. Sie sah wirklich beeindruckend aus.

Staunend ließ ich meinen Blick an dem hohen Tropfstein emporgleiten. Wahnsinn, zu was Mutter Natur doch fähig war. Wenn man viel Fantasie hatte, erkannte man in einzelnen Formationen sogar Gesichter oder Figuren.

Das gelbliche Gestein sah von Nahem betrachtet wie flüssiger Bernstein aus. Doch der Anblick täuschte. Denn als ich mit den Fingern vorsichtig darüberfuhr, stellte ich fest, dass es hart war. Lediglich der Boden war von echten Wassertropfen gesäumt und machte dem Namen Tropfsteinhöhle alle Ehre.

Meine Gedanken drifteten ab. Ungläubig fasste ich mit den Fingerspitzen an meine Lippen, als könnte ich nicht glauben, was passiert war.

Hatte ich mir das eingebildet? Hatte ich nicht nur geträumt?

Doch dafür war dieses Prickeln, das ich auf der Haut spürte, zu stark. Ich hatte soeben tatsächlich meinen ersten Kuss bekommen.

Von einem Jungen, für den ich bis vor Kurzem nichts weiter als Abscheu und Wut empfunden hatte. Doch das war, bevor ich die Chance bekommen hatte, den wirklichen Marco hinter seiner aufbrausenden Fassade kennenzulernen. Den Jungen, der sich vor lauter Versagensängsten davor fürchtete, nicht mit seinem Bruder mithalten zu können.

Und jetzt? Jetzt war alles durcheinander, meine Gefühle spielten verrückt.

»An manchen Stellen müsst ihr vorsichtig sein«, belehrte uns unser Reiseleiter in dem Moment. »Hier und da kann es schon mal rutschig sein.«

»Das ist so öde«, jammerte Nikki. »Die anderen Kurse machen ihre Abschluss-Kursfahrt in den Wasserpark und wir müssen uns irgendwelche Grottenolme ansehen.«

»Wusstet ihr eigentlich, dass sich um die Teufelshöhle einige unheimliche Geschichten ranken? Zum Beispiel die Legende vom Teufel? Nur dieser verdankt die Höhle auch ihren Namen …«, versuchte Herr Marx die Stimmung ein wenig aufzuheitern und drehte sich zur Klasse um, während er weiter vorneweg ging.

»Glauben Sie ernsthaft, Sie könnten uns jetzt mit so einer Kindergeschichte kriegen?«, unterbrach Marvin unseren Lehrer und verzog dabei keine Miene. Er deutete ein Gähnen an. »Ich meine, wer glaubt denn bitte an solchen Blödsinn? Sie können sich Ihre geheimnisvolle Stimme sparen, das zieht bei uns nicht.«

Herr Marx tat so, als würde er sich räuspern. »War bloß ein Frosch im Hals«, meinte er, grinste dabei aber äußerst verschmitzt. »Ihr seid solche Kulturbanausen. Aber gut, wenn ihr sowieso nicht an solche Märchensagen glaubt, dann macht es euch ja sicher nichts aus, wenn ich weitererzähle.«

Marvin setzte schon zu einem weiteren Protest an, doch Herr Marx ließ sich davon nicht beirren und begann seine Erzählung.

»Der Ort, an dem wir uns gerade befinden, galt jahrhundertelang als unheimlich und verflucht und wurde von den Einwohnern der naheliegenden Umgebung gemieden. So gab es doch Erzählungen, dass der Teufel höchstpersönlich in der Höhle sein Gemach besaß und diese als Eingang zur Hölle nutzte.

Jeder, der unerlaubt in sein Reich eindrang, wurde mit dem Tod bestraft. Nur wenige Ritter trauten sich aus diesem Grund in die sagenumwobene Höhle hinein, doch niemand von ihnen wurde je wiedergesehen.

Lediglich ihre verzweifelten Schreie hallten durch die Stadt.

Es gibt Schauergeschichten von lichtscheuem Gesindel, das sich angeblich im Inneren des Teufelslochs verstecken soll. Man soll Irrlichter beobachtet haben, die zu gewissen Stunden durch den Höhlenraum schweben und ihr Unheil treiben.

Außerdem existieren Erzählungen von einem unsagbar großen Schatz, der sich tief verborgen unter den zahlreichen Gängen der Höhle befinden soll. Und dort vermag der Teufel auch heute noch sein Unwesen zu treiben …«

Ich konnte mich kaum darauf konzentrieren, was um mich herum passierte. Dazu war ich innerlich viel zu aufgewühlt. Meine Gedanken blieben immer wieder an dem einen Moment vor der Höhle hängen. Diese Sekunden hatten sich tief in meinem Gedächtnis verankert.

Noch immer hatte ich das Gefühl von Marcos weichen Lippen auf meinem Mund. Ein Kribbeln machte sich in meinem Bauch breit. Mich überkam eine leichte Gänsehaut.

Marco ging nur wenige Meter vor mir neben Marvin. Ich fokussierte meinen Blick auf seinen Rücken, den schlanken Körper und die vom Fußball durchtrainierten Beine.

Genau in dem Moment drehte sich Marco um und sah mich an. Mir wurde gleichzeitig heiß und kalt, als sich ein warmherziges Lächeln auf seine Lippen legte.

Und ich konnte es nicht verhindern, dass sich meine Mundwinkel ebenfalls hoben und zu einem breiten Lächeln verzogen. Marco zwinkerte mir kurz zu und klinkte sich schließlich in die Unterhaltung mit Marvin und Herrn Marx ein.

Ich lächelte noch immer in mich hinein, als irgendjemand nach meinem Arm griff und mich ein Stück von der Gruppe wegzog.

Ich wollte schon lauthals mit »Ey, was soll das?«, protestieren, als ich in zwei mir allzu bekannte schwarze Augen blickte, die mich angriffslustig anfunkelten.

»Mir gefällt nicht, wie Marco dich ansieht«, zischte Dalan an meinem Ohr.

Vor lauter Überraschung kam nichts weiter als ein »Wie bitte?« über meine Lippen. Ich musste mich wohl verhört haben. Dalans Blick nach zu urteilen, hatte ich allerdings keinesfalls Probleme mit den Ohren.

»Du weißt ganz genau, was ich meine«, erwiderte er unwirsch. Hatte Dalan uns etwa beobachtet? Möglicherweise sogar in seiner unsichtbaren Gestalt?

Ich blieb stehen, stemmte meine Hände in die Hüften und funkelte Dalan herausfordernd an.

»Das musst du gerade sagen«, entgegnete ich spöttisch. »Wer hängt denn die ganze Zeit an dir wie eine Klette?«

Dalan runzelte die Stirn. »Redest du von Nikki?«

»Von wem denn sonst? Die scheint dich ja schon voll und ganz in ihren Klauen zu haben!«

Ich wollte mich nicht mit Dalan streiten, aber aus irgendeinem Grund machte mich sein überlegendes Gehabe wütend.

Er hob seine Augenbrauen. »Zwischen Nikki und mir läuft rein gar nichts. Aber wenn du das so siehst, dann kann ich jetzt ja auch wieder zu ihr gehen!«

»Bitte, mach das.« Ich zog ein möglichst gleichgültiges Gesicht. »Dann kann es dir ja auch egal sein, dass Marco und ich uns geküsst haben!«

Durch Dalans fassungslosen Blick wurde mir klar, dass er nichts von dem Kuss von Marco und mir gewusst hatte. Erschrocken hielt ich mir die Hand vor den Mund und wünschte mir, meine Worte zurücknehmen zu können. Aber dafür war es zu spät.

Dalan starrte mich mit offenem Mund an, als hätte ich ihm soeben eine schallende Ohrfeige verpasst.

Für ein paar Sekunden, die mir unerträglich lange vorkamen, herrschte unangenehme Stille zwischen uns. Doch dann sah ich, wie sich in Dalans Gesicht etwas regte. Er presste seine Lippen zu einem schmalen Strich zusammen und seine schwarzen Augen blitzten auf.

Er sah wirklich verdammt sauer aus.

Ohne ein weiteres Wort und ohne sich noch einmal nach mir umzusehen, stapfte er von dannen und folgte dem ausgewiesenen Pfad.

Kaum hatte ich mich von meinem Schrecken erholt, lief ich ihm hinterher. Als ich ihn schließlich eingeholt hatte, fasste ich ihn an der Schulter. »Dalan, jetzt warte mal …«

Er schüttelte meine Hand ab und ging einfach weiter.

»Du solltest besser nach deinem Schatz sehen, nicht, dass er vor Sehnsucht schon verkümmert ist«, spuckte er aus. Seine Stimme zitterte vor Wut und triefte nur so vor Sarkasmus.

Ich schluckte. Warum fühlte ich mich augenblicklich so schlecht? Konnte er mich nicht wenigstens ansehen?

Noch immer legte Dalan ein ordentliches Tempo hin und ich musste mich anstrengen, um mit ihm mithalten zu können. Das war unfair, er hatte viel längere Beine als ich und kam dadurch viel schneller voran!

»Dalan, bitte, jetzt bleib stehen«, keuchte ich aus der Puste, als wir an einer Stelle ankamen, an der sich der Weg gabelte. Unschlüssig blieben wir beide stehen. Mir war gar nicht aufgefallen, dass sich die Klasse schon so weit von uns entfernt hatten.

»Und jetzt?« Fragend sah ich Dalan an.

Dieser deutete nach rechts, während ich zeitgleich nach links zeigte. Wieder nicht einer Meinung, wunderbar!

»Hallo?«, rief ich, wobei meine Stimme unheimlich an den Wänden widerhallte. »Herr Marx?«

»Also für eine Richtung müssen wir uns jetzt entscheiden«, murrte Dalan, als ich unversehens ein leises Geräusch vernahm.

»Sei mal kurz still«, bat ich Dalan und reckte meinen Kopf in die Luft. Da hatte jemand gerufen!

»Hallo? Hilfe!«, ertönte erneut eine Stimme.

Das hörte sich ganz an wie …

»Das ist Marco!«, entfuhr es mir erschrocken.

Dalans Gesicht wurde, wenn überhaupt möglich, noch finsterer. Er sah mich noch immer an, als hätte er in eine saure Zitrone gebissen. »Wenn man vom Teufel spricht!«

»Marco? Wo bist du?«, rief ich und formte meine Hände zu einem Trichter. »Marco, kannst du uns hören?«

»Ich bin hier unten!«

Ich drehte mich zu Dalan um. »Hörst du das? Das kommt von da!« Ich deutete auf die rechte Abzweigung und zögerte keine Sekunde, sondern griff nach Dalans Arm und folgte dem Rufen, dem wir uns mit jedem Schritt näherten. Dalan ließ sich nur äußerst widerwillig von mir mitschleifen.

Und dann entdeckte ich Marco schräg unter uns, wie er mit schmerzverzerrtem Gesicht und aufgestütztem Arm auf dem Boden lag und zu uns raufsah. Erleichterung spiegelte sich in seinen Augen wider, als ich mich über den kleinen Abhang beugte.

»Jasmin, zum Glück seid ihr da! Ich dachte schon, ich müsste über Nacht hierbleiben.«

»Da hätte ich jetzt nichts gegen gehabt. Von mir aus kann der da unten versauern«, murmelte Dalan desinteressiert und vergrub die Hände tief in den Taschen seiner Lederjacke. Als ich ihm einen bitterbösen Blick zuwarf, verstummte er abrupt. Trotzdem ließ sein verkniffener Gesichtsausdruck erahnen, dass es hinter seiner Stirn arbeitete.

Er verschränkte die Arme vor seiner Brust. »Und jetzt?« Trotzig wie ein kleines Kind sah er mich an.

»Was ist das für eine Frage?«, entgegnete ich. »Natürlich gehen wir runter. Oder siehst du hier außer uns vielleicht noch irgendjemanden?«

»Das ist viel zu riskant.« Dalan schüttelte den Kopf. »Und wenn überhaupt, dann gehe *ich* da runter, nicht du!«

Während Dalan sich weiter in Rage redete und mir einen Vortrag darüber hielt, dass wir unseren Lehrer suchen sollten, drehte ich mich einfach um und ließ mich vorsichtig den Hang hinunterrutschen. Zum Glück war es nicht besonders steil, aber wenn man hier an einem der hervorstehenden Gesteinsbrocken hängen blieb, konnte man sich mit Sicherheit gut alle Knochen brechen.

Ich hörte Dalan über mir wie einen Rohrspatz schimpfen. »Dieses Mädchen kann man echt keine Sekunde aus den Augen lassen, ich fasse es nicht … Was habe ich gerade eben noch gesagt? Rede ich vielleicht chinesisch?«

Ich tat so, als hätte ich davon nichts mitbekommen.

»Marco, geht es dir gut?«, fragte ich, kaum dass ich den unteren Absatz erreicht hatte, und eilte zu ihm. Besorgt ging ich in die Knie und berührte ihn leicht am Arm.

»Hast du dich verletzt?«

»Ich glaube, ich habe mir den Knöchel verstaucht.« Er versuchte sich aufzusetzen und sah mich zerknirscht an. Sein Gesicht war vom Sturz ganz staubig, Dreckpartikel hatten sich an seiner Jacke festgesetzt.

Wie von selbst hob ich meine Hand und strich ihm die Haare aus der Stirn, wobei ich mich einen Augenblick in Marcos Augen verlor. Ein sanftes Lächeln umspielte seine Lippen und brachte mich kurzzeitig ein wenig aus dem Takt. Er wich meinem Blick nicht aus, sondern hielt ihm stand.

Mir wurde bewusst, wie nah ich ihm gerade wieder war und das war gefährlich, denn ich spürte, wie mein Blick unwillkürlich an seinen Lippen hängen blieb. Nervös fummelte ich an dem Gestell meiner Brille herum und lehnte mich etwas zurück, um Abstand zwischen mich und Marco zu bringen.

»Wie ist das denn passiert?«, wollte ich wissen, wobei meine Stimme leicht ins Wackeln geriet.

»Na ja«, druckste Marco. Obwohl das Licht hier unten recht duster war, konnte ich erkennen, dass er ein wenig verlegen wirkte und seine Wangen von einem zarten Rotton überzogen waren.

»Als ich gemerkt habe, dass du nicht mehr da bist, bin ich umgekehrt, weil ich dachte, es hätte etwas mit mir zu tun ... du weißt schon, wegen dem Kuss.« Verlegen fuhr Marco sich durch sein dunkelblondes Haar, mein Herz stolperte los.

»Du hast nach mir gesucht?«, krächzte ich. Ich wusste nicht, was ich sagen oder denken sollte.

Marco nickte. »Ich wollte wissen, ob zwischen uns beiden alles in Ordnung ist ...« Er zögerte einen kurzen Moment, dann griff er nach meiner Hand und strich federleicht darüber.

Bei mir hatten sich inzwischen alle Gehirnzellen verabschiedet, ich lief nur noch auf Sparflamme.

»Und dann?«, wisperte ich. Fasziniert betrachtete ich Marcos Finger, die noch immer in sanften Kreisen über meine Hand fuhren, über meinen Arm strichen und sich dann langsam mit meinen eigenen Fingern verflochten. Eine Gänsehaut breitete sich auf meinen gesamten Körper aus. Ich konnte mich auf nichts anderes mehr konzentrieren als auf Marcos Berührungen.

»Ich muss dann wohl die falsche Abbiegung genommen haben und bin an einem Stein hängen geblieben. Den Rest kannst du dir ja denken«, antwortete er mit belegter Stimme. Sie klang wie Schmirgelpapier.

In mir herrschte ein einziges Chaos, alles spielte verrückt.

Marco räusperte sich, sein Blick wurde ernst. »Jasmin, das ist jetzt vielleicht nicht der richtige Moment, aber ich muss dir etwas sagen.«

»Ja?« Erwartungsvoll runzelte ich die Stirn, merkwürdigerweise flatterte es in meinem Magen schon wieder und mein Herz machte einen aufgeregten Hüpfer in meiner Brust.

Marco sah mich aus seinen blauen Augen an. »Jasmin, ich hab dich wirklich g...«

In dem Moment hörten wir hinter uns das Knirschen von Geröll und ich kam nicht mehr in die Situation, zu erfahren, was Marco mir hatte sagen wollen. Erschrocken fuhren wir beide auseinander, obwohl doch eigentlich nichts passiert war.

Mit einem kurzen Blick über meine Schulter stellte ich fest, dass Dalan auch endlich den Weg zu uns nach unten gefunden hatte. Seine dunklen Augenbrauen hatten sich dicht zusammengezogen, um seine Mundwinkel zuckte es.

Dalan beachtete mich nicht einmal, sondern fixierte Marco mit seinem starren Blick. Warum war er so? Ich wusste, dass er Marco nicht leiden konnte, aber das konnte doch nicht der einzige Grund für seine dermaßen schlechte Laune sein? Zumal ich nicht den Anschein loswurde, dass er nicht auf Marco, sondern auf mich sauer war …

»Tut dir was weh?«, fragte Dalan Marco knapp.

Marco ließ sich nichts von dem intensiven Moment zwischen ihm und mir zuvor anmerken. Er warf mir jedoch noch einen schnellen Blick zu, bevor er diesen schließlich wieder Dalan zuwandte und nickte.

»Mein Knöchel. Ich kann nicht auftreten.«

Dalan ging in die Knie und streckte seine Hand nach Marcos Bein aus. Misstrauisch beobachtete dieser Dalans Vorhaben und runzelte die Stirn.

»Ey, was soll das jetzt werden?«

»Du wärst der Letzte, den ich anbaggern würde, also halt mal den Ball flach«, reagierte Dalan gereizt und zog Marcos Hose ein Stück hoch. Vorsichtig tastete er seinen Knöchel ab, woraufhin Marco aufschrie, sein ganzes Gesicht verzog sich erneut vor Schmerz. Allein der Anblick verursachte auch mir Schmerzen, mitfühlend verzog ich den Mund.

»Scheint tatsächlich verstaucht zu sein. Der Knöchel ist geschwollen und ganz heiß«, stellte Dalan nüchtern fest.

»Ach was, glaubst du vielleicht, ich sage das nur so zum Spaß?«, presste Marco zwischen zusammengebissenen Zähnen hervor.

»Bei dir weiß man ja nie so recht, was Spiel ist und was nicht«, gab Dalan bissig zurück und richtete sich wieder auf.

Wie ein Pingpongball ließ ich meinen Blick zwischen den beiden Streithähnen hin- und hergleiten. War das ihr Ernst?

»Jungs!«, fuhr ich entschieden dazwischen. »Ich glaube nicht, dass das jetzt der richtige Zeitpunkt ist, um zu streiten! Wir müssen Marco irgendwie hier rausbekommen.«

»Fragt sich bloß, wie.« Dalan verschränkte seine Arme vor der Brust. »Kannst du mir mal verraten, wie wir ihn in seinem Zustand den Hang raufbekommen sollen? Wir haben nicht mal ein Seil, um ihn zu sichern.«

Ich blickte nach oben. Einfach würde es tatsächlich nicht werden.

»Vielleicht geht es ja, wenn ihr mich stützt«, schlug Marco zögerlich vor. »Einen Versuch wäre es wert.«

»Was anderes bleibt uns wohl auch nicht übrig«, entgegnete Dalan trocken.

Nachdem Dalan und ich Marco zuerst auf die Beine verhalfen, stellten wir uns beide jeweils links und rechts von ihm und versuchten, Marco gemeinsam zu stützen. Ich schlang meinen Arm um seine Hüfte, um ihm noch mehr Halt zu geben. Doch schon nach wenigen Schritten glänzten Schweißperlen auf seiner Stirn und seine Lippen waren zu einer dünnen Linie zusammengepresst.

Dadurch, dass Marco kaum mithalf und sich beinahe sein gesamtes Gewicht auf Dalans und meine Schultern drückte, bildete sich auch auf unserer Stirn ein feiner Schweißfilm.

Dalan schüttelte den Kopf. »Den bekommen wir da nie hoch«, keuchte er in meine Richtung.

»Du hast recht, das geht so nicht. Marco, setz dich da mal hin.« Ich dirigierte ihn mit Dalans Hilfe zu einem etwas größeren Stein, auf den er sich erschöpft sinken ließ.

Keuchend standen Dalan und ich da und rangen nach Atem. Ich wischte mir über das Gesicht.

»Wir sollten Hilfe holen und nach Herrn Marx suchen«, machte Dalan erneut seinen Standpunkt klar. »Die können einen Notarzt rufen und die notwendigen Hilfsmittel mitbringen.«

»Und was dann?«, fragte ich. »Sollen wir Marco vielleicht hier liegen lassen?«

Auch wenn Dalan dieser Satz die größte Überwindung zu kosten schien und er mit sich rang, sagte er: »Du bleibst bei ihm und ich hole Hilfe.«

»Auf keinen Fall!« Ich schüttelte vehement den Kopf. »Ich will nicht, dass wir uns verlieren!«

Da kam mir plötzlich ein Gedanke. Warum war mir das nicht schon eher eingefallen?

»Wartet mal, Herr Marx hat uns allen doch den Notfallzettel mit seiner Handynummer darauf gegeben«, sprudelte es aufgeregt aus mir hervor und ich durchforstete gleich darauf hektisch meine Handtasche. Nachdem ich mich durch zig leere Kaugummihüllen, Labello und anderen Kram gewühlt hatte, fand ich ihn endlich. Ziemlich zerknittert, aber egal! Schnell tippte ich die darauf angegebene Nummer in mein Handy.

»Warum überrascht mich das jetzt irgendwie nicht, dass du dir die Notfallliste tatsächlich durchgelesen hast?«, murmelte Marco schwach vor sich hin.

»Weil sie im Gegensatz zu dir ihr Hirn benutzt.« Dalan lächelte süffisant, was Marco mit einem müden Lächeln quittierte. Die beiden waren schlimmer als zwei Kleinkinder! Dass die selbst in einer solchen Situation nicht mal ihre Kabbelei beenden konnten …

Genervt drehte ich mich zu den Jungs um und warf ihnen einen warnenden Blick zu, während ich mein Handy noch enger an das Ohr presste.

Es rauschte und knisterte im Hörer, dann folgte ein kurzes prägnantes Tuten und die Verbindung war unterbrochen. Mit einem Blick auf das Display stellte ich fest, dass ich keinen Balken hatte.

»Mist, kein Netz.« Ich stöhnte auf. »Hätte ich mir eigentlich gleich denken können, dass wir hier unten keinen Empfang haben.«

Mein Blick wanderte zu Marco. Sein Zustand machte mir erhebliche Sorgen. Ein verstauchter Knöchel konnte nicht der einzige Grund für sein Befinden sein.

»Wie lange wird es wohl dauern, bis Herr Marx und die Klasse bemerken, dass wir fehlen?«, überlegte ich laut. »Immerhin sind wir schon eine ganze Weile weg.«

Einen Moment herrschte Schweigen zwischen uns dreien, bis Dalan plötzlich die Stirn runzelte und auf etwas rechts von sich deutete. »Schaut mal, da scheint ein Durchgang zu sein.«

Tatsächlich. Bei genauerem Hinsehen befand sich dort ein Loch, das jedoch ziemlich dunkel aussah.

Ich zuckte mit den Achseln. »Wahrscheinlich ein Gang, den sie noch nicht für die Öffentlichkeit zugänglich gemacht haben. Vielleicht ist er auch noch gar nicht untersucht«, vermutete ich.

Dalan trat näher heran und warf einen Blick durch den finsteren Tunnel. »Hier scheint es ebenerdig zu sein.«

Er drehte sich zu mir um und sah mich vielsagend an.

»Moment … du willst doch nicht etwa da durchgehen?«, fragte ich und starrte Dalan mit offenem Mund an. »Das wird vermutlich einen Grund haben, dass sie diesen Gang noch nicht weiter ausgebaut haben. Wir wissen doch gar nicht, was sich dahinter befindet oder ob es eine Sackgasse ist. Das kann echt gefährlich werden.«

»Anders bekommen wir ihn hier aber nicht raus«, entgegnete Dalan und deutete mit einem Kopfnicken auf Marco. »Ich wollte von Anfang an einen Lehrer holen, aber nein, Madam war ja dagegen. Wir können uns jetzt also entweder fürs Abwarten entscheiden oder für diesen Weg. Es ist der einzige, der halbwegs flach zu gehen scheint und den Marco bewältigen könnte. Noch mehr Möglichkeiten haben wir nicht.«

Ich schwieg und knabberte nervös an meiner Unterlippe. Mein Blick glitt zu Marco. Vor Erschöpfung und Schmerz fielen ihm immer wieder die Augen zu, sein Gesicht war ganz blass. Er musste schnell hier raus und in ein Krankenhaus. Wer wusste schon, ob er sich bei dem Sturz nicht doch mehr als nur einen verstauchten Knöchel zugezogen hatte? Mit Sicherheit würde er auch eine ordentliche Gehirnerschütterung davontragen.

Und ich hatte keine Ahnung, wie lange es noch dauern würde, bis Herr Marx endlich nach uns suchen lassen würde.

Meine letzten Zweifel bezüglich des ominösen Durchgangs waren spätestens in dem Moment über Bord geworfen, als sich Marco nach vorne beugte, würgte und sich erbrach.

Sofort eilten Dalan und ich zu ihm. Ich hielt Marco die staubigen Haare aus der Stirn, während er weiter würgte. Dalan kramte nach einer Wasserflasche in seinem Rucksack und drückte Marco diese in die Hand. Dankbar nahm er sie entgegen und trank ein paar gierige Schlucke daraus. Seine Hände zitterten.

»Es tut mir so leid«, stammelte er beschämt mit Blick auf seinen Mageninhalt, der sich über den Erdboden verteilt hatte. Beruhigend redete ich auf Marco ein und legte ihm nebenbei meine Hand auf die Stirn. Erschrocken sog ich die Luft ein. Er war glühend heiß!

Ich drehte mich zu Dalan um und sah ihn entschlossen an.

»Wir nehmen den Durchgang. Was auch immer da sein mag. Wir dürfen keine Zeit mehr verlieren.«

Mit einem leicht mulmigen Gefühl in der Magengegend blickte ich in den dunklen Schlund vor uns.

21. KAPITEL

Hier unten war es so dunkel wie bei einer Sonnenfinsternis. Und es roch irgendwie seltsam. Ich mochte mir auch lieber gar nicht ausmalen, was für Krabbel- und Nagetierchen sich so in den Höhlenritzen verkrochen. Von den Grottenolmen mal ganz zu schweigen.

Wir kamen nur äußerst langsam voran, da sich Marco auf jeden Schritt konzentrieren und die Zähne zusammenbeißen musste. Es tat mir in der Seele weh, ihn so leiden zu sehen, aber er tat alles dafür, dies nicht offen zu zeigen. Er gab sich wirklich große Mühe.

Ich versuchte ihn noch ein bisschen besser zu stützen und hielt seinen Arm über meiner Schulter fest. Dass mir dadurch auch schon der Rücken und der Nacken wehtaten, blendete ich aus. Schritt für Schritt kämpften wir uns vorwärts.

»Autsch!« Das war jetzt schon das dritte Mal, dass ich mir den Kopf an irgendeiner Kante gestoßen hatte, weil man hier kaum seine eigene Hand vor Augen erkennen konnte. Die Kieselsteine unter meinen Schuhen hinterließen ein knirschendes Geräusch.

»Hast du nicht noch eine Taschenlampe dabei?«, fragte Dalan, doch ich musste leider den Kopf schütteln. Wenn Dalan das überhaupt sehen konnte, daher setzte ich ein »Nein, und mein Handyakku ist auch fast leer, sonst hätten wir da die Taschenlampe nutzen können« hinterher.

»In meiner Hosentasche«, nuschelte Marco plötzlich. »Mein Handy … ist in meiner Hosentasche.«

Ich fühlte die Röte in mein Gesicht schießen. Das war mir unangenehm, in Marcos Hosentasche zu greifen …

Dalan nahm mir die Entscheidung zum Glück ab. »Ich mach das schon.«

Man hörte das leise Rascheln von Stoff. »Bist du bald mal fertig?«, fragte Marco.

»Was musst du denn auch eine Jeans mit so engen Taschen tragen«, beschwerte sich Dalan, doch kurz darauf folgte ein erleichtertes »Hab es.« Wenige Sekunden später leuchtete das kleine Lämpchen an Marcos Handy auf und erhellte den Gang. Ich blinzelte.

»Wah!« Erschrocken zuckte ich zusammen, als im Licht der Handytaschenlampe ein halbes Skelett auftauchte, daneben lagen abgetrennte Knochen und ein Schädel.

»Das ist doch … k-kein«, ich schluckte, da allein der Gedanken daran einen Würgereiz bei mir auslöste, »… Menschenskelett, oder?« Meine Stimme zitterte.

Dalan betrachtete das unvollständige Skelett eingehend. »Das sind keine Menschenknochen. Das gehört bestimmt zu einem dieser Höhlenbären, die hier vor Jahren gelebt haben sollen. Herr Marx hat das während der Busfahrt erwähnt. Aber da hast du ja geschlafen.«

»Ach ja, hmm«, antwortete ich, um mich selbst zu beruhigen. »Wenn du das sagst, wird es wohl stimmen.« Trotzdem lief es mir kalt den Rücken runter. Hoffentlich waren die auch alle ausgestorben.

Schweigend gingen wir weiter. Die Taschenlampe warf unsere Schatten unheimlich und gespenstisch an die rauen Wände. Mir war unwohl zumute. Ich wollte einfach nur wieder ans helle Tageslicht und aus diesem finsteren Bunker raus!

Unvermittelt ging ein Ruck durch Marcos Körper, seine Augen rollten nach hinten, bis nur noch das Weiße darin zu sehen war.

»Schwarzer Mann … da, schwarzer Mann. Wie Dämon … will uns holen«, plapperte er. Schweißperlen standen auf seiner Stirn. Er stierte stur geradeaus und deutete mit seinem Zeigefinger auf den Weg vor uns.

Dalan und ich folgten stirnrunzelnd seinem Blick, doch da war nichts.

Ich legte Marco eine Hand auf den Rücken. »Marco, es ist alles gut, du bist bei uns, Jasmin und Dalan«, versuchte ich ihn zurück zu uns zu holen, doch er war im Fieberwahn. Seine Augen zuckten unruhig hin und her. Er war total weggetreten und völlig neben der Spur.

»Da war ein schwarzer Mann«, wiederholte er immer und immer wieder. Wahrscheinlich hatte er zu viel Batman gesehen.

»Dalan, ich mache mir echt Sorgen um seinen Zustand«, flüsterte ich. »Das muss vom Fieber kommen, jetzt hat er schon Halluzinationen.«

Mir fiel auf, dass Dalan nicht sofort reagierte, sondern bedächtig die Gegend um uns herum musterte und die Augen zusammenkniff. Sein besorgter Gesichtsausdruck steigerte meine Nervosität.

»Dalan?«, fragte ich. »Was ist los?«

Er wirkte unruhig.

»Möglicherweise fantasiert er überhaupt nicht«, raunte Dalan und sah sich um. »Es kann sein, dass hier wirklich jemand ist.«

»Was soll das heißen? Dass wir nicht allein sind?«, fragte ich mit schriller Stimme und sah mich um.

Dalan hielt seinen Finger an den Mund. »Geh einfach weiter. Und dreh dich nicht um.«

Angst erfasste mich, mein Körper fühlte sich an wie gelähmt. »Dalan, was hat das zu bedeuten?«, zischelte ich, während ich mich selbst dazu zwang, trotzdem einen Fuß vor den anderen zu setzen und vor lauter Panik nicht einfach stehen zu bleiben. Mein Herz war kurz davor, mir aus der Brust zu springen.

Dalan runzelte die Stirn. »Ich weiß nicht. Ich kann es nicht erklären, aber ich habe das Gefühl, diesen Ort zu kennen. Er sieht genauso aus wie in einem meiner Träume. Es ist wie ein Déjà-vu-Gefühl. Ich wollte dir nichts davon erzählen, um dich nicht zu beunruhigen …«

Ich riss meine Augen auf. »Was?«

Ein leises Pfeifen hinter mir ließ mich zusammenfahren.

»Was war das?« Ruckartig blieb ich stehen, mein Kopf schoss in die Höhe. Ich drehte ihn nach links und rechts, konnte aber nichts erkennen, bis auf den endlos scheinenden Gang. »Dalan, ich will hier raus. Sofort.«

Ich wurde mittlerweile immer panischer, das Herz klopfte mir bis zum Hals.

Waren das Schritte hinter uns? Ich hatte so langsam, aber sicher das Gefühl, durchzudrehen.

»Jasmin, hey, sieh mich an.« Dalan griff an Marco vorbei nach meiner Hand. »Beruhige dich. Ich bin bei dir. Das war bestimmt nur der Wind. Hier sind überall kleine Löcher in den Wänden. Und es kann nicht mehr weit sein. Schau mal, da vorne ist schon Tageslicht.« Mit dem Zeigefinger deutete er geradeaus und ich folgte seinem ausgestreckten Arm.

Stimmt, da vorne zeichnete sich ein heller Lichtschimmer ab.

»Komm, lass uns weitergehen.«

Wenige Minuten später standen wir erneut vor einem kleinen Tunnel, der noch niedriger war. Da würden wir niemals normal durchgehen können.

»Ich will da nicht durch«, jammerte ich.

»Wir haben es bald geschafft. Siehst du, das Licht am anderen Ende wird immer größer.«

»Und wie sollen wir Marco da durchbekommen? Er ist kaum noch bei Bewusstsein«, bemerkte ich.

Dalan zog kurzerhand seine halb volle Plastikflasche aus dem Rucksack und schüttete Marco einen Schwall Wasser ins Gesicht. Dieser wusste gar nicht, wie ihm geschah, und prustete los.

Energisch packte Dalan Marco bei den Schultern. »Hör zu, du musst dich jetzt für einen kurzen Moment zusammenreißen. Alles klar? Wir müssen hier irgendwie rauskommen und das geht ohne deine Hilfe nicht.«

Marco bewegte den Kopf, doch es war ein kraftloses und schwaches Nicken.

Der Tunnel war so schmal und eng, dass wir hintereinander auf Knien hindurchrutschen mussten. Marco keuchte vor Anstrengung und ich ratschte mir das Knie an einem kleinen Kieselstein auf. Es brannte höllisch und ich fühlte eine warme, klebrige Flüssigkeit an meinem Bein. Was gäbe ich jetzt für eine heiße Dusche!

Und als wir endlich auf der anderen Seite ankamen und uns aufgerichtet hatten … da fehlten mir die Worte.

Vor Ehrfurcht erstarrt blieb ich stehen. Ich wagte es nicht, auch nur einen Mucks von mir zu geben. Der Raum, den wir soeben betreten hatten, war keineswegs eine normale Grotte. Und auch sonst hatte dieser Teil der Höhle wenig mit den vorherigen unterirdischen Bereichen gemeinsam.

Denn die Wände waren über und über mit funkelnden Kristallen versehen.

»Krass!«, entfuhr es Dalan und er sprach damit genau das aus, was mir durch den Kopf schwebte. Marco, der jetzt wieder von Dalan und mir gestützt in der Mitte zwischen uns ging, blinzelte irritiert.

»Träume ich?«, krächzte er heiser.

»Wenn ja, dann haben wir gerade den gleichen Traum«, hauchte ich und konnte meinen Blick kaum von dem beeindruckenden Farbenspiel abwenden.

Alles funkelte in Türkis und Lila, große und kleine Kristalle zogen sich wie ein fein gewebter Teppich über das Höhlengestein. Ich legte meinen Kopf in den Nacken und sah nach oben. Ein winziger Spalt in der Höhlendecke gab einen Blick auf den Himmel frei. Sonnenstrahlen fielen in die Höhle, wodurch die Kristalle noch stärker glitzerten.

Nach kurzem Zögern streckte ich meine Hand aus. Behutsam glitten meine Finger über die glatte Oberfläche. Sie schimmerte wie Glas und sobald ich mein Gesicht noch ein Stück näher darüberbeugte, erkannte ich sogar mein eigenes Spiegelbild darin.

Plötzlich stach mich etwas Spitzes an meinem Hinterkopf und ich fuhr herum. Aus dem Augenwinkel nahm ich eine Bewegung in der oberen rechten Ecke der Höhle wahr, aus der ein Krächzen ertönte. Ich kniff meine Augen zusammen.

Jetzt erkannte ich auch, was da eben durch meine Haare gestreift war: ein Papagei!

Mit schmerzverzerrtem Gesicht rieb ich mir über den Hinterkopf und tastete die Stelle ab. Das Tier hatte seine Krallen tief in meine Kopfhaut gebohrt.

»Dämlicher Vogel!«, murrte ich. »Wo kommst du überhaupt her?«

Ein Schnalzen ertönte hinter mir. »Na, na, na, wer wird denn da so vorlaut sein?«, vernahm ich eine grollende und unheimlich klingende Stimme in meinem Rücken, die mir die Nackenhaare zu Berge stehen ließ.

Mir brach der Angstschweiß aus allen Poren und ein gewaltiger Schreck fuhr mir durch meine Glieder.

Wie in Zeitlupe drehte ich mich um – und blieb wie angewurzelt stehen. Hätte ich mich in einem Film befunden, wäre dies vermutlich der Zeitpunkt gewesen, in dem düstere, bedrohliche Musik im Hintergrund eingesetzt hätte.

Fackeln flammten schlagartig an den Seiten auf und erleuchteten die Grotte. Wo kamen die denn plötzlich her? An den Wänden waren bis eben doch nur Kristalle gewesen, oder nicht?

Ich schluckte, als ich dadurch die Gestalt vor mir in ihrer ganzen Erscheinung wahrnehmen konnte. Ich stolperte unwillkürlich ein paar Schritte zurück, während ich den Mann mit weit aufgerissenen Augen anstarrte.

Sein zernarbtes Gesicht und seine rot leuchtenden Augen waren so furchterregend, dass es mir die Kehle zuschnürte. In der einen Hand hielt er einen langen Holzstab, dessen Spitze zu einem Schlangenkopf geformt war.

Dalan war der Erste, der seine Sprache wiederfand. Beschützend stellte er sich vor Marco und mich.

»Was wollt Ihr von uns?«, fragte Dalan mit klarer, fester Stimme.

»Ich will das, was mir zusteht«, antwortete die finstere Gestalt, während ihre Finger auf den Schlangenstab trommelten. »Wer hätte gedacht, dass es so einfach sein würde, den ungeschliffenen Diamanten in meine Falle tappen zu lassen?«

Was ging hier bloß vor sich? Ich schluckte schwer. Marco neben mir stöhnte leise, Schweißperlen bildeten sich weiterhin auf seiner Stirn. Wir mussten hier raus, so schnell es wie möglich!

»Wenn diese merkwürdigen Aussagen zu Eurer Belustigung beitragen und mir Angst machen sollen, dann muss ich Euch enttäuschen«, fauchte Dalan. Er verschränkte seine Arme vor der Brust. »Ich fürchte mich nicht vor Euch.«

Die Augen des Mannes blitzten auf. »Bist du dir da ganz sicher?«

Plötzlich spürte ich, wie sich eine unsichtbare Kraft um meinen Hals legte und zudrückte. Panisch legte ich meine Hand um meinen Hals, doch da war nichts. Ich röchelte.

»Was tut Ihr da? Seid Ihr noch von allen Sultanen und Kalifen verlassen?«, brüllte Dalan. Er eilte mir zu Hilfe, doch in dem Moment löste sich der Druck von meinem Hals und ich schnappte geräuschvoll nach Luft. Dalan strich beruhigend über meinen Arm und sah mich besorgt an.

Die Gestalt kümmerte dies nicht, stattdessen klopfte sie sich etwas Staub von dem dunklen Mantel.

»Ich hatte eigentlich geglaubt, der Schatz würde sich woanders befinden. Doch erstaunlicherweise wurde dieser unweigerlich an den Ort projiziert, an dem du dich aufhältst. Und wieder einmal bist du derjenige, der mich hergeführt hat. Du hast es mir wirklich zu leicht gemacht.«

Dalan kniff seine Augen zusammen. »Wer seid Ihr?«

»Weißt du das denn immer noch nicht?« Die unheimliche Gestalt grinste breit und entblößte dabei eine Reihe fauliger Zähne und einen einzigen goldenen Schneidezahn. Ein eiskalter Schauer fuhr meinen Rücken hinab.

Seine Hand glitt zu seinem Ohrring, während er einen Blick zu seinem Papagei warf, der nun auf seiner Schulter thronte.

»Das Spiel wird langweilig, Jago, was meinst du? Ich hätte unseren Diamanten für cleverer gehalten.«

»Cleverer, cleverer«, krächzte der Vogel und schlug aufgeregt mit den Flügeln. Mich überkam der unbändige Wunsch, dem nervtötenden Vieh jede einzelne Feder auszurupfen, damit es endlich den Schnabel hielt!

Die seltsame Gestalt richtete seine Aufmerksamkeit wieder auf uns, seine finsteren Augen durchbohrten uns drei nahezu.

»Ich würde ja gerne noch ein wenig mit euch plaudern, aber meine Pflichten rufen.« Desinteressiert betrachtete er seine spitzen Fingernägel. »Glaubt mir, es tut mir wirklich leid, dass das jetzt ein solches Ende nehmen muss. Aber es wird Zeit, dass du dich von deinen Freunden verabschiedest.« Mit diesen Worten glitt sein Blick wieder zu Dalan. Seine Mundwinkel zuckten vorfreudig.

Der Schock fuhr mir durch die Glieder, Marco starrte die Erscheinung vor uns noch immer mit offenem Mund an. Wahrscheinlich hoffte er, sie wäre doch nur ein Teil seiner Halluzinationen, hervorgerufen durch seinen Sturz.

»Was zur Hölle …?« Dalan ballte seine Hände zu Fäusten. Seine gesamte Körperhaltung verriet, dass er angespannt war.

Er mahlte so stark mit dem Kiefer, dass ich schon befürchtete, irgendetwas gleich knacken zu hören.

Plötzlich schnipste die seltsame Gestalt mit den Fingern. Ein Ruck ging durch den Boden und meine Hände griffen Halt suchend nach Dalans und Marcos Armen.

»Was geht hier vor sich?«, stieß ich mit schriller Stimme aus. Angst breitete sich in meinen Knochen aus und schnürte mir die Kehle zu.

Das Geräusch von aufeinandertreffenden Felsen ertönte, ein riesiger Brocken krachte nur wenige Zentimeter entfernt von mir zu Boden.

Ich schrie auf. Die Höhle stürzte ein!

»Dalan!«, kreischte ich und Marco strauchelte ebenfalls durch die Wucht des Bebens.

»Gebt mir eure Hände, los!«, forderte Dalan, doch in dem Moment löste sich ein riesiger türkisfarbener Kristall in Form eines spitzen Stalaktits von der Höhlendecke und wurde zwischen uns in den Boden gerammt, sodass wir auseinandergerissen wurden.

Bei dem Gedanken daran, dass ich nur einen halben Meter weiter vorne hätte stehen müssen und der Kristall mich somit einmal in der Mitte halbiert hätte, wich mir jegliches Blut aus dem Gesicht. Mir wurde schwindelig.

»Dalan!« Meine Panik wuchs und verhinderte, dass ich einen klaren Gedanken fassen konnte.

Ein dröhnendes, grässliches Lachen, das mir durch Mark und Bein ging, grollte wie ein Donnerschlag über uns hinweg. Die Augen der Gestalt blitzten unheilvoll auf und leuchteten rot.

»Sag lebe wohl, Aladin!« Ich spürte noch, wie mich irgendetwas am Kopf traf und zu Boden warf. Dann wurde es schwarz vor meinen Augen.

Mein Kopf dröhnte, als ich langsam wieder zu Bewusstsein kam, stöhnend fasste ich mir an die Stirn. Mein Mund fühlte sich staubtrocken an, meine Glieder schmerzten. Ächzend richtete ich mich auf.

Ich stellte erleichtert fest, dass ich mir bis auf ein paar Schrammen und der Wunde am Hinterkopf keine größeren Verletzungen zugezogen hatte. Auch sonst konnte ich alles ganz normal bewegen.

Als meine Erinnerungen zurückkehrten, fuhren mir die Angst und der Schreck durch die Glieder. Wo waren Dalan und Marco? Hektisch ließ ich meinen Blick von rechts nach links schnellen, was jedoch ein Fehler war, da prompt darauf ein stechender Schmerz durch meinen Kopf schoss. Verdammt! Ich schloss die Augen, da sich alles vor mir drehte.

Als es irgendwann besser wurde, betrachtete ich die Höhle.

Der Aufprall der Steine hatte Dreck und Staub aufgewirbelt. Kleine Partikel tanzten im Lichtstrahl auf und ab.

Merkwürdigerweise waren die Kristalle von den Höhlenwänden verschwunden, stattdessen wirkte das Gestein dunkel und trist. Zahlreiche Steine lagen am Boden verteilt und versperrten den Höhlenausgang.

Wo verdammt noch mal waren die beiden Jungs abgeblieben? Ob ihnen etwas zugestoßen war? Allein der Gedanke bereitete mir Übelkeit.

Ich blieb mit meinem Blick an etwas hängen und kniff meine Augen noch stärker zusammen. Da lag jemand. Marco!

Mein Herzschlag setzte für einen Moment aus, da er sich nicht regte. Ich rappelte mich auf und lief auf wackeligen Beinen zu ihm.

Nein, bitte nicht!

»Marco?« Meine Stimme war nicht mehr als ein Krächzen, ein Schatten meiner selbst.

»Marco!«, rief ich diesmal etwas lauter, doch noch immer kam keine Reaktion von ihm. Ich packte ihn an den Schultern und schüttelte ihn, aber er gab kein Lebenszeichen von sich.

Wie funktionierte das noch mal mit der stabilen Seitenlage? Ich hatte ein einziges Mal in der neunten Klasse einen Erste-Hilfe-Kurs mitgemacht. Und jetzt, wo ich die Grundlagen wirklich brauchte, war mein Gehirn wie leer gefegt und lediglich von einem Vakuum gefüllt. Mein Körper war vor Angst wie gelähmt. Ich konnte nicht klar denken, weil ich innerlich viel zu aufgewühlt war, meine Hände zitterten.

Jasmin, denk nach und reiß dich zusammen, befahl ich mir.

Ach verdammt! Tränen der Verzweiflung liefen meine Wange hinunter. Was sollte ich denn bloß machen? Irgendwie musste ich Marco doch aufwecken können.

Ich hielt mein Ohr ganz dicht an seine Brust, genau da, wo sein Herz war. Erleichtert stellte ich fest, dass es schlug. Doch sein Puls war schwach. Der Sturz von zuvor hatte ihm bereits heftig zugesetzt.

Äußerlich konnte ich keine Verletzungen an ihm feststellen, bis auf ein paar Kratzer am rechten Arm und auf der Stirn war nichts zu erkennen. Hoffentlich hatte er sich keine inneren Verletzungen zugezogen!

»Marco, jetzt sag doch endlich was, bitte!«, schluchzte ich. Erneut schüttelte ich ihn und betete, dass er endlich zu Bewusstsein kommen und mich anschauen würde. Doch seine Augen blieben geschlossen.

»Marco, du darfst mich hier jetzt nicht allein lassen!«

Kurzerhand beugte ich mich zu ihm hinunter und legte meine Lippen sanft auf seine. Ich bildete mir ein, dass er jeden Moment seine Augen aufschlagen würde. Ich dachte so fest daran, dass es fast schon wehtat.

Plötzlich spürte ich eine minimale Regung unter mir und als ich mich von Marco löste, sah mir ein leuchtendes Blau entgegen. Marco blickte noch ein wenig desorientiert drein, als wüsste er nicht, wo er sich gerade befand und was überhaupt passiert war.

Ein lauter Schluchzen rollte über meine Lippen. Mit dem Ärmel wischte ich mir über das Gesicht.

»Oh mein Gott«, stammelte ich immer wieder, Tränen der Erleichterung liefen unaufhaltsam meine Wange hinunter.

Ich umfasste sein Gesicht mit beiden Händen und presste meine Lippen fest auf seine. Und dann legte sich sein Arm um mich, umschlang meine Taille und zog mich noch enger an sich heran, bis ich direkt auf seiner Brust lag und kein Blatt Papier mehr zwischen uns gepasst hätte.

Ich fühlte seinen Herzschlag dicht an meinem und spürte die Wärme, die von seinem Körper ausging.

Marco intensivierte den Kuss, küsste meine Unterlippe und umschloss sie sanft mit seinen.

Ich hatte mir immer Gedanken darüber gemacht, wie es sein würde, einen Jungen zum ersten Mal so richtig zu küssen. Und ich hatte nicht gedacht, dass es sich *so* gut anfühlen würde.

Seine Hände fuhren meine Rücken hinab, verweilten kurz dort und strichen dann über meine Seiten. Jede seiner Berührungen hinterließ eine brennende Spur auf meinem Körper und ließ ihn in Flammen stehen.

Für einen kurzen Moment löste sich Marco von mir und sah mich einfach nur an. Unter dem Blick wurde mir schwindelig. Marcos Mundwinkel zogen sich nach oben und deuteten ein Lächeln an. Er richtete sich ein Stück auf und fing meine Lippen erneut mit einem

Kuss ein, wobei er mich wieder so nah an sich heranzog, dass ich schließlich rittlings auf seinem Schoß saß.

Seine Hände waren überall und ich konnte nicht genug davon bekommen. Von dem berauschenden Gefühl und dem Kribbeln in und auf meinem ganzen Körper.

Marco ließ seine Zunge spielerisch über meine Lippen fahren, liebkoste sie sanft und verwickelte mich schließlich in einen langen Kuss.

22. KAPITEL

Dalan

Ich kam wieder zu Bewusstsein, als ich etwas Feuchtes auf meiner Nasenspitze spürte. Verwundert öffnete ich meine Augen und blinzelte. Erneut fiel ein Wassertropfen auf mich hinab und landete diesmal auf meiner Stirn. Als ich meinen Blick nach oben gen Höhlendecke gleiten ließ, lösten sich weitere Tropfen vom Gestein.

In der kleinen Mulde neben mir hatte sich bereits eine Lache angesammelt. Bei dem Anblick überkam mich großer Durst. Ich richtete mich auf und stöhnte leise, da sich mein Körper anfühlte, als wäre eine Wüstenkarawane über ihn hinweggetrampelt.

Als ich mein Gesicht über die Pfütze beugte, erkannte ich eine dicke Schramme direkt über meinem linken Auge. Vorsichtig tastete ich darüber, um herauszufinden, wie schlimm sie wohl war und sog gleich darauf zischend die Luft ein, da die Wunde höllisch brannte. Trotzdem war ich noch mal glimpflich davongekommen, das hätte auch anders ausgehen können.

Mit meinen Händen schöpfte ich etwas Flüssigkeit und wusch mir damit einmal über das Gesicht, das von dem Staub in der Höhle ganz verdreckt war und klebte. Wie wohltuend die kühle Frische auf meiner Haut doch war.

Doch als ich erneut meine Hände in das Wasser tauchen wollte, flimmerte die Oberfläche plötzlich, wurde unruhig und kleine Wellen zogen sich kräuselnd darüber. Mein Spiegelbild wurde immer unschärfer und die Farben veränderten sich. Statt meines eigenen Abbildes war auf einmal eine Frau zu sehen, die ein Kind auf dem Arm hielt.

Irritiert betrachtete ich das Bild vor meinen Augen. Meine Hände strichen ganz sanft über die Wasseroberfläche, doch das Bild verschwand nicht.

Stattdessen schaukelte die Frau das Baby auf ihrem Arm hin und her und summte leise eine Melodie dazu. Irgendetwas sagte mir, dass ich diese Melodie kannte und schon einmal gehört hatte. Es war ein arabisches Lied.

Ich versuchte, einen näheren Blick auf die Frau zu werfen, doch sie saß seitlich zu mir und ihr Gesicht war von einem dunkelblauen Schleier bedeckt, der lediglich ihre Augen freigab.

Plötzlich wandte sie mir ihren Kopf zu, ihre Augen waren weit aufgerissen. Das Bild, das mir auf der Wasseroberfläche offenbart wurde, verfärbte sich in der oberen rechten Ecke immer dunkler und ich konnte die davon ausgehende Bedrohung förmlich spüren. Ein kalter Schauer lief meinen Rücken hinab.

»Vertraue niemandem, hörst du?«, flüsterte die junge Frau aufgeregt. Ihr Blick glitt immer wieder zur Seite, als hätte sie Angst vor irgendetwas.

»Wer bist du?«, fragte ich aufgebracht. »Bitte sag mir deinen Namen!« Doch sie reagierte nicht auf meine Frage, sondern warf einen beunruhigten Blick auf das Kind in ihren Armen und starrte schließlich traurig in die Ferne.

»Er kommt … Ich muss gehen.«

»Wer kommt? Wovor fürchtest du dich? Und warum soll ich niemandem vertrauen?«, sprudelte es verzweifelt aus mir hervor.

»Du darfst dich nicht täuschen lassen. Stell alles infrage«, sprach sie erneut in Rätseln. Sie schien nach mir greifen zu wollen und als ich meine Hand ins Wasser tauchte, fühlte ich unvermutet eine Hand, die die meine liebevoll drückte.

Erschrocken riss ich meine Hand zurück und starrte gebannt auf das Wasser. Wie war das möglich? Was ging hier vor sich?

War … ich möglicherweise das Kind auf den Armen? Aber das konnte nicht sein … Und wer war diese Frau?

Das Spiegelbild vor meinen Augen verschwamm immer stärker.

»Halt, bitte, verschwinde nicht!«, rief ich. »Ich brauche Antworten! Hat es etwas mit diesem Mann zu tun, der mich Aladin genannt hat? Wer soll das sein?«

»Vertraue auf dein Herz. Vertraue auf dein Herz«, wiederholte sie immer wieder, bis sich das Kräuseln auf dem Wasser verstärkte und die Farben verblassten.

»Nein, bitte!«, schrie ich, doch das Bild und die fremde Frau mit dem Kind auf dem Arm waren verschwunden.

Was hatte all das zu bedeuten? Das konnte doch nicht sein! Wie sollte ich Antworten bekommen, wenn sie mir niemand gab?

Wütend schlug ich mit der flachen Hand auf das Wasser, sodass mir einzelne Tropfen davon in mein Gesicht spritzten und nasse Flecken auf meinem T-Shirt hinterließen.

Verwirrt und durcheinander rappelte ich mich auf.

Ich musste unbedingt Jasmin finden! Hoffentlich war ihr nichts zugestoßen! Und wo war Marco?

»Jasmin, Marco, wo seid ihr? Hört ihr mich?«, rief ich durch meine zu einem Trichter geformten Hände. Doch die einzige Antwort, die ich bekam, war mein eigenes Echo.

Ob sie vom Gestein verschüttet worden waren? Sie konnten doch nicht weit sein!

Ich fluchte leise. Wenn Jasmin etwas zugestoßen war, würde ich mir das niemals verzeihen. Warum hatte ich nicht besser auf sie aufgepasst? Wie hatte ich sie bloß in so eine lebensgefährliche Situation bringen können? Diese innere Verzweiflung machte mich rasend. Nur die Angst um sie und der Gedanke daran, dass ich sie finden musste, trieben mich an.

Ich sprang auf einen besonders großen Felsbrocken und kletterte darüber, wobei ich mir die Hand aufschrammte.

Und dann sah ich sie. Wie Jasmin auf Marcos Schoß saß und sie sich küssten.

Ich wollte meinen Blick abwenden und doch konnte ich es nicht; ich war wie gelähmt.

Pure Eifersucht züngelte wie kochend heiße Lava durch meine Adern und zog eine brennende Spur nach sich. Unwillkürlich ballte ich meine Hände zu Fäusten und schluckte bei dem Anblick schwer.

23. KAPITEL

Plötzlich hörte ich hinter mir das Geräusch von knirschenden Steinen und als ich mich von Marco löste, sah ich Dalan in einiger Entfernung von uns beiden stehen. Mir fiel ein riesiger Stein vom Herzen.

»Dalan!« Voller Erleichterung lief ich auf ihn zu und fiel ihm stürmisch um den Hals. »Ich hatte solche Angst, dass dir was passiert ist«, murmelte ich an seinem Hals und drückte ihn ganz fest an mich.

Doch zu meiner Überraschung kam keinerlei Reaktion von Dalan. Stumm ließ er meine Umarmung über sich ergehen.

Er stand steif wie ein Brett da. Vorsichtig, aber bestimmt schob er mich schließlich von sich.

»Wir sollten zusehen, dass wir hier rauskommen«, antwortete er, ohne mich dabei anzusehen. Das war alles.

Ich fühlte mich wie vor den Kopf gestoßen. Verletzt von seinem abweisenden Verhalten trat ich ebenfalls einen Schritt zurück.

»Das ist alles, was du dazu zu sagen hast?«, erwiderte ich mit brüchiger Stimme und starrte ihn verständnislos an. »Verdammt, ich dachte, du wärst tot!« Tränen standen mir in den Augen.

Dalan warf einen Blick hinüber zu Marco. »Offensichtlich gibt es aber jemanden, um den du dir mehr Sorgen gemacht hast«, entgegnete er leise, drehte sich um und ging ans andere Ende der Höhle.

Schweigend setzte ich mich auf den Boden. Dalans Worte hatten mich getroffen und schwirrten wie ein endlos laufender Film in meinem Kopf. Warum war mit einem Mal alles noch komplizierter geworden, warum war …

Ein seltsames Geräusch drang an meine Ohren und ich horchte auf. Ein leises, aber eindringliches Zischen, das immer lauter wurde.

Hastig rappelte ich mich auf. »Habt ihr das auch gehört?«, fragte ich mit laut klopfendem Herzen. Unruhig sah ich mich um, konnte bis auf die vielen herumliegenden Steine im ersten Moment jedoch nichts entdecken.

Dalan hob seinen Kopf. »Jetzt mach dich nicht verrückt, da ist nichts.« Seiner schroffen Stimme und dem grimmigen Blick waren deutlich zu entnehmen, dass er noch immer sauer auf mich war.

»Hör auf, Jasmin anzumachen!«, entgegnete Marco mit zusammengebissenen Zähnen und hielt sich nebenbei den Knöchel. Die Schmerzen hatten demnach nicht nachgelassen.

»Von dir lasse ich mir ganz sicher nichts sagen!«, fuhr Dalan Marco daraufhin wütend an. »Ich hätte dich einfach da unten liegen lassen sol…«

»Jungs, seid mal still!«, ging ich dazwischen und spitzte aufmerksam die Ohren.

Dalan und Marco verstummten und unvermittelt kam auch Leben in Dalan. Er sprang auf die Beine und reckte seinen Kopf ebenfalls in die Höhe.

Er deutete mit dem Zeigefinger auf einen dunklen Schatten am Boden, der geradewegs auf uns zuschlängelte. Erst war es nur ein Schatten, doch dann blitzten in der ganzen Höhle leuchtend rote Augen auf.

Schlangen!

Ein entsetzter Schrei entfuhr mir und ich starrte auf die langen grünen Reptilien, die immer näher auf uns zukamen. Sie krochen zwischen den Felsbrocken entlang und kreisten uns komplett ein. Das waren keinesfalls normal große Schlangen. Ihre Körper waren dick und bestimmt um die dreißig Zentimeter breit und sechs Meter lang.

»Macht jetzt keine ruckartigen Bewegungen«, zischte Dalan. »Das macht sie nur noch aggressiver.«

»Wo k-kommen die denn jetzt auf einmal her?«, keuchte ich. Marcos Gesicht war mittlerweile so weiß wie ein Bettlaken.

Gerade kroch ein besonders großes Exemplar auf uns zu. Ein drohendes Zischen verließ sein Maul; der Kiefer war weit aufgerissen und entblößte zwei scharfe Eckzähne, an denen eine zähe Flüssigkeit herabtropfte … Gift.

Mich gruselte es.

Die roten Augen der Schlange hatten uns im Visier und ließen uns keine Sekunde unbeobachtet. Irgendetwas daran kam mir merkwürdig vor. Wo waren die Schlangen überhaupt so schnell hergekommen?

Normalerweise hätten sich Reptilien von einem solchen Ausmaß nicht in den kleinen Höhlenritzen verstecken können. Als wären sie aus dem Nichts aufgetaucht.

Plötzlich fegte ein grollendes Lachen über uns hinweg, kurz darauf sah ich das Gesicht der unheimlichen Gestalt von zuvor in den Augen der Schlange aufblitzen. Mir ging ein Licht auf.

»Dalan, Marco, das ist sein Werk!«, rief ich. »Die Schlangen sind ferngesteuert!«

»Verdammt!«, stieß Dalan wütend aus und blickte gen Höhlendecke. »Ruft die Schlangen zurück oder wollt Ihr uns etwa umbringen?«

Die Antwort darauf war ein finsteres Gelächter. »Das hier sind immer noch meine Regeln. Und ich bestimme, wann das Spiel zu Ende ist«, hörten wir die Stimme des Mannes, gefolgt von einem grausamen Lachen, das irgendwann verebbte.

Mittlerweile war eiskalter Wind in der Höhle aufgekommen und fuhr durch unsere Klamotten hindurch. Ich stolperte zurück. Das riesige Reptil vor uns riss sein Maul weiter auf und gab ein Fauchen von sich.

Jegliches Blut wich mir aus dem Gesicht. Marco hatte sich inzwischen ebenfalls wieder auf die Beine gekämpft und fixierte die Schlange mit weit aufgerissenen Augen. Dalan blickte etwas hilflos und verstört zwischen der Schlange und uns hin und her.

Zu allem Überfluss richtete sich die Schlange jetzt auch noch zu ihrer vollen Größe auf und reckte ihren schuppigen Körper in die Höhe.

Ich trat unwillkürlich ein paar Schritte zurück, bis ich bereits die felsige Höhlenwand in meinem Rücken spürte.

»Wir müssen hier raus!«, stieß ich hervor.

Wenn es doch jetzt bloß eine gute Fee geben könnte, die mir einen Wunsch erfüllen würde … Moment mal! Meine drei Wünsche, warum war ich da bloß nicht eher draufgekommen?

»Ich hab's!«, schrie ich. »Dalan, die Wünsche!«

Dalans Kopf schnellte zu mir herüber.

»Dir ist schon klar, welche Konsequenzen das nach sich ziehen könnte?«, fragte er und deutete mit dem Kopf auf Marco.

»Das spielt gerade keine Rolle«, sagte ich mit Nachdruck. Jetzt war definitiv nicht der richtige Zeitpunkt zum Diskutieren. Die Schlangen würden vermutlich nicht auf unser Einverständnis warten, uns zum Abendessen zu verspeisen. Dalans Augenbrauen standen eng beisammen, hinter seinen Augen tobte ein wahrer Sturm. »Auf deine Verantwortung«, knurrte er, drehte sich um und machte ein paar Schritte auf Marco zu, bis die beiden Kopf an Kopf standen.

»Ich vertraue dir kein bisschen, nur dass du das weißt«, zischte Dalan. »Ich mache das hier Jasmin zuliebe, weil sie aus irgendeinem mir unerklärlichen Grund denkt, dass du doch kein komplettes Arschloch bist.«

»Leute, wovon zum Teufel redet ihr?«, fragte Marco verständnislos.

»Ich weiß, dass sich das für dich jetzt total bescheuert anhört«, setzte ich an, »aber Dalan ist gar kein Austauschschüler. Genau genommen kommt er nicht mal aus dieser Zeit. Dalan ist ein Flaschengeist. Und er ist der Einzige, der uns hier rausholen kann. Ich habe drei Wünsche, die er mir erfüllen muss.«

Marcos Kinnlade klappte nach unten, sein Blick wandelte in Sekundenschnelle von irritiert über fassungslos bis hin zu skeptisch. »Was?«

Dalan rollte mit den Augen und bedachte mich mit einem vielsagenden Blick. »Ich hab ja gleich gesagt, dass es eine bescheuerte Idee war, ihm davon zu erzählen.«

»Jungs, es wäre wunderbar, wenn ihr euch ein bisschen beeilen könntet. Die Schlangen sehen verdammt hungrig aus«, sagte ich mit schriller Stimme. Die grünen Reptilien waren mittlerweile nicht mehr als drei Schritte von uns entfernt.

»Ich habe dir vertraut, jetzt musst du auch uns vertrauen.« Mit diesen Worten hielt ich Marco aufmunternd meine Hand hin, während ich Dalan die andere entgegenstreckte. Abwartend sah ich die beiden Jungs an.

Dalan war der Erste, der meine Hand nahm. Noch immer hatte Marco die Arme vor seiner Brust verschränkt, doch dann gab auch er sich einen Ruck und ergriff meine Hand. »Bist du bereit?«, fragte Dalan.

Ich nickte, schloss meine Augen und dachte so intensiv an meinen Wunsch, dass es beinahe schmerzte. Vor Aufregung spürte ich ein Kribbeln, das sich langsam, aber stetig in meinem gesamten Körper ausbreitete.

»Ich wünsche mir, dass wir drei wieder draußen vor der Höhle stehen.«

Der mir mittlerweile so vertrauliche Geruch nach Orangen stieg mir in die Nase. Ich öffnete die Augen und sah Nebelschwaden durch die Höhle tanzen.

Und dann wurde erneut alles dunkel vor meinen Augen.

Das Erste, was ich entdeckte, als ich wieder zu mir kam, war ein Marienkäfer, der direkt vor meinen Augen einen langen Grashalm hochkrabbelte und wieder nach unten purzelte. Er wurde jedoch von einem Löwenzahnköpfchen aufgefangen. Bienen und Hummeln surrten gemütlich brummelnd durch die Luft; ein Schmetterling glitt im Segelflug dicht über meinen Kopf hinweg und setzte sich auf ein Gänseblümchen am Wegesrand. Er schillerte im hellen Tageslicht in allen Farben, von türkisblau bis hin zu purpurrot. Entfernt hörte ich munteres Vogelgezwitscher.

Ich drehte meinen Kopf, blinzelte und blickte in den strahlend blauen Himmel über mir. Wattewolken zogen darüber hinweg. Die Sonne stand hoch über den Bäumen und wärmte mein Gesicht.

In meinem Rücken und unter meinen Händen spürte ich das weiche Gras; es roch, als wäre der Rasen soeben erst frisch gemäht worden.

Es fühlte sich an, als würde ich aus einem Traum erwachen. Oder träumte ich noch?

Als ich zu meiner Rechten blickte, sah ich Marco und Dalan neben mir liegen. Beide rieben sich die Augen.

In dem Augenblick war da dieses Gefühl, das wie pure Glückseligkeit durch meine Adern strömte. Wir hatten es geschafft! Mein Wunsch hatte funktioniert!

Noch immer schmerzten meine Glieder, doch der Schmerz wurde von der Erleichterung, die sich in mir ausbreitete, überdeckt.

Ich rappelte mich auf und lief auf die beiden Jungs zu, die sich ebenfalls, noch ein wenig wackelig auf den Beinen, aufrichteten und verwirrt umsahen. Dalan hielt Marco eine Hand entgegen und half ihm hoch.

Als sie mich entdeckten, lächelten beide erleichtert. Noch bevor sie etwas sagen konnten, fiel ich Dalan und Marco gleichzeitig um den Hals.

»Wir haben es geschafft! Wir haben es wirklich geschafft!«, jubelte ich und drückte die beiden ganz fest an mich, als würde ich sie nie wieder loslassen wollen.

Zuerst dachte ich, dass entweder Dalan oder Marco unser Dreiergespann schnellstmöglich auflösen würde, doch da spürte ich, wie mich beide ebenfalls fest in ihre Arme schlossen. Und als ich ganz kurz blinzelte, sah ich sogar, wie sich Marco und Dalan gegenseitig den Arm umgelegt hatten. Dalan strich mir über den Kopf und Marco griff beruhigend und zaghaft nach meiner Hand.

Und so blieben wir drei eng umschlugen und stillschweigend einfach eine Weile lang stehen und warteten darauf, dass uns die Realität wieder einholen würde.

Marco wurde noch am gleichen Tag in ein naheliegendes Krankenhaus gebracht mit dem Ergebnis: rechter Fuß verstaucht und Bänderdehnung. Das Erbrechen und das Fieber führte der Arzt auf eine Magenverstimmung zurück. Um eine Lebensmittelvergiftung vollends ausschließen zu können, sollte Marco zur Beobachtung noch für eine Nacht auf der Station bleiben.

Doch zum Glück war er schon auf dem Weg der Besserung und auch sonst ging es ihm den Umständen entsprechend.

Als wir mit dem humpelnden Marco am Eingang zur Höhle wieder auf den Rest der Klasse gestoßen waren, hatte Herr Marx vor lauter Sorge schon einen Suchtrupp losschicken lassen. Wir mussten uns eine ordentliche Standpauke anhören. Doch letztendlich war Herr Marx einfach nur erleichtert, dass uns nichts Schlimmeres zugestoßen war. Wenn er wüsste …

Er konnte ja nicht ahnen, was sich wirklich in der Höhle zugetragen hatte, denn zu den restlichen Ereignissen verloren wir kein Wort. Marco, Dalan und ich hatten uns auf die Kurzversion geeinigt, dass Marco gestürzt war und wir dadurch den Anschluss zur Gruppe verloren hatten.

Was mich jedoch beschäftigte und was wirklich seltsam war:

Niemand hatte etwas von der Erschütterung in der Teufels-Höhle mitbekommen. Und es gab auch keinerlei Anzeichen dafür, dass es jemals eine Erschütterung gegeben hatte. Alles deutete darauf hin, dass es nur eine Einbildung oder ein Traum gewesen war. Aber ich wusste, dass dem nicht so war.

Das zeigten die Schürfwunden an meinen Armen und die Kratzer über Dalans linkem Auge nur allzu deutlich. Nur Marco, Dalan und ich wussten, was wirklich an diesem Tag geschehen war.

Und es gab so viele Fragen, auf die wir keine Antwort hatten. Wer war dieser Mann, der uns bedroht hatte? Wieso hatte er mit Dalan so gesprochen, als würde er ihn kennen? Und aus welchem Grund war er dann einfach verschwunden? Das ergab doch alles keinen Sinn!

Als wäre das nicht schon genug Stoff für eine ordentliche Portion Kopfschmerzen, hatte ich seit dem Kuss von vor drei Tagen immer noch keine Chance gehabt, mit Marco darüber zu sprechen. Wir hatten nur kurz geschrieben und dabei bewusst diese eine Sache, die zwischen uns schwebte, ausgelassen. Und zu allem Überfluss wusste er jetzt auch, dass Dalan ein Flaschengeist war …

Würde sich etwas geändert haben, wenn Marco und ich uns morgen auf dem Schulkorridor gegenüberstanden? Diese Mischung aus Angst und Neugierde machte mich fast verrückt.

Und dann war da auch noch diese Sache mit Dalan und mir. Seit dem Vorfall in der Höhle war es zwischen uns anders als sonst. Er lächelte nicht mehr so viel und auch sonst begegnete er mir eher mit Distanz, was mich traurig stimmte.

Generell war Dalan seit den vergangenen Ereignissen ungewöhnlich still und in sich gekehrt. Als befände er sich mit seinen Gedanken an einem weit entfernten Ort und ich hatte keine Chance, zu ihm durchzudringen.

Als ich gerade, immer noch grübelnd, ins Bad ging, sah ich Dalan mit bloßem Oberkörper vor dem Waschbecken stehen. Konzentriert starrte er auf das Wasser. Sein Anblick raubte mir kurz den Atem.

Wütend schlug er mit der Hand auf die Wasseroberfläche, sodass Wasser auf den Spiegel spritzte. Erschrocken wich ich einen Schritt zurück. Dalans gesamter Körper stand unter Spannung und als er seinen Kopf hob und meinem Blick im Spiegel begegnete, zuckte ich ertappt zusammen.

»T-tut mir leid, ich wusste nicht, dass jemand im Bad ist. Ich wollte nicht stören«, stotterte ich und war mit einem Mal ganz verlegen.

»Du störst nie«, entgegnete Dalan leise und drehte sich zu mir um. Eine Weile sah er mich einfach nur an, ohne etwas zu sagen. Sein Blick machte mich aus irgendeinem Grund nervös.

»Ist alles in Ordnung?«, fragte ich vorsichtig.

Kurz sah ich etwas wie Verzweiflung und Schmerz über Dalans Gesicht huschen, bis er schließlich zu Boden blickte. Er wirkte verstört, durcheinander und aufgewühlt.

»Dieser Mann in der Höhle …«, setzte Dalan langsam an und holte tief Luft. »Ich kenne ihn. Nicht direkt, aber er ist mir bereits in meinen Träumen begegnet. Und das mehr als nur einmal.«

»Was?« Ich zog meine Augenbrauen in die Höhe. »Warum hast du nicht eher was gesagt?«

Dalan zuckte mit den Achseln. »Ich wollte dich nicht beunruhigen. Und meine Sorgen noch zu deinen machen.«

Ich schüttelte den Kopf. »Dalan, was redest du da? Du hättest mir das erzählen sollen!«

Vor meinem geistigen Auge zeichneten sich die Höhle, der unheimliche Mann und die Schlangen ab. Bei dem Gedanken an das, was geschehen war, wurde mir übel. Ich zitterte. Da ich meinen wackeligen Beinen gerade nicht traute, setzte ich mich auf den Holz-Wäschekorb in der Ecke.

»Hast du denn keine Ahnung, wer dieser Mann ist, Dalan? Wenn er dich vorher schon in deinen Träumen heimgesucht hat, dann bist du ihm vielleicht irgendwann mal begegnet, wenn auch unwissentlich?«

»Genau das habe ich mir auch gedacht. Zumal er mich Aladin genannt hat und dies ein arabischer Name ist, auch wenn ich keinen blassen Schimmer habe, was es damit auf sich hat. Und daher gibt es auch nur eine logische Erklärung …«

Dalan drehte sich wieder zu mir herum. »Der Mann ist aus Agrabah.«

»Aber wie kann das sein? Das würde bedeuten, dass er auch aus der Vergangenheit kommt. Ist das überhaupt möglich?«, fragte ich ungläubig. »Was will dieser Mann von dir?« Eine Gänsehaut zog sich über meine Arme und mir wurde kalt.

Dalan schnaubte. »Wenn ich das wüsste.« Eine Weile lang kehrte wieder Stille zwischen uns ein.

»Aber das ist noch nicht alles … habe ich recht?«, hakte ich vorsichtig nach, stand auf und machte einen Schritt auf ihn zu.

Dalan nickte. »Nein, das ist noch nicht alles.« Er holte tief Luft, drehte sich um und blickte wieder in den Spiegel. »Als wir verschüttet wurden und ich von Marco und dir getrennt war … da habe ich etwas gesehen. Bilder, die mir in einer Pfütze gezeigt wurden. Eine Frau mit einem Kind auf dem Arm. Auch wenn das alles überhaupt keinen Sinn ergibt, frage ich mich, ob ich dieses Kind gewesen bin.«

»Wie kommst du darauf?« Ich runzelte die Stirn.

Dalan zuckte mit den Schultern, er wirkte unzufrieden auf mich.

»Keine Ahnung, eigentlich habe ich überhaupt keine Anhaltspunkte. Es ist bloß so ein Gefühl. Mir kam diese Frau seltsam vertraut vor. Und sie hat ein arabisches Lied gesungen. Die Melodie dazu geht mir nicht mehr aus dem Kopf. Weißt du eigentlich, wie beschissen es sich anfühlt, ständig nur im Dunkeln zu tappen?«

»Ich hoffe, dass du irgendwann Antworten auf all das hier finden wirst. Es tut mir so leid«, flüsterte ich. So gerne wollte ich ihm den Schmerz abnehmen, aber ich wusste, dass ich das nicht konnte. Und das machte mich noch trauriger als ohnehin schon.

Bevor ich überhaupt wusste, was ich da tat, legte ich eine Hand auf Dalans Wange und strich sanft darüber. Doch als ich sie wieder fortziehen wollte, hielt Dalan sie fest, indem er seine eigene darüberlegte. Seine dunklen Augen zogen mich zu ihm heran, wie ein Sog, dem ich nicht entkommen konnte. Da war so viel Schmerz in seinen Augen.

Wie sehr musste es ihn belasten, nicht zu wissen, was all diese Ereignisse mit ihm zu tun hatten.

Dalans Atem strich über mein Gesicht. Mein Herzschlag beschleunigte sich. Ich hatte nicht einmal bemerkt, dass unsere Lippen nur noch wenige Zentimeter voneinander entfernt waren.

Etwas in meiner Hosentasche vibrierte.

Verlegen räusperte ich mich, ließ meine Hand sinken und trat einen Schritt beiseite. Mein Herz klopfte noch immer laut in meiner

Brust, während ich mein Handy hervorzog. Ich warf einen Blick auf das Display, das mir zeigte, dass eine neue Nachricht eingegangen war.

»Marco?«, fragte Dalan.

Ich nickte, Hitze stieg in meine Wangen. »Er«, ich schluckte, »will sich morgen mit mir in der Schule treffen. Und reden.«

Dalan nickte. »Verstehe.« Seine Stimme klang nüchtern. Jegliche knisternde Schwingung zwischen uns war schlagartig verschwunden. Wortlos griff Dalan nach seinem kleinen Kulturbeutel auf der Waschbeckenanrichte.

»Ich lass dich dann mal allein«, meinte er, als er sich mir wieder zugewandt hatte. Seine Augen hatten ihren Glanz verloren, das Funkeln darin war erloschen. Er schob sich an mir vorbei, wobei er jedoch darauf achtete, mich nicht zu berühren. Mein Herz fühlte sich auf einmal schwer in meiner Brust an.

»Dalan, du musst nicht gehen …«, setzte ich an, doch da war er schon aus dem Bad verschwunden.

Ich seufzte und lehnte mich gegen die Wand. Nachdenklich blickte ich auf mein Handy. Einerseits freute ich mich über Marcos Nachricht und andererseits wünschte ich mir, dass diese blöde SMS nicht den vertrauten Moment zwischen Dalan und mir zerstört hätte.

Warum mussten Gefühle so kompliziert sein?

24. KAPITEL

Den ganzen Vormittag über hielt ich Ausschau nach Marco, konnte ihn jedoch nirgends finden. Und da ich heute laut Stundenplan auch keine Kurse mit ihm zusammen hatte, wusste ich nicht einmal, ob er in der Schule war. Vielleicht ging es ihm noch nicht so gut? Aber dann hätte er doch wenigstens etwas gesagt, oder nicht?

Selbst in der Mittagspause war noch immer keine Spur von ihm. Und Dalan strafte mich mit Schweigen. Meine Laune war daher nicht unbedingt bombastisch.

Nach der achten Stunde packte ich schließlich enttäuscht meine Sachen in den Spind und wollte einfach nur noch nach Hause und mich mit einer Schüssel Eis in mein Bett setzen.

Doch plötzlich packte mich jemand grob am Arm und bevor ich eine Chance hatte zu protestieren, wurde mir eine Hand auf den Mund gepresst.

Alles ging so schnell, dass ich zunächst nicht realisierte, was hier vor sich ging. Irgendjemand hob mich hoch und ich zappelte. Kurz darauf wurde eine Tür geöffnet.

Es dauerte einen Moment, bis ich begriff, wo ich hingebracht wurde: in die Duschkabinen der Sporthalle. Was ging hier vor sich?

Ich strampelte und wehrte mich, doch die unbekannten Hände packten nur noch fester zu.

Wenige Sekunden später wurde ich unsanft abgesetzt. Als ich mich endlich umdrehen konnte, gefror mir das Blut in den Adern, denn niemand Geringeres als Nike, Jenny, Kevin und Marvin standen vor mir. Und ihre Gesichter verhießen nichts Gutes. Der Angstschweiß brach mir aus allen Poren.

Nikkis Lippen waren zu einem fiesen Grinsen verzogen.

»Och, hat die kleine Jasmin etwa mit Marco gerechnet? Da muss ich dich leider enttäuschen. Und er wird auch nicht mehr kommen.«

Pure Angst erfüllte mich, mein ganzer Körper wurde mit Adrenalin vollgepumpt. Was hatte sie vor? Was wollten die vier von mir?

Nike deutete auf die Dusche. »Stellt sie da runter.«

»Was? Nein!«, rief ich panisch und wollte losstürmen, doch Marvin und Kevin packten mich und zerrten mich unter die Dusche. Ihre Finger gruben sich tief in meine Oberarme.

»Nein, lasst mich los!«, schrie ich und versuchte, mich aus seinem eisernen Griff zu befreien, doch ich hatte keine Chance.

»Halt dein verdammtes Maul!«, hörte ich Kevins Stimme bedrohlich leise an meinem Ohr. Meine jämmerlichen Rufe um Hilfe wurden im Keim erstickt, als kaltes Wasser auf mich herabprasselte und meine Klamotten innerhalb weniger Sekunden komplett durchnässte.

»Was glaubst du eigentlich, wer du bist?«, zischte Nikki. »Glaubst du ernsthaft, du könntest uns vor den anderen lächerlich machen?«

»I-ich weiß nicht, was du meinst«, stammelte ich, während das Wasser immer weiterlief. Die Jungs hatten mich inzwischen losgelassen.

»Oh doch, das weißt du«, fauchte Nikki wutentbrannt. »Marco gehört zu uns! Und du kleines Miststück hast eine Lektion verdient.« Sie blickte zu Jenny. »Dreh das Wasser kälter auf. Ich glaube, sie hat noch nicht genug bekommen.«

»Mit dem größten Vergnügen«, zwitscherte Jenny.

Kurz darauf prasselte eiskaltes Wasser hart auf meinen Körper herab, als würden sich kleine Eissplitter in meine Haut bohren. Taubheit breitete sich in meinem Kopf und meinem restlichen Körper aus, sodass meine Beine schließlich wegsackten und ich zu Boden glitt.

Genüsslich weidete sich Nikki an meinem Anblick.

»Ich wollte schon immer mal wissen, wie es sich anfühlt, eine Streberin zu sein«, hörte ich Jenny sagen. Und schon hatte sie mir meine Brille von der Nase gerissen und sich selbst aufgesetzt. Meine Umgebung verschwamm vor meinen Augen, Hilflosigkeit breitete sich in mir aus.

»Na, sehe ich jetzt intelligent aus?« Gelächter ertönte.

Mit allerletzter Kraft bäumte ich mich auf, doch Marvin und Kevin drückten mich nach unten.

»Nein, bitte nicht meine Brille«, flehte ich. »Ohne die kann ich nichts sehen.«

»Ach, wie süß, habt ihr das gehört? Hässlich und noch dazu blind wie ein Maulwurf? Ich wette, gleich fängt sie an, nach ihrer Mama zu rufen!« Der blanke Hohn in Nikkis Stimme war wie ein Messer, das sich immer tiefer in mein Innerstes bohrte. Alte Narben rissen wieder auf. Zu was war dieses Mädchen fähig?

Wieder ertönte hämisches Gelächter.

Ich war so schockiert, dass kein einziger Ton meine Lippen verließ. In mir fühlte sich alles wie betäubt an. Wieso konnte ich nicht einfach bewusstlos werden?

Das Wasser lief unaufhörlich meinen Körper hinab. In meinen Zehen war schon gar kein Gefühl mehr.

Ich bibberte und meine Zähne klapperten aufeinander.

Nikki beugte ihr Gesicht so nah zu mir, dass uns nur noch wenige Zentimeter voneinander trennten. Angsterfüllt blickte ich ihr entgegen, mein Herz schlug panisch in meiner Brust.

»Glaub ja nicht, du könntest dich an Marco ranmachen. Der steht nicht auf so eine Loserin wie dich, hast du mich verstanden? Also lass deine dreckigen Streberhände von ihm!«

Irgendjemand stellte das Wasser ab und ich wurde ein letztes Mal gewaltsam gegen die Wand gedrückt. Dann verließen sie den Raum, schalteten das Licht aus und zogen die Tür zu den Duschräumen geräuschvoll ins Schloss.

Wo war meine Brille?

Ohne die oder meine Kontaktlinsen erkannte ich nicht viel. Bis auf eine Entfernung von drei Metern konnte ich zwar recht scharf sehen, aber alles, was dahinter lag, zeichnete sich stets wie ein nebeliger Schleier vor meinen Augen ab. Vorsichtig tastete ich mit meinen Händen die nassen Fliesen ab, während ich langsam vorwärtsrobbte und auf allen vieren über den Boden kroch. Die Klamotten hatten sich wie eine zweite Haut um mich gelegt und fühlten sich ganz klamm auf meinem Körper an.

Suchend ließ ich meine Finger über den Boden gleiten, bis ich plötzlich etwas Kühles unter meiner Hand spürte. Doch als ich mit den Fingern ein Stück weiter daneben tastete, hörte ich plötzlich ein Knirschen. Etwas Scharfkantiges bohrte sich in meine Haut. Glasscherben.

Sie hatten meine Brille kaputt getreten.

Eine einzelne Träne löste sich aus meinem Augenwinkel. Leise hallte mein Schluchzen an den Wänden der Duschräume wider. Noch nie in meinem ganzen Leben hatte ich mich so schrecklich einsam und verlassen gefühlt. Was hatte ich den anderen bloß getan, dass ich so etwas verdient hatte? Diese eine Frage kreiste unaufhörlich durch meinen Kopf. Meine eigene Panik lähmte mich.

Ich richtete mich auf, streckte beide Hände aus und versuchte, die Tür ausfindig zu machen. Als ich endlich den Türgriff gefunden hatte, drückte ich diesen nach unten. Die Tür ließ sich nicht öffnen.

Ich rüttelte erneut daran, doch es half nichts. Nikki und die anderen hatten mich tatsächlich hier eingesperrt. Energisch trommelte ich gegen die Tür.

»Lasst mich raus!«, schrie ich. Erneut hämmerte ich mit meinen Fäusten gegen die Tür und zog mit aller Kraft an der Klinke. Als mir jedoch bewusst wurde, dass es keinen Zweck hatte, ließ ich von der Klinke ab. Die meisten Schüler waren schon nach Hause gefahren, es würde mich vermutlich sowieso niemand hören. Und mein Handy hatte ich heute Morgen zu Hause auf meinem kleinen Nachttisch vergessen.

Ich machte mir nicht mehr die Mühe, nach dem Lichtschalter zu tasten. Stattdessen ließ ich mich wie erstarrt an der Wand hinuntergleiten; meinen Kopf bettete ich zwischen meine Knie.

Nikes Worte in Bezug auf Marco schwirrten mir durch den Kopf. *»Und er wird auch nicht mehr kommen.«*

Woher hatte Nikki von unserer Verabredung gewusst? Bedeutete das etwa, dass Marco für diese Aktion hier mitverantwortlich war? Hatte er letztendlich nur so getan, als gäbe es auch eine andere Seite an ihm?

Ein Schluchzen verließ meinen Mund.

Warum war ich bloß so dumm gewesen und hatte ihm vertraut? Ich hätte von Anfang an auf Dalan hören sollen. Im Gegensatz zu Marco war er immer ehrlich und aufrichtig zu mir gewesen und hatte mich nie angelogen.

Ich konnte die Tränen schließlich nicht mehr zurückhalten, kauerte mich auf dem Boden zusammen und fing bitterlich an zu weinen.

Nach einer Weile – ich konnte schon nicht mehr sagen, wie lange ich bewegungslos in der Dunkelheit ausgeharrt hatte – rüttelte es an der Tür.

»Warum ist denn … ach, Herr Kümmel, gut, dass Sie gerade hier sind. Könnten Sie mir bitte die Umkleidekabinen aufschließen? Ich hab meine Sporttasche heute Morgen drin liegen lassen.«

Oh nein, das war Marcos Stimme! Warum musste ausgerechnet er jetzt hier auftauchen? Der Schreck fuhr mir durch die Glieder und mein Herzschlag setze für einen Moment aus. Angespannt hielt ich den Atem an.

Das Geräusch eines sich umdrehenden Schlüssels im Schloss drang an mein Ohr. Keine Sekunde später wurde die Tür aufgestoßen und das Licht eingeschaltet.

Ich blinzelte, da mir die plötzliche Helligkeit jegliche Sicht nahm. Schemenhaft und verschwommen sah ich jemanden vor mir stehen.

»Jasmin, was machst du h…« Marco brach ab und musterte mich von oben bis unten. Sein Blick wandelte in Sekundenschnelle von überrascht zu entsetzt.

»Um Himmels willen, geht es dir gut? Wer war das?«, stieß er tonlos hervor.

Ich antwortete nicht, sondern griff mit zittrigen Händen nach der Tasche neben mir. Das Einzige, was ich wollte, war, so schnell wie möglich hier rauszukommen.

»Jasmin, wer war das?«, wiederholte Marco, diesmal eindringlicher. Seine Augen waren weit aufgerissen.

»Wer das war? Fragst du mich das ernsthaft?« Meine Stimme war nur ein Schatten ihrer selbst. Ich zitterte am ganzen Körper. Fahrig strich ich mir die nassen Haare aus der Stirn, griff nach der Duschhalterung und zog mich auf die Beine.

»War das die ganze Zeit deine Absicht gewesen?«, fragte ich. »Hast du mir die ganze Zeit nur vorgespielt, du würdest mich mögen? Um mich am Ende dann wieder zusammen mit deinen Freunden zu demütigen?«

Marco schüttelte heftig den Kopf. »Was? Nein! Jasmin, hör zu, bitte …«

Vielleicht hätte ich ihm die Gelegenheit geben sollen, mir eine Erklärung zu geben, doch ich konnte in dem Moment einfach nicht mehr klar denken. Es kam alles wieder hoch. Marcos Hänseleien von damals, all die Sticheleien, die ich die Jahre über ertragen musste. Ich war immer noch dieses ängstliche, einsame Mädchen von zuvor.

Tränen rannen unaufhaltsam meine Wange hinab und tropften auf den Boden. Es tat so entsetzlich weh. Dieses Gefühl, zu wissen, dass nichts von alldem zwischen Marco und mir ernst gemeint gewesen war.

Mein Herz fühlte sich seltsam schwer in meiner Brust an, ein unangenehmes Stechen machte sich in meiner Magengegend bemerkbar. Ich fühlte mich so erbärmlich. Wie hatte ich nur dermaßen dumm und naiv sein können? Mir hätte klar sein müssen, dass sich jemand wie Marco nicht ändern würde. »Wie kann man bloß so ein Mensch sein?«, schluchzte ich.

»Jasmin, ich hatte keine Ahnung. Du musst mir glauben, bitte!« Marco fuhr sich aufgewühlt mit den Fingern durch das blonde Haar und sah mich verzweifelt an. Eines musste ich ihm lassen: Das Schauspielern hatte er wirklich perfekt drauf. Fast wäre ich erneut gewillt gewesen, ihm zu glauben. Aber nicht dieses Mal.

Unter dem intensiven Blick aus seinen blauen Augen fühlte ich mich mit einem Mal ausgezogen. Nicht ausgezogen im Sinne von nackt, sondern ausgezogen im Sinne von: bis auf die Seele entblößt.

Denn Marco war derjenige, dem ich einen Einblick in mein Inneres gewährt hatte. Er hatte die Seite von mir zu sehen bekommen – die Jasmin –, die ich vor den anderen immer verborgen und versteckt gehalten hatte.

Und er hatte es ausgenutzt.

Ich schlang die Arme um meinen zitternden Körper, mir war eisig kalt. Und das lag keineswegs nur an meiner nassen Kleidung.

»Ich habe dir vertraut.« Ich schluchzte.

»Jasmin, ich …«

Ich spürte Marcos Hand auf meinem Arm, doch ich stieß die Tür der Umkleidekabinen auf und rannte nach draußen.

»Schätzchen, was ist denn mit dir passiert?«, fragte meine Mutter schockiert, als ich klitschnass zu Hause ankam.

»Ach, irgendein Idiot hat im Chemielabor geraucht, die Alarmanlage ist angegangen und dadurch wurden die Wassersprinkler an der Decke ausgelöst«, murmelte ich schwach.

Die Ausrede hatte ich mir schon während des gesamten Heimwegs zurechtgelegt. Ich schämte mich zu sehr, meiner Mutter die Wahrheit zu sagen.

»In meiner Schulzeit waren die Lehrerstreiche wenigstens noch lustig gewesen, aber heutzutage …« Meine Mutter schüttelte ungläubig ihren Kopf, sodass ihre dunklen Locken auf und ab hüpften. Doch gleich darauf legte sich ein geheimnisvolles Lächeln auf ihr hübsches Gesicht. Sie griff hinter sich und präsentierte mir voller Stolz ein Kuchenblech.

»Ta-ta-ta-taa … Guck mal, was ich dir gebacken habe … Deinen Lieblingskuchen: Schoko-Apfel. Mit Krokantstückchen, wie du es am liebsten magst.«

An jedem anderen Tag hätte ich mich auf diesen Kuchen gestürzt, aber heute war mir jeglicher Appetit vergangen. Ich wollte nur noch in mein Bett, die Decke über meinen Kopf ziehen und möglichst schnell alles andere um mich herum vergessen.

»Tut mir leid, Mama, aber ich bekomme gerade echt nichts runter«, antwortete ich daher.

»Du hast nicht mal Appetit auf deinen Lieblingskuchen?«

Meine Mutter versuchte sich ihre Enttäuschung nicht allzu sehr anmerken zu lassen, doch ich sah, wie das anfängliche Funkeln in ihren Augen erlosch.

Ich bemühte mich, ein möglichst überzeugendes Lächeln aufzusetzen. »Weißt du was, ich werde einfach zwei Stücke mit raufnehmen für später. Vielleicht möchte Dalan auch eins haben.«

Meine Mutter strahlte. »Das ist eine wunderbare Idee.« Sie öffnete eine der Schranktüren und warf mir dann noch einen Blick über die Schulter zu. »Ach, und Jasmin: Leg die nassen Klamotten einfach ins Bad, ja? Ich wasche sie nachher, das ist ja schließlich nichts, was man nicht wieder beheben könnte«, meinte meine Mutter gut gelaunt und machte sich leise summend daran, zwei Kuchenstücke auf einen Teller zu legen.

Und ich glaube, das war der Moment, in dem bei mir die Sicherungen durchbrannten.

»Nein, es lässt sich eben nicht beheben!«, schrie ich.

Meine Mutter zuckte zusammen und ließ vor Schreck den Teller in ihrer Hand samt Kuchenstücke zu Boden fallen. Es klirrte und schepperte und der schöne Teller zerbrach in Tausende kleine Scherben, die sich über die Fliesen verteilten. Von den zwei Kuchenstücken war nichts weiter übrig als eine undefinierbare, klebrig braune Masse.

Meine Mutter besah sich zunächst völlig schockiert das Dilemma, dann blieb ihr Blick an mir haften. »Aber Jasmin, was …?«

»Hast du dich kein einziges Mal gefragt, warum ich an manchen Tagen nach der Schule schon wieder mit einem platten Fahrradreifen nach Hause gekommen bin?«, fiel ich ihr aufgebracht ins Wort. »Oder warum mein Rucksack letzten Monat komplett mit Farbe besprüht war? Oder warum ich nie Freunde mit nach Hause bringe? Dir ist ja nicht mal aufgefallen, dass ich gerade keine Brille trage! Aber wie solltest du solche Nebensächlichkeiten auch bemerken, wo dir die Männer in deinem Leben ja viel wichtiger sind als ich und du jetzt endlich diesen ätzenden Bernd an deiner Seite hast?«

Meine Mutter klammerte sich Halt suchend an die Spüle hinter ihr. Sie schluckte schwer.

»Du hast doch überhaupt keine Ahnung, du verstehst einfach nichts!« Und damit rannte ich die Treppe nach oben und warf meine Zimmertür laut knallend ins Schloss.

Aufgebracht kramte ich in meinem Zimmer nach meinen Ersatz-Kontaktlinsen und nach wenigen Minuten hatte ich sie endlich gefunden.

Ich benötigte jedoch eine gefühlte Ewigkeit, um sie überhaupt in meine geschwollenen und geröteten Augen einzusetzen. Vom vielen Weinen waren sie ganz gereizt.

Ich kniff die Augen zusammen. Es war ein merkwürdiges Gefühl, keine Brille aufzuhaben.

Mein Puls raste vor Aufregung noch immer. Viel zu oft hatte ich mich von der Meinung anderer abhängig gemacht und mich von Marco und seinen Freunden als Punchingball benutzen lassen.

Meine Hände ballten sich zu Fäusten, vor Wut und Enttäuschung sammelten sich erneut Tränen in meinen Augen.

Ich blieb vor dem Spiegel stehen. Eine jämmerliche Figur blickte mir darin entgegen, die Haare hingen feucht herunter, das Gesicht war geschwollen.

Nie wieder wollte ich mich so fühlen! Nie wieder!

Wütend griff ich nach meinem Erdkundebuch und schmiss es gegen den Spiegel, ein riesiger Riss zog sich durch das Glas.

Das Blut schoss wie kochend heiße Lava durch meine Adern und mein Schmerz wurde durch Wut ersetzt. Schwungvoll fegte ich meine ganzen Schulbücher vom Tisch. Wozu überhaupt das ganze Lernen? Wofür gab ich mir überhaupt Mühe?

»Jasmin?« Dalan rüttelte an der Tür.

»Hau ab!«, schrie ich wie von Sinnen. Ich riss die Blätter mit all meinen Manuskriptideen und –sammlungen aus meinem Notizbuch, öffnete das Fenster und schmiss sie nach draußen. Es würde sich doch sowieso niemand dafür interessieren. So blieb mir wenigstens eine weitere Demütigung erspart! Langsam glitten die Zettel im Segelflug nach unten auf die geteerte Straße.

Bevor ich weitere Blätter aus dem Heft reißen konnte, griff eine Hand nach mir, umklammerte mein Handgelenk und zerrte mich vom Fenster weg.

»Hör auf, Jasmin«, hörte ich Dalans dunkle Stimme hinter mir, doch ich schlug um mich.

»Lass mich los! Wie bist du überhaupt reingekommen?«

»Jasmin, langsam solltest du wissen, dass eine Wand für einen Flaschengeist kein Hindernis ist«, antwortete Dalan mit ruhiger Stimme. Noch immer schlug ich um mich.

Dalan packte mich an den Schultern, drehte mich zu sich herum und sah mir fest in die Augen. »Jetzt beruhige dich! Was ist denn los?«

»Was los ist? Du fragst mich ernsthaft, was los ist? Mein ganzes Leben ist ein einziger verdammter Scherbenhaufen!«

»Es ist wegen Marco, habe ich recht?«, fragte Dalan und rieb sich über die Schläfe. »Ich weiß, dass dir das jetzt unwahrscheinlich schwerfällt, aber …«

»Hör auf, Dalan!«, schrie ich und wirbelte herum. »Hör auf!«

Dalan blieb bei meinem Wutausbruch der Mund offen stehen. Ich trat noch einen Schritt näher an ihn heran und deutete mit dem Zeigefinger auf ihn.

»Du hast keine Ahnung, wie es ist, jeden Tag mit Bauchschmerzen in die Schule zu gehen, weil man weiß, dass sie einen wieder fertigmachen werden. Du weißt es nicht, weil dich alle toll finden! Und du würdest deine Zeit doch überhaupt nicht mit mir verbringen, wenn ich nicht an dieser dämlichen Lampe gerieben hätte und du auf mich angewiesen wärst, wieder nach Hause zurückzukehren!«

Dalan runzelte die Stirn. »Was redest du da? Das ist doch absoluter Schwachs…«

»Weißt du was, Dalan, verschwinde!«, unterbrach ich ihn.

Sein Gesicht wurde um einige Farbtöne blasser. »Das meinst du nicht so …«

»Doch, das meine ich so!«, herrschte ich ihn an. »Hau ab! Durch dich ist mein Leben noch viel komplizierter geworden, als es ohnehin schon ist!«

Dalans Augen hatten sich nun zu zwei schmalen Schlitzen verengt.

»Du glaubst, alle anderen um dich herum wären genauso schlecht wie Marco und seine unterbelichteten Freunde, doch das stimmt nicht! Es gibt Menschen, die dich für die Person lieben, die du bist, aber das willst du überhaupt nicht sehen, weil du viel zu sehr damit beschäftigt bist, dich in deinem eigenen Selbstmitleid zu suhlen!« Ich schnappte nach Luft. Wie konnte er es wagen?

»Verschwinde!«, brachte ich atemlos hervor.

Dalan stieß ein höhnisches Lachen aus.

»Wie du befielst, Meisterin«, erwiderte er mit einem bitteren Zug um den Mund. »Ich möchte deine Zeit ja nicht noch länger vergeuden.«

Er trat einen Schritt zurück und warf mir einen Blick aus seinen rabenschwarzen Augen zu, in denen das Feuer loderte.

»Oh nein, du wirst heute nicht derjenige sein, der das letzte Wort hat!«, fauchte ich.

Dalan hob beschwichtigend seine Hände. Seine Wut war plötzlich wie verraucht, stattdessen stand Sorge in sein Gesicht geschrieben.

»Jasmin, du bist wütend. Aber du solltest jetzt nichts sagen, was dir hinterher leidtut.«

»Weißt du was, Dalan? Verschwinde einfach zurück in deine Scheißlampe. Von mir aus kannst du darin bis zum jüngsten Gericht versauern!«

Der Geruch von Orange und Zimt erfüllte den Raum. Leichte Nebelschwaden zogen durch den Raum und ich sah, wie Dalan langsam vor meinen Augen verschwamm. Die Luft flimmerte.

»Dalan?«

Ein letztes Mal traf mich sein Blick, bis Dalan immer mehr verblasste und vom Rauch verschluckt wurde. Und dann war er ganz weg.

»Dalan?«, fragte ich leise, Panik erfasste meinen Körper und kroch unerträglich langsam durch meine Gliedmaßen. Gespenstische Stille umgab mich, ein Luftstoß wirbelte durch das Zimmer und ergriff die restlichen Blätter auf meinem Schreibtisch, doch von Dalan war keine Spur.

Was hatte ich bloß getan?

25. KAPITEL

Irgendwann klopfte es zögerlich an meiner Tür.

»Jasmin, darf ich reinkommen?«

Ich reagierte nicht, sondern zog meine Bettdecke noch näher an mich heran und sog den vertrauten und zugleich tröstlichen Geruch von Waschmittel in mich auf.

»Was du vorhin gesagt hast«, setzte meine Mutter an, »das stimmt so nicht und das weißt du auch.« Ihre Stimme klang zittrig und ich konnte meiner Mutter anhören, dass sie den Tränen nahe war.

»Es ist nicht fair, dass du mir vorwirfst, dein Leben würde mich nicht interessieren. Ich versuche alles, um an dich ranzukommen und dass du mich mehr an deinem Leben teilhaben lässt, aber du schließt mich immer wieder aus. Ich weiß einfach nicht mehr, was ich machen soll.«

Ein Schluchzen drang durch meine Tür, dann entstand eine kurze Pause.

Das schlechte Gewissen nagte an mir. Ich kaute auf meiner Unterlippe und versuchte den aufwallenden Schmerz, der sich in meiner Brust bemerkbar machte, zu verdrängen. Mir fehlte die Vertrautheit zwischen meiner Mutter und mir von damals. Wann hatte sich das so geändert? Warum konnte nicht wieder alles wie früher sein?

Ich schluckte.

Ein Schaben fuhr über meine Tür.

»Ich habe dir noch etwas zu essen gemacht«, ertönte erneut die Stimme meiner Mutter. »Es steht vor deiner Tür. Wenn du noch etwas brauchst, dann melde dich einfach, ja?«

Mir war bewusst, dass meine Mutter noch immer vor meiner Tür stand und auf eine Reaktion von mir hoffte. Doch ich konnte gerade nicht mit ihr reden. Ich schaffte es einfach nicht, über meinen Schatten zu springen.

Erst jetzt bemerkte ich, dass Tränen meine Wange hinabliefen.

Eine Weile hörte ich nur das Rauschen in meinen Ohren. Ein trauriges Seufzen drang durch meine geschlossene Zimmertür. Dann entfernten sich Schritte langsam von meinem Zimmer.

Der dumpfe Schmerz in meiner Brust verstärkte sich, sodass ich es nicht mehr aushielt und schließlich doch aus dem Bett aufsprang.

Meine Hände griffen nach der Türklinke. »Mama!«, rief ich, doch das Letzte, was ich hörte, war die Haustür, die ins Schloss fiel.

Ich fand ein Tablett vor meiner Zimmertür mit einer Teekanne, einem kleinen Becher, einem liebevoll zubereiteten Sandwich mit Tomaten und Mozzarella und einem Zettel, der zwischen Mamas selbst gebackenen Keksen lag.

Ich hab dich lieb.

Mama

Erneut schossen mir Tränen in die Augen und ich weinte hemmungslos.

Der nächste Tag wurde auch kein bisschen besser. Dalan war noch immer verschwunden und von meiner Mutter hatte ich seit gestern Abend auch nichts mehr gehört.

Heute Morgen musste sie schon früh das Haus verlassen haben, da ich sie vor der Schule nicht zu Gesicht bekommen hatte.

Und zu allem Überfluss musste ich auf dem Weg zur Schule ausgerechnet Marco in die Arme laufen. Er stand am Schultor und nachdem er mich inmitten des Stroms aus Schülern entdeckt hatte, kam er zögerlich auf mich zu. Leider gab es keine Chance mehr, mich irgendwo zu verstecken.

»Du, wegen gestern …«, begann er nervös und sah sich in alle Richtungen um, als hätte er Sorge, dass uns jemand zusammen sehen könnte. Natürlich machte er sich Gedanken darüber. Warum sollte ein Junge wie Marco seine Meinung über mich ändern?

Und obwohl diese Erkenntnis keine Neuigkeit war, so machte sich dennoch ein Stich in meiner Brust bemerkbar.

»Können wir reden?«, fragte er mich und sah mir dabei direkt in die Augen.

»Worüber willst du reden?«, entgegnete ich bemüht kühl und drückte mich an ihm vorbei, obwohl sich in meinem Magen alles drehte und ich mich am liebsten einmal auf die hässlichen Pflastersteine übergeben hätte.

»Ich hatte wirklich keine Ahnung davon, hörst du?« Er klang verzweifelt, woraufhin ich zu ihm herumwirbelte.

»Und das soll ich dir glauben? Ich hoffe, die anderen hatten wenigstens ihren Spaß! Mit dem kleinen hässlichen Entlein kann man's ja machen«, zischte ich.

»Jasmin …« Marco wollte nach meiner Hand greifen, doch ich war schneller und wich ihm aus.

»Ach und noch was«, meinte ich, kurz bevor ich mich zum Gehen wandte. »Es wird keiner von dem Kuss erfahren, keine Sorge. Ist ja auch nichts passiert.« Ich schulterte meine Tasche und blickte Marco fest in die Augen.

»Was?« Irritiert zog dieser seine Augenbrauen hoch. »Wovon redest du?«

»Deine Freunde werden nichts erfahren. Das ist es doch, was du mir sagen wolltest, oder nicht?«

Marco schüttelte seinen Kopf. »Du verstehst das falsch, ich wollte …«

»Es ist genau so«, widersprach ich mit zittriger Stimme und verfluchte mich erneut für meine Unsicherheit.

»Aber du musst dir keine Gedanken machen«, setzte ich fort, diesmal etwas fester. »Wir beenden noch das Referat zusammen und das war's. Das mit der Nachhilfe war eine blöde Idee. Ich bin mir sicher, du findest einen Ersatz für mich.«

Marco sah mich verdattert an. »Aber ich … so ist das nicht …«, stotterte er. »Ich würde nie …«

»Sag jetzt nichts, was du nicht ernst meinst und später bereust«, unterbrach ich ihn leise.

Marco klappte seinen Mund langsam wieder zu und schwieg betroffen.

Ich schluckte und musste mich zusammenreißen, mich nicht wieder in einen Springbrunnen zu verwandeln.

»Man sieht sich«, sagte ich mit dem letzten bisschen Kraft, dann drehte ich mich um und eilte zum Klassenzimmer.

Als die Schüler allesamt schon den Raum verlassen hatten, rief mich Herr Marx nach der sechsten Stunde zu sich.

»Jasmin, kannst du mir sagen, warum Dalan heute nicht im Unterricht anwesend war? Ich habe keine Nachricht aus dem Sekretariat erhalten, dass er fehlt. Weißt du etwas darüber?«

Schon wieder breitete sich dieses unerträgliche Gefühl in meiner Magengegend aus. Da versuchte man, einmal nicht an ihn zu denken, und schon wurde jegliche Bemühung mit drei harmlosen Sätzen meines Lehrers wieder zunichtegemacht.

Ich machte ein möglichst selbstsicheres Gesicht. »Er hat gestern das Hähnchen-Curry nicht so gut vertragen. Sie bekommen noch eine Entschuldigung.«

Herr Marx runzelte die Stirn, als wollte er noch nachbohren, ließ es aber glücklicherweise bleiben.

»Jasmin, ist alles in Ordnung? Du bist in letzter Zeit so unkonzentriert.«

Ich schwieg zunächst und verschränkte meine Arme vor der Brust.

»Gibt es irgendetwas, das dich bedrückt und worüber du gerne reden würdest?«

»Wieso denkt eigentlich jeder, dass er mit mir machen kann, was er will?«, sprudelte es völlig unkontrolliert aus mir heraus. Vor Wut traten mir schon wieder Tränen in die Augen und ich ballte meine Hände zu Fäusten.

»Ohne Sie wäre ich jetzt doch überhaupt nicht in dieser Lage!«, fuhr ich meinen Lehrer völlig grundlos an. »Mit Marco und Dalan und …« Ich biss mir auf die Zunge und zwang mich selbst dazu, zu schweigen. Sonst machte ich alles nur noch schlimmer.

»Was ist los, Jasmin?«, fragte Herr Marx ruhig. »So kenne ich dich gar nicht.«

Ich starrte aus dem Fenster des Klassenraums und beobachtete meine Mitschüler auf dem Pausenhof. Marco stand mit seiner Clique zusammen. Verletzt wandte ich meinen Blick ab.

»Sie lassen sich nie von irgendwas entmutigen, nicht mal, wenn Ihnen dreißig Schüler auf der Nase herumtanzen«, begann ich. »Was Sie sich vornehmen, das schaffen Sie auch. Bei Ihnen habe ich das Gefühl, dass Ihnen alles so leichtfällt. Wohingegen ich von einem Fettnäpfchen ins nächste trete.«

Und dann geschah etwas, was mir den Mund offen stehen ließ: Herr Marx lachte. Warum lachte er?

»Finden Sie das jetzt witzig?«, fragte ich leicht schmollend. »Es reicht ja nicht, dass sich alle anderen schon über mich lustig machen, das muss ich mir von Ihnen nicht auch noch anhören.«

Sein Lachen verebbte langsam, stattdessen zierte ein Schmunzeln seine Lippen.

»Wenn du wüsstest«, meinte er. Er schüttelte den Kopf, stand von seinem Stuhl auf und setzte sich stattdessen auf die vordere Tischkante. »Ich werde dir jetzt mal ein Geheimnis verraten, Jasmin.« Er machte eine kurze Pause und richtete seine freundlichen blaugrauen Augen auf mich. »Als ich damals in deinem Alter war, ging es mir ähnlich wie dir. Ich habe nicht zu den supercoolen Leuten gehört und mir waren meine Schulnoten wichtiger als irgendwelche Clubtouren.

Meine Eltern hatten einen Tischlereibetrieb, doch als ich meinem Vater gesagt habe, dass ich ihn nicht übernehmen werde und stattdessen Lehramt studieren möchte, haben sie mir gesagt, dass ich für einen solchen Beruf nicht geschaffen sei. Keiner von ihnen hat an mich geglaubt.

Und ich habe allen das Gegenteil bewiesen. Klar hätte ich so manches Mal wirklich liebend gerne alles hingeschmissen. Aber weißt du, worauf es wirklich ankommt? Dass du an dich selbst glaubst! Nur dann hat man die Chance, über sich hinauswachsen. Glaub mir, ich spreche da aus eigener Erfahrung. Ich kann also durchaus nachvollziehen, wie du dich zurzeit fühlst.«

Beschämt blickte ich zu Boden und räusperte mich verlegen. »Entschuldigung. Das wusste ich nicht.«

»Das macht doch nichts.« Herr Marx lachte. »Und mal ganz unter uns: Es ist schade, wenn ausgerechnet meine Lieblingsschülerin so mit sich hadert.«

Meine Wangen wurden flammend rot.

Herr Marx grinste mich daraufhin verschmitzt an und zwinkerte mir zu. »Jeder Lehrer, der behauptet, er hätte keinen Lieblingsschüler, der lügt.« Er griff nach dem Klassenbuch auf dem Lehrerpult und bedachte mich noch einmal mit einem ernsten Blick.

»Tust du mir einen Gefallen, Jasmin? Lass deine eigenen Ängste oder Unsicherheiten dich nicht davon abhalten, das zu tun, was du für richtig hältst. Denn das ist der Schlüssel zu allem.«

26. KAPITEL

Nach der Schule nahm ich meinen ganzen Mut zusammen, als ich meine Mutter in der Küche mit dem Geschirr klappern hörte.

Mit nackten Füßen lief ich die Treppe von meinem Zimmer hinunter und blieb mit laut klopfendem Herzen am unteren Treppenabsatz stehen.

Noch hatte meine Mutter mich nicht bemerkt, da sie mit dem Rücken zu mir an der Spüle stand.

»Mama?«, krächzte ich leise.

Meine Mutter wirbelte herum, sie lächelte vorsichtig. »Hey, mein Schatz, wie war dein Tag?«

Unter ihren sonst so strahlenden Augen erkannte ich dicke Augenringe und mich überfiel erneut ein Anflug von schlechtem Gewissen. Sie musste wirklich schlecht geschlafen haben. Kein Wunder, ich hatte ihr auch einige wirklich unschöne Sachen an den Kopf geworfen, die sie nicht verdient hatte.

»Es tut mir leid«, entgegnete ich entgegen meiner sonstigen Art und Weise sehr direkt. »Es tut mir so leid.«

Doch anstatt mich anzuschreien oder mir Vorwürfe zu machen, brach meine Mutter plötzlich in Tränen aus.

»Nein, mir tut es leid, Jasmin. Ich bin diejenige, die sich hier entschuldigen muss. Ich hätte es viel eher sehen sollen«, schluchzte sie. »Seit wann können wir nicht mehr offen darüber reden, wie es uns geht?«

Sie griff in ihre Hosentasche und schnäuzte sich dann geräuschvoll in ihrem Taschentuch. »Entschuldige, geht gleich wieder«, murmelte sie und wischte sich über ihr Mascara-verschmiertes Gesicht.

Mir schossen ebenfalls Tränen in die Augen. In letzter Zeit verwandelte ich mich andauernd in einen Springbrunnen.

»Mama, bitte hör auf zu weinen, sonst fange ich gleich auch noch an«, flüsterte ich leise und griff nach ihrer Hand.

Meine Mutter lief um den Küchentisch herum und zog mich ganz fest in eine Umarmung.

»Versprich mir, dass wir in Zukunft mehr reden. Ich möchte doch bloß, dass es dir gut geht. Niemand verletzt meine Tochter!«

Und dann setzten wir uns gemeinsam an den Wohnzimmertisch und redeten. Ich glaube, ein so ausführliches Gespräch hatten wir in den letzten drei Jahren nicht mehr geführt.

Über die Schule, über meine eigene Unsicherheit, über Marco und über Dalan. Wobei ich jedoch einige Details für mich behielt. Fürs Erste reichte es, wenn Mama das Gröbste wusste.

Meine Mutter strich mir über den Kopf, so wie sie es immer getan hatte, als ich noch ein kleines Kind gewesen war.

»Bevor ich es wieder vergesse«, warf sie ein, »da war vorhin ein Junge für dich an der Tür, als du noch in der Schule warst.«

»Was?« Überrascht sah ich meine Mutter an. »Wer war es denn?« Wer sollte mich besuchen kommen?

Meine Mutter zuckte mit den Achseln. »Er hat mir keinen Namen genannt. Er wollte nur wissen, ob du da bist. Und dann ist er gegangen.«

Meine Gedanken überschlugen sich. Denn eigentlich fiel mir im Moment nur ein Junge ein, der infrage kommen würde …

»Wie sah er denn aus?«, hakte ich nach.

»Hmmh«, meine Mutter wog ihren Kopf hin und her und schien einen Moment nachzudenken. »Blondes Haar, blaue Augen, um die ein Meter achtzig. Sah sehr hübsch aus.«

Marco! Ich konnte nicht glauben, dass er tatsächlich zu uns nach Hause gekommen war, nach allem, was passiert war.

»Hat er denn sonst noch irgendwas gesagt?«

»Nein, nichts.« Mama schüttelte den Kopf. Sie blickte mich an und stutzte, als ihr mein grüblerisches Gesicht auffiel. »Sag mal«, begann sie vorsichtig, »dieser Junge ist nicht zufällig der, von dem du mir gerade erzählt hast?«

Die Worte noch einmal so offen aus dem Mund meiner Mutter zu hören, tat weh und ich zuckte zusammen. Betreten starrte ich auf meine Finger, während ich sie knetete.

»Hmmh«, meinte ich lediglich und schwieg dann wieder. Meine Mutter legte ebenfalls eine kurze Pause ein, dann holte sie tief Luft und sah mir fest in die Augen.

»Auch wenn ich diesem Typen am liebsten einmal ordentlich in seinen Allerwertesten treten würde für das, was er dir angetan hat, sah er irgendwie doch sehr … niedergeschlagen und bedrückt aus.«

»Marco hat so viele unterschiedliche Gesichter. Ich weiß mittlerweile nicht mehr, welches davon stimmt«, sagte ich traurig.

»Man kann seinen Mitmenschen mit Sicherheit viel vormachen und ihnen eine andere Person zeigen, als man eigentlich ist. Aber ich denke nicht, dass man Kummer so gut spielen kann. Er sah sehr durch den Wind aus. Vielleicht belastet ihn die ganze Sache doch mehr, als du denkst.

Menschen können sich ändern. Und manchmal sind die Dinge oft anders, als sie auf den ersten Blick scheinen«, entgegnete meine Mutter sanft und strich mir eine Haarsträhne hinter Ohr.

»Aber ich glaube, in dem Fall kann ich dir nicht weiterhelfen. Das musst du mit dir selbst ausmachen. Und entscheiden, ob du diesem Jungen noch eine Chance geben willst und auch kannst, oder nicht.«

Sie legte eine Hand auf mein Knie, stand dann vom Sofa auf und lächelte mich an. »Ich mach uns beiden mal einen Tee. Ein bisschen Wärme ist sicher wohltuend und beruhigend für deinen aufgewühlten Magen.«

Ich warf ihr einen dankbaren Blick zu und kuschelte mich ganz eng in die Sofadecke. In meinem Kopf herrschte ein einziges Chaos und Mamas Worte gaben mir zu denken. Was, wenn ich Marco Unrecht getan und er von dem Übergriff in dem Duschraum wirklich keine Ahnung gehabt hatte? Er hatte in den Tagen davor verändert gewirkt, gelöster und irgendwie zufriedener. Selbst in der Schule hatte ich ihn kaum noch in engem Kontakt zu seiner alten Clique gesehen. Aber wie sollte ich Marco glauben, nach allem, was ich in den letzten Jahren in der Schule hatte durchstehen müssen?

Als er sich allerdings bei mir für seine Gemeinheiten entschuldigt hatte, hatte es so ausgesehen, als würde er es ernst meinen. Seine Worte hatten aufrichtig geklungen. Und der gemeinsame Kuss … das konnte doch nicht alles eine Lüge gewesen sein!

So schwer das auch gerade für mich war, aber ich musste der Tatsache ins Auge sehen, dass dieses Mal ich diejenige gewesen war, die vorschnell geurteilt hatte.

Während ich die Geschehnisse der letzten Tage noch einmal in meinem Kopf Revue passieren ließ, wurde mir aber auch klar, dass ich nicht solche Gefühle für Marco hegte, wie mir mein kribbelnder Bauch zwischenzeitlich hatte weismachen wollen. Mein Magen hatte vielleicht verrücktgespielt, aber mein Herz hatte doch insgeheim eigentlich schon viel länger gewusst, für wen es schlug.

Marco war so etwas wie ein Freund für mich geworden. Doch der Junge, den ich über die ganzen letzten Wochen hinweg wirklich lieb gewonnen hatte, war nicht Marco, sondern Dalan. Mit jeder Sekunde, die verstrich und die er nicht bei mir war, vermisste ich ihn immer mehr.

Ich musste ganz dringend das ganze Chaos wieder in den Griff bekommen.

Als Mama mit einer dampfenden Tasse Früchtetee und einem Teller mit Kuchen in der Hand zurückkam und sich wieder neben mir auf dem Sofa niederließ, versuchte ich mich an einem Lächeln.

»Und, was hast du dir für heute Abend Schönes mit Bernd vorgenommen?«, fragte ich zwischen einem Bissen Kuchen und einem großen Schluck Tee. Ein kurzer Schatten huschte über das Gesicht meiner Mutter, dann räusperte sie sich.

»Er wird nicht kommen«, antwortete sie leise.

»Warum das? Muss er in der Firma noch was erledigen?«

Meine Mutter spielte nervös an ihren Händen herum. »Nein, er wird … generell nicht mehr kommen.«

Ich verschluckte mich fast an dem Kuchenstück und ließ die Gabel wieder sinken.

»Wie?«, fragte ich vollkommen perplex und hielt das Ganze zunächst für einen schlechten Witz.

»Wir haben uns getrennt«, entgegnete meine Mutter, ohne mich dabei anzusehen. Stattdessen schob sie die Zuckerdose von einer Seite des Tisches auf die andere und wiederholte diese Prozedur auch noch mit ihrer Tasse Tee und der Tischblume.

Es dauerte einen Moment, bis ich die Neuigkeiten verdaut hatte. Die beiden hatten sich getrennt? Ein Kloß bildete sich in meinem Hals.

»Du hast meinetwegen mit ihm Schluss gemacht?«, fragte ich ehrlich betroffen.

»Es hätte mit uns beiden sowieso nicht funktioniert«, antwortete meine Mutter ausweichend und überging damit meine Frage.

Ich hatte es tatsächlich geschafft, das Glück meiner Mutter zu zerstören und sie und Bernd auseinanderzubringen.

Dabei hatte es mit Bernd und ihr erstaunlicherweise länger gehalten als mit jedem anderen Mann zuvor. Ich glaube, ich hatte sie noch nie zuvor so glücklich und verliebt gesehen wie mit ihm. Vielleicht war er diesmal wirklich der Richtige für meine Mutter gewesen?

Und ich hatte es kaputt gemacht.

Mein Hals verengte sich. Ich war so egoistisch. Und noch dazu eine Rabentochter. Im Grunde genommen verhielt ich mich gerade nicht besser als all die anderen aus meiner Schule.

»Ich meine, eine Floristin und ein Steuerberater … wie soll das schon gut gehen?« Meine Mutter lachte, doch es klang aufgesetzt und traurig. Sie griff nach meiner Hand.

»Kein Mann der Welt könnte jemals an dich oder unser Dreamteam herankommen. Ab jetzt bin ich wieder mehr für dich da.«

Ich betrachtete meine Mutter nachdenklich. Das Strahlen, das sie die Tage zuvor immer in den Augen gehabt hatte, war verschwunden. Stattdessen sah sie erschöpft aus, die Augenringe zeichneten sich als tiefe Schatten unter ihren braunen Augen ab. Ich fühlte mich furchtbar.

Hatte meine Mutter nach all dem Pech mit den Typen nicht auch das Recht, endlich den passenden Mann für sich zu finden und glücklich zu sein? Und nur weil ich von allen so enttäuscht worden war, hatte ich auch meiner Mutter ihr Glück nehmen wollen.

Der Kuchen lag mir plötzlich schwer im Magen.

»Du, Schätzchen, was hältst du davon, wenn ich heute Abend was Leckeres vom Chinesen für uns hole?«, wechselte meine Mutter das Thema und lächelte. »Ich glaube, ich hätte mal wieder Appetit auf ein richtig scharfes Hähnchen.«

Genauso wie meine Mutter sich bemühte, möglichst fröhlich zu wirken, zwang ich mir ebenfalls ein Lächeln auf das Gesicht.

Zustimmend nickte ich. »Das klingt nach einer guten Idee.«

»Wunderbar.« Meine Mutter warf einen Blick auf ihre Armbanduhr und stellte ihre Kaffeetasse ab. »Ach herrje, schon so spät. Ich muss los! Sag mal, wo steckt denn eigentlich Dalan?«

Ich hätte nicht gedacht, dass ich mich noch schlechter fühlen konnte, als ich es nicht ohnehin schon tat.

»Der übernachtet bei einem guten Freund aus der Schule«, schoss es aus mir hervor.

»Wie schön, dass Dalan so schnell Anschluss gefunden hat«, freute sich meine Mutter. »Er ist ein feiner Kerl.«

Ja, das war er. Und ich war schuld daran, dass er nicht mehr auftauchte.

Meine Mutter verpasste mir einen flüchtigen Kuss auf mein noch ungekämmtes und zotteliges Haar und griff nach ihrem Autoschlüssel.

»Ach, Jasmin, im Kühlschrank steht auch noch der Schokokuchen, falls du heute Mittag eine Kleinigkeit essen möchtest. Bis später, Schätzchen, mach dir einen schönen Tag!«, rief sie mir noch über die Schulter hinweg zu, bevor sie eilig das Haus verließ.

Mit einem leisen Klack fiel die Haustür ins Schloss.

Kurz darauf ertönte das Geräusch eines aufheulenden Motors, wenige Sekunden später folgte ein dumpfes Scheppern.

Sie war gegen den Blumenpott gefahren.

Eigentlich hatte ich mir für den Nachmittag vorgenommen, für meine bevorstehenden Abiturprüfungen zu lernen. Doch ich fand einfach keine Ruhe dafür, weil mich das schlechte Gewissen viel zu sehr plagte.

Nach dem dritten Versuch, mir die Notizen auf meinen Lernzetteln einzuprägen, gab ich auf.

Stattdessen schnappte ich mir einen Eimer, füllte ihn mit heißem Wasser auf, holte mir einen Lappen und drehte die Musikanlage auf.

Dann schrubbte ich zu der Musik von Nickelback im Hintergrund das Badezimmer. Jede verdammte Ecke. Selbst an die Toilette wagte ich mich ran.

Nach einer gefühlten Ewigkeit ließ ich mich schwitzend auf den bunten Badezimmerteppich sinken und betrachtete meine Arbeit. Ich fühlte mich zwar ausgelaugt, aber merkwürdigerweise sehr gut.

Jetzt hatte Dalans Putzfimmel schon auf mich abgefärbt. Wieder waren meine Gedanken unweigerlich bei ihm gelandet. Was konnte ich bloß tun, damit er endlich wieder zurückkehrte?

Ich wusste, dass er sauer auf mich war und er hatte auch jedes Recht dazu. Doch ich vermisste ihn so sehr und wünschte ihn mir zurück an meine Seite.

Betrübt schüttelte ich den Kopf. Irgendwie musste ich mich ablenken.

Tief seufzend warf ich den Lappen zurück in den Eimer.

Nachdem ich schließlich auch noch die Wäsche zusammengelegt, die Küche auf Vordermann gebracht und das Altpapier entsorgt hatte, musste ich entsetzt feststellen, dass es gerade mal dreizehn Uhr war.

Wie gelähmt starrte ich an die Wand. Die Zeiger hatten kein Erbarmen mit mir und rückten einfach nicht schnell genug vorwärts.

Tick, tack, tick, tack.

Irgendwann hielt ich es nicht mehr aus, schnappte mir aus lauter Frust den angefangenen Kuchen aus dem Kühlschrank und lief damit hinüber zu Frau Wannemüller.

Ich musste schon wirklich sehr verzweifelt sein, wenn ich mir das hier freiwillig antat. Als ich an den hässlichen Gartenzwergen vorbeiging, überkamen mich erste Zweifel, ob ich vielleicht lieber wieder umdrehen sollte. Doch als ich auf dem Absatz kehrtmachen wollte, war es schon zu spät.

Obwohl ich nicht die Klingel betätigt hatte, öffnete sich die Tür und ein Bellen ertönte.

»Jasmin, was machst du denn hier?«, fragte mich unsere Nachbarin irritiert. »Hat sich mein Waldi doch nicht vertan, er saß schon ganz unruhig vor der Tür.«

Ich setzte mein lieblichstes Lächeln auf und hielt die Kuchenhaube in meiner Hand hoch. »Haben Sie vielleicht Lust auf Schokokuchen?«

Und so kam es, dass ich wenige Minuten später zusammen mit Frau Wannemüller in ihrem Wohnzimmer saß. Neugierig ließ ich meinen Blick durch den gemütlichen Raum schweifen. Ich hatte mir irgendwie vorgestellt, dass eine Frau, die mit Leidenschaft Gartenzwerge sammelte, mit Sicherheit auch eine dementsprechend grässliche Inneneinrichtung vorzuweisen hatte. Tischdecken, die aussahen wie

Gardinen, irgendwelche gehäkelten Topflappen, spießige Porzellanteller und zur Krönung vielleicht noch eine Kuckucksuhr.

Doch ich hatte mich getäuscht.

Eine große gemütliche, durch die Zeit schon etwas durchgesessene Couch stand in der Mitte des Raumes, Margeriten standen auf dem Tisch. Für einen winzigen Moment drifteten meine Gedanken erneut zu Dalan und den Tag ab, an dem er meine Mutter und mich mit diesem liebevoll gestalteten Frühstück überrascht hatte und ebensolche Blumen unseren Küchentisch geschmückt hatten.

Ich fühlte, wie mein Herz erneut schwer wurde und versuchte, die Bilder in meinem Kopf mit aller Kraft beiseitezuschieben. Stattdessen betrachtete ich die Fotos auf der langen Kommode aus feinem Holz im Wohnzimmer. Auf den meisten davon war Frau Wannemüller neben einem Herrn abgelichtet, beide strahlten glücklich in die Kamera.

Ob das ihr Ehemann war?

Mein Blick glitt weiter und ich entdeckte einen wunderschönen Kamin im hinteren Teil des Raumes. Im Winter war das bestimmt sehr gemütlich.

»Der Kuchen ist wirklich köstlich«, nuschelte die alte Dame gerade hinter vorgehaltener Hand.

»Richte ich meiner Mutter aus, da wird sie sich freuen.« Ich lächelte. »Wenn Sie möchten, kann ich Ihnen gerne das Rezept verraten.«

»Ich sollte auch mal wieder öfter backen, aber für mich allein lohnt sich das leider nicht. Ich bekomme nur noch so selten Besuch.«

Frau Wannemüller lächelte mich traurig an und blickte hinüber zu ihrem Dackel, der es sich in seinem Körbchen gemütlich gemacht hatte. »Seit mein Mann verstorben ist, ist mir nur noch der Waldi geblieben.«

Für einen Moment wirkte sie in sich gekehrt. Sie saß einfach nur da und starrte vor sich hin. Nachdenklich und mit schräg gelegtem Kopf betrachtete ich die alte Frau. Mir war nie in den Sinn gekommen, dass ihre manchmal etwas ruppige Art genau genommen bloß ein Zeichen dafür war, dass sie sich einsam fühlte. Dass ihre Forschheit einfach eine Art Schutzmechanismus war, mit dem sie sich selbst davor bewahren wollte, verletzt zu werden.

Diese Eigenschaft kam mir mehr als nur bekannt vor.

Vielleicht waren die alte Dame und ich uns gar nicht so unähnlich? Diese Erkenntnis brachte mich ernsthaft ins Grübeln.

Es war so einfach, denjenigen, die man nicht mochte, Ablehnung entgegenzubringen, aber es war so schwer, den Menschen, die man liebte, zu sagen, wie wichtig sie einem doch waren. Nicht mal bei meiner Mutter schaffte ich es, ihr direkt ins Gesicht zu sagen, dass ich sie liebte.

Ich hatte mich von allen verraten und verlassen gefühlt.

Von meinem Vater, weil er noch vor meiner Geburt in den Regenwald abgehauen war und mir nicht einmal die Chance gegeben hatte, ihn überhaupt kennenzulernen. Von meiner Mutter, die sich ständig wieder irgendwelche neuen Typen anlachte. Von meinen Mitschülern, die mich jeden Tag aufs Neue wie Dreck behandelten. Und von Marco, der meine Gutmütigkeit ausgenutzt hatte.

Ich hatte so eine Scheißwut auf alles und jeden gehabt.

Und dadurch hatte ich ausgerechnet den Jungen vertrieben, den ich wirklich gerne hatte.

Mir fehlte das Leuchten in seinen Augen, wenn er wieder irgendetwas ausheckte. Sein ansteckendes Lachen. Der Geruch nach Orangen in der Wohnung.

Selbst sein penetrantes Rumgenerve und seinen Putzfimmel vermisste ich.

Ich schluckte, Tränen traten mir plötzlich in die Augen.

»Ach Kindchen, was ist denn los?«, fragte mich Frau Wannemüller gleichermaßen schockiert und voller Mitgefühl. Die Dame reichte mir ein schon etwas zerknittertes Taschentuch, das ich dankend entgegennahm.

Ich schnäuzte mich kräftig und nuschelte etwas von »Pollenallergie …«

Frau Wannemüller runzelte die Stirn und warf einen Blick aus dem Fenster. Es hatte angefangen zu regnen und dass bei einem solchen Wetter keine Pollen flogen, war sowohl der alten Dame als auch mir bewusst. Umso dankbarer war ich ihr, dass sie nichts sagte. Stattdessen ging sie in die Küche und kam wenige Sekunden darauf mit einem Tablett in der Hand wieder. Vorsichtig stellte sie eine dampfende Teetasse auf den Tisch.

»Was für eine Sorte ist das?«, fragte ich neugierig, wobei ich immer noch leicht verschnupft klang, und beugte mich über das feine Porzellan, aus dem ein wunderbarer, mir bekannter Duft hervorströmte.

»Jasmin«, antwortete Frau Wannemüller lächelnd, woraufhin sich wie von selbst ebenfalls ein Lächeln auf mein Gesicht legte.

Der Nachmittag wurde doch noch sehr schön. Ich vergaß für einen Moment meinen Kummer und auch Frau Wannemüller blühte richtig auf. Sie lachte, erzählte mir viel von der vergangenen Zeit mit ihrem Mann und zeigte mir alte Schwarz-Weiß-Fotos. Ich erkannte die sonst so mürrische Frau gar nicht wieder. Ihre Augen glänzten und ihre Bewegungen waren beschwingt, während sie in Erinnerungen schwelgte.

Sie deutete auf ein Foto, auf dem sie nur in einem äußerst knappen Badeanzug abgelichtet worden war.

»Ich war damals ein ziemlich heißer Feger«, meinte die Dame verschmitzt und hielt sich gleich darauf kichernd und verlegen wie ein kleines Schulmädchen die Hand vor den Mund. Gedankenverloren blickte sie hinaus in den Garten, ihre Wangen leuchteten in einem zarten Rotton.

»Wo hast du denn eigentlich deine hübsche Begleitung gelassen? Der junge Mann, mit dem ich dich so häufig zusammen gesehen habe?« Frau Wannemüller klappte ihr Fotoalbum zu, nahm ihre Lesebrille ab und bedachte mich mit einem erwartungsvollen Blick.

Erneut hatte ich das Gefühl, als hätte sich ein dicker Kloß in meinem Hals festgesetzt. Schweigend verhakte ich meine Finger ineinander und schaute krampfhaft zu Boden. Ich spürte ihren prüfenden Blick auf mir und hörte sie schließlich tief Luft holen.

»Weißt du, Jasmin, als ich meinen Mann an den Krebs verloren habe, war das eine schwere Zeit für mich«, setzte sie leise an. »Ich habe mich in meinem Haus eingeigelt und niemanden mehr an mich herangelassen. Die wenigen Freunde, die ich zu dem Zeitpunkt noch hatte, haben sich schließlich von mir abgewandt.

Mein Mann und ich hatten noch so viel vorgehabt. Die Welt bereisen, uns ein kleines Häuschen an der Nordsee kaufen und dort zusammen alt werden. Wir haben es immer wieder aufgeschoben, weil wir in dem Glauben waren, wir hätten gemeinsam noch alle Zeit der Welt. Doch bevor wir uns diese Träume erfüllen konnten, war Erwin schon verstorben. Und hinterher stellt man plötzlich fest, dass man nicht die Dinge bereut, die man gemacht hat, sondern die, die man *nicht* gemacht hat.

Wenn du etwas wirklich willst, dann zögere nicht, sondern kämpfe dafür und ergreife die Chance, bevor es zu spät ist.«

»Und … wenn es vielleicht schon zu spät ist?«, fragte ich leise und hob meinen Kopf. »Ich hab viel Mist gebaut in letzter Zeit.«

»Einsicht ist der erste Weg zur Besserung.« Frau Wannemüller lächelte und beugte sich ein Stück zu mir herüber. Sie griff nach meinen Händen und sah mich aus ihren blassgrauen Augen an.

»Wie heißt es doch gleich: Das Leben ist nichts für Feiglinge. Und mal ganz unter uns beiden: So wie Dalan dich immer angesehen hat, ist es keineswegs zu spät für euch zwei.«

Was danach passierte, war wohl gleichermaßen für Frau Wannemüller und für mich eine Überraschung: ich fiel der alten Dame um den Hals. Ohne irgendeinen weiteren Kommentar. Ausgerechnet ich, diejenige, die doch eigentlich seit Monaten das beste Beispiel für ›Distanz-bewahren-und-bloß-nicht-zu-viel-Nähe-zulassen‹ war.

Wir redeten noch eine ganze Weile miteinander, bis es schon früher Abend war. Die Zeit war im Gegensatz zum Vormittag wirklich schnell verflogen und mir ging es nach dem Gespräch mit Frau Wannemüller auch ein bisschen besser.

Bevor ich mich zum Gehen wandte, drehte ich mich noch einmal nach der alten Dame um.

»Hätten Sie Lust, am Freitag bei uns zum Essen vorbeizuschauen? So gegen neunzehn Uhr? Ich würde mich freuen.«

Die Wangen von Frau Wannemüller leuchteten. »Das wäre mir eine Freude.«

27. KAPITEL

So schön die Stunden mit Frau Wannemüller gewesen waren, so leer und einsam fühlte ich mich, kaum dass ich zurück in meinem Zimmer war. Und da gab es noch eine Sache, die mich die ganze Zeit beschäftigte …

Mein Blick glitt hinüber zu meinem Bücherregal, auf dem eine bunt verzierte Kiste stand. Sollte ich oder sollte ich nicht?

Nervös kaute ich auf meinen Fingernägeln, doch letztendlich siegte die Neugier. Ich stellte mich auf den Stuhl und nahm die Kiste herunter. Es lag eine ordentliche Schicht Staub darauf. Kleine Partikel wurden aufgewirbelt und schwebten durch die Luft. Ich hustete.

Nachdem ich mir den Dreck von den Klamotten geklopft hatte, setzte ich mich im Schneidersitz auf den Fußboden und hob den Deckel an. Mein Herz klopfte vor Aufregung.

Da lagen sie. Alle noch ungeöffnet und zu einem dicken Stapel mithilfe eines Gummibandes festgebunden. Vorsichtig strichen meine Hände darüber, als würde etwas sehr, sehr Kostbares vor mir liegen.

Die ersten Briefe, die ich öffnete, enthielten lediglich Geburtstagskarten mit nichts weiter als einem kurzen Spruch. Doch der unterste Brief war dicker und schwerer.

Er stammte aus dem letztem Jahr, als ich meinen achtzehnten Geburtstag gefeiert habe, und musste der Briefmarke nach aus dem Kongo geschickt worden sein. Ich faltete den Brief auseinander.

Jasmin, mein Mädchen

Ich schluckte und musste tief Luft holen, bevor ich mich selbst dazu zwang, weiterzulesen.

So viele Jahre sind ins Land gezogen und wenn ich ehrlich bin, dann weiß ich gar nicht, wo ich anfangen soll. Dieser Brief fällt mir unglaublich schwer. Aber du hast es verdient, endlich die Wahrheit und somit meinen Teil der Geschichte zu erfahren. Warum ich damals gegangen bin.

Die erste Träne löste sich aus meinem Augenwinkel und lief langsam meine Wange hinab.

Als deine Mutter schwanger wurde, waren wir beide noch sehr jung. Ich hatte gerade mein Medizinstudium beendet und mich bereits für ein Auslandsjahr im Kongo beworben. Schon seit meiner Kindheit ist es mein großer Traum gewesen, anderen Menschen in ärmeren Regionen zu helfen.

Ich habe deine Mutter geliebt. Aber ich wusste auch, dass ich in Deutschland nicht glücklich werden würde. Da war diese innere Sehnsucht in mir, nach fremden Welten und fernen Ländern. Und der Wunsch, andere mit meinem Wissen zu unterstützen. Und vielleicht war ich auch noch nicht bereit für ein Kind.

Heute weiß ich, dass es ein Fehler war, mich so feige aus eurem Leben loszusagen. Und gäbe es eine Zeitmaschine, die all das rückgängig machen würde, dann wäre ich der Erste, der diese in Anspruch nehmen würde.

Damals nach deiner Geburt habe ich einen langen Brief geschrieben. Ich hatte ihn auch schon adressiert und mit einer Briefmarke beklebt, doch kurz vor dem Einwerfen verließ mich der Mut. Ich habe ihn nie abgeschickt, weil ich Angst hatte. Vor der Reaktion deiner Mutter und am allermeisten vor deiner. Und weil ich jegliche Chance, an eurem Leben teilhaben zu dürfen, verspielt habe.

Ich weiß, dass das keine Entschuldigung ist. Und ich erwarte auch nicht, dass du mir meine Fehler verzeihst. Aber vielleicht kannst du mich irgendwann verstehen und vielleicht gibst du mir irgendwann einmal die Chance, dir meine Geschichte von Angesicht zu Angesicht erzählen zu dürfen.

Das Einzige, das ich mir wünsche, ist, dass es dir gut geht. Du bist gut bei deiner Mutter aufgehoben. Passt auf euch beide auf.

Es vergeht kein Tag, an dem ich nicht an dich denke.

In Liebe
dein Papa

Mittlerweile liefen die Tränen unaufhaltsam mein Gesicht hinunter und tropften auf das Papier vor mir. Meine Sicht verschwamm, ich sah lediglich noch ein Wirrwarr aus Buchstaben.

Es tat so entsetzlich weh. All die Jahre über hatte ich mir eingeredet, dass ich meinen Vater nicht brauchen würde und dass es mir mittlerweile nichts mehr ausmachte, dass er mich von sich gestoßen hatte.

Aber das war gelogen. Ich hatte mich selbst belogen. Ich war zu feige gewesen, mir die Wahrheit einzugestehen, und war davongelaufen.

Und Dalan war derjenige, der mich erst zu dieser Erkenntnis gebracht hatte …

Ich vermisste Dalan so sehr. Wie hatte ich nur so dumm sein können und mich von meinen Gefühlen dazu hinreißen lassen, ihn zurück in die Lampe zu schicken? Dalan war der Letzte, dem ich etwas Böses wünschte …

Ich rappelte mich vom Boden auf, lief hinüber zu meiner Kommode und griff nach der Wunderlampe.

Zuerst versuchte ich es mit einem Pusten, doch es tat sich nichts. Ich hatte mich sowohl Dalan als auch meiner Mutter gegenüber schrecklich verhalten.

Doch ich wollte meine Fehler wiedergutmachen und das ging nur, wenn Dalan wieder auftauchte.

»Dalan, bitte komm zurück!«, sagte ich leise, jedoch mit Nachdruck. »Es tut mir ehrlich leid, was ich gesagt habe … Du fehlst mir.« Die letzten Worte waren kaum mehr als ein Flüstern.

Einen Moment verharrte ich in meiner Position.

Ernüchternd stellte ich fest, dass all mein Hoffen nichts gebracht hatte. Nicht einmal der bekannte Duft von Orangen lag in der Luft. Dabei konnte ich spüren, dass Dalan hier war.

»Dalan, es tut mir leid«, versuchte ich es erneut. »Bitte komm endlich raus und lass uns reden.«

Immer noch kein Lebenszeichen von ihm.

Es war doch wirklich zum Haare raufen! Dalan musste doch irgendwie wieder zurückzuholen sein! Ich spürte seine Anwesenheit mehr denn je. Oder war ich mittlerweile dabei, durchzudrehen?

Doch ich hatte eine allerletzte Idee, wie ich Dalan dazu bringen könnte, sich sichtbar zu machen. Aus irgendeinem Grund wurde ich das Gefühl nicht los, dass er mich gerade in seiner *metaphysischen* Gestalt beobachtete.

Ich verschwand im Bad. Nach einer guten halben Stunde betrachtete ich das Ergebnis prüfend im Spiegel. Meine Augen leuchteten heller als sonst und meine dunkelblonden Haare, die normalerweise immer störrisch zur Seite abstanden, fielen in weichen Wellen über meine Schulter. Es war das erste Mal, dass ich Mascara und einen Lockenstab benutzt hatte.

Ich stand lediglich in Slip und BH da. Sacht berührte ich die Spitzenunterwäsche. Es war das erste Mal, dass ich sie trug und der Stoff auf meiner Haut fühlte sich fremd an. Mit zittrigen Händen wählte ich irgendeine Nummer, drückte jedoch nicht auf den grünen Hörer.

»Hi Marco …«, begann ich möglichst locker, während mein Herz einer Buschtrommel gleichkam.

»Hättest du nachher noch Zeit? Ich könnte vorbeikommen …« Ich zwirbelte eine Strähne meines Haares und fühlte mich gerade so unfassbar dämlich dabei, mit mir selbst zu reden. Aber wenn es half, Dalan zurückzuholen, dann bitte schön!

Ich lachte schrill. »Ja? Dann bis gleich. Ich beeile mich.«

Als ich aufgelegt hatte, verharrte ich einen Moment im Bad.

Ich dachte schon, dass mein Plan nicht aufgegangen wäre, doch im nächsten Moment vernahm ich den unvergleichlichen Geruch von Orangen, Zimt und Rosen.

Mein Puls raste, mein Herz stolperte.

Ich musste mich nicht einmal umdrehen, um zu wissen, dass er hinter mir stand. Wie in Zeitlupe wandte ich meinen Kopf und erschrak.

Seine Augen loderten. Allerdings vor Wut. Er schluckte schwer, sein Adamsapfel hüpfte auf und ab. Die Ader an seinem Hals trat deutlich hervor.

»Du wirst nicht zu ihm gehen«, presste er sichtlich bemüht hervor, sein Kiefer mahlte.

Ich musste mich zusammenreißen, mir meine Freude und den Triumph über sein Auftauchen nicht anmerken zu lassen. Am liebsten hätte ich gejubelt.

»Ach, und warum nicht?«, erwiderte ich möglichst harsch, woraufhin Dalan noch einen Schritt auf mich zu machte. Er packte mich am Arm.

»Weil ich nicht will, dass du zu ihm gehst«, knurrte er. Seine Stimme klang wie ein Reibeisen und löste eine Gänsehaut bei mir aus.

Mir war bewusst, wie nah ich Dalan gerade war. Er stand so dicht vor mir, dass ich die goldenen Sprenkel in seinen Augen erkennen konnte.

In meinem ganzen Körper breitete sich ein Kribbeln aus, das sich bis in meine Zehenspitzen zog.

»Und was willst du dann?«, fragte ich ihn provozierend und machte noch einen Schritt auf ihn zu.

Ich wusste nicht, woher ich auf einmal diesen Mut besaß.

Dalan packte mich am Arm.

»Ich ertrage es nicht, zu wissen, dass er der erste Junge war, der dich geküsst hat.« Sein Blick lag glühend auf mir und seine Hände zogen mich noch näher an seine Brust, sodass mir gleichzeitig heiß und kalt wurde.

»Ich werde dir beweisen, wie ein erster Kuss auszusehen hat. Ich werde dich Marco vergessen lassen«, antwortete er dicht an meinem Ohr, seine Lippen und sein Atem streiften meine erhitzte Haut.

Mein Herz schlug bei seinen Worten unwillkürlich schneller. Dann umfasste er meine Taille und hob mich hoch, sodass ich auf der Badezimmerkommode saß. Meine Beine schlangen sich wie von selbst um seine schmalen Hüften.

Seine Berührungen entfachten ein Feuer in mir und ich merkte, wie ich ihm ungeduldig meinen Hals entgegenbog. Ich wollte mehr. Viel mehr.

Doch Dalan ließ sich Zeit. Es war, als würde mich lediglich eine Feder streifen. Diese Mischung aus prickelndem Verlangen und tiefer Sehnsucht machte mich rasend. Alles kribbelte.

Als Dalan schließlich völlig unerwartet mit seiner Zunge quälend langsam über meine erhitzte Haut fuhr, entwich mir ein leises Stöhnen und meine Augenlider flackerten.

Dalan leckte und kreiste über die Stelle, an der sich meine Hauptschlagader befand, und saugte zärtlich an meiner Haut.

In meinem Magen stoben Schmetterlinge auseinander und flatterten wild umher.

Mit meinen Beinen umklammerte ich Dalans Hüfte fester und zog ihn noch näher zu mir heran. Er keuchte auf.

Seine Hände wanderten langsam weiter, von meiner Hüfte über meinen Bauch, bis sie schließlich kurz unterhalb meiner Brüste innehielten. Dalan zögerte, als würde er auf meine Zustimmung oder mein Einverständnis warten. Unsere Blicke begegneten sich und mich durchfuhr es wie ein Stromschlag.

Für einen winzigen Moment sahen wir uns einfach nur an. Das Einzige, was zu hören war, waren unser Herzschlag und unser Atem, der sich miteinander vermischte.

Unsere Münder waren nur noch wenige Zentimeter voneinander entfernt. Mein Herz machte einen aufgeregten Satz und meine Hände wurden feucht. Ich lächelte.

Schließlich überbrückte Dalan den restlichen Abstand zwischen uns und küsste mich sanft, aber bestimmt. Und von diesem Augenblick an vergaß ich alles andere um mich herum. Es gab nur noch Dalan.

Als Marco mich das erste Mal geküsst hatte, dachte ich, dass es nicht schöner hätte sein können. Doch ich hatte mich geirrt.

Denn dieser Kuss mit Dalan brachte alles zum Einstürzen. Es kam einem Feuerwerk in meinem Mageninneren gleich: aufregend, laut und wunderschön.

Unser Kuss wurde immer leidenschaftlicher. Dalans Fingerspitzen strichen sanft über den Stoff meines BH, woraufhin ein angenehmer Schauer meinen Rücken hinablief. Ich registrierte Dalans feurigen Blick auf mir und seine Hände waren plötzlich überall.

Und das fühlte sich verdammt gut an.

Ich weiß nicht, wie viel Zeit vergangen war, als er irgendwann mein Gesicht mit seinen Händen umfasste und mir tief in die Augen blickte. Die goldenen Sprenkel um seine Iriden leuchteten heute noch heller als sonst.

»Die letzten Tage war ich übrigens nicht verschwunden. Ich war immer an deiner Seite. Auch wenn du mich nicht sehen konntest.

Und deine Bitte habe ich auch vernommen, doch habe ich nicht sofort darauf reagiert.«

»Was?« Fassungslos starrte ich ihn an. »Wie konntest du mir das antun? Ich bin vor Sorge fast umgekommen!«

»Du hast dir Sorgen um mich gemacht?«, fragte Dalan mit dunkler Stimme, sein Lächeln brachte mich aus dem Konzept und mein Ärger verpuffte.

Er strich mir eine Strähne aus dem Gesicht. »Es tat mir weh, dich leiden zu sehen, aber du hattest eine kleine Lektion verdient.«

Beschämt zog ich den Kopf ein. »Es tut mir so leid«, sagte ich. Die Worte kamen aus tiefstem Herzen.

»Ich weiß nicht, was in mich gefahren ist. Ich war so aufgebracht, aber ich wollte doch nie, dass du …«

Weiter kam ich nicht, da mich Dalan mit einem innigen Kuss unterbrach. »Kleine Kratzbürste.« Er grinste und meine Knie wurden butterweich.

Fest umschlungen standen wir beide im Badezimmer.

»Dalan?«, nuschelte ich in sein Shirt und sog den Geruch von Zimt und Orangen in mich auf.

»Was denn, Orangenblüte?« Er strich über mein Haar und drückte mir einen Kuss auf die Stirn.

Ich blickte zu ihm auf. »Da gibt es noch etwas, das ich wiedergutzumachen habe. Aber das schaffe ich nicht ohne dich.«

28. KAPITEL

»Jasmin?« Bernd zog seine Augenbrauen in die Höhe. »Was macht ihr zwei denn hier? Mit euch hätte ich nun wirklich nicht gerechnet.«

»Ähm … hi. Können wir kurz reinkommen?«, druckste ich verlegen rum und sah mich nach Dalan um, der noch immer wie mein Fels in der Brandung hinter mir stand und mich aufmunternd anlächelte.

Selbst wenn Bernd irritiert oder verärgert über mein unerwartetes Auftauchen war, so ließ er sich zumindest nichts davon anmerken. Stattdessen öffnete er die Tür noch einen Spalt weiter. Dass er mich nicht gleich hochkant rausschmiss, rechnete ich ihm hoch an. Ich weiß nicht, ob ich an seiner Stelle ebenfalls so reagiert hätte. Immerhin hatte ich es geschafft, seine Beziehung mit meiner Mutter zu ruinieren. Auch wenn Bernd das vermutlich nicht wusste.

Er deutete einladend in das Innere. »Bitte. Aber lasst euch nicht abschrecken, im Wohnzimmer sieht es etwas chaotisch aus«, entschuldigte er sich. »Ich habe nicht mit Besuch gerechnet.«

Dalan und ich folgten ihm durch einen hellen Flur, vorbei an einer kleinen Küche, und gelangten schließlich ins Wohnzimmer, in dessen Mitte ein langer Tisch aus Holz stand. Entgegen Bernds Behauptung sah es jedoch alles andere als chaotisch aus.

Bernd schenkte Dalan und mir jeweils ein Glas Wasser ein und bedeutete uns, Platz zu nehmen.

Nachdem er sich ebenfalls Wasser eingegossen hatte, musterte er Dalan und mich eingehend. »Also, was kann ich für euch zwei tun?«

»Nun ja …« Obwohl ich mir den ganzen Weg über verschiedene Erklärungen und Worte bereitgelegt hatte, erschienen mir allesamt nur noch wie leere Floskeln.

Das Ticken der Uhr an der Wand machte mich nervös. Ich wippte mit den Füßen.

»Also, es ist so …« Warum war mir denn mit einem Mal bloß so heiß? Mir stand der Schweiß auf der Stirn.

»Es tut ihr leid«, antwortete Dalan stattdessen ungerührt. Ich warf ihm einen bösen Blick zu, den Dalan jedoch ignorierte. »Auch wenn sie manchmal wie ein kleiner Eisklotz wirkt, wollte sie nur ihre Mutter beschützen.«

Bernd schwieg und für einen Moment fürchtete ich schon, er würde mich vor lauter Zorn anschreien oder mir womöglich am liebsten eine scheuern wollen.

Ich hätte alles davon verdient gehabt. Doch Bernd blieb erstaunlicherweise genauso ruhig wie zuvor. Er beugte sich mit den Unterarmen auf der Tischplatte vor und legte seine Hände aneinander.

»Jasmin, es ehrt mich, dass du extra den Weg hierher auf dich genommen hast. Aber deine Mutter hat sich von mir getrennt. Es war ihre Entscheidung. Ich verstehe nicht so ganz, was du damit zu tun hast.«

»Es war eben nicht ihre Entscheidung«, entgegnete ich ziemlich heftig. »Das ist alles meine Schuld. Sie hat sich meinetwegen von dir getrennt. Das wird sie dir so vermutlich nicht direkt ins Gesicht gesagt haben, aber ich weiß es. Deswegen bin ich ja überhaupt hier.«

Bernd runzelte die Stirn.

»Ich bin nicht gut in solchen Sachen. Mit Gefühlen und Worten«, gab ich ehrlich zu. »Aber wenn dir noch etwas an meiner Mutter liegt, dann würde ich mich freuen, wenn du am Freitag beim Raclette dabei bist.«

»Ist das gerade so etwas wie eine Einladung?«

Bernd schmunzelte doch tatsächlich. Der Mann hatte Humor, das musste man ihm lassen.

»Ich nehme mal an, deine Mutter weiß nichts davon«, setzte er hinterher.

»Spielt das eine Rolle?«

»Also, wir brauchen Würstchen, Gouda, Kochschinken, Champignons, Gurken«, zählte ich auf und wollte gerade schon mit Blick auf meinen langen Einkaufszettel in einem der Gänge vom Supermarkt verschwinden, als Dalan mich am Arm zurückhielt.

»Ich weiß, wie das schneller geht«, grinste er. Noch bevor ich überhaupt die Möglichkeit hatte nachzufragen, fand ich mich in einem der Einkaufswagen wieder.

»Bereit?«, fragte Dalan. Ich lachte lediglich. Dann stellte sich Dalan auf die kleine Trittstange unter dem Wagen und gemeinsam sausten wir durch die Gänge. Vorbei an einer Oma, die uns ein pikiertes »Die Jugend von heutzutage« zuwarf und einem kleinen Mädchen, das uns mit großen, leuchtenden Augen hinterhersah und aufgeregt am Shirt seiner Mutter zupfte.

Unterwegs griff Dalan nach allen relevanten Sachen, warf sie zu mir in den Wagen und ich fing sie geschickt auf. Wir waren ein wirklich eingespieltes Team.

Als wir an der nächsten Ecke ankamen, bremste Dalan scharf ab, doch das Vorderteil des Einkaufwagens knallte gegen einen Aufsteller. Er wackelte, fiel jedoch nicht um. Ich quietschte und bekam mich vor Lachen nicht mehr ein.

»Ups, Kollateralschaden.« Das Grinsen war deutlich aus Dalans Stimme herauszuhören und kurz darauf vernahm ich ebenfalls sein dunkles Lachen, das sich mit meinem hysterischen Gelächter vermischte. Wir mussten gerade wirklich ein sehr seltsames Bild abgeben. Die Leute sahen uns an, als wären wir irre. Aber das war mir in dem Moment egal.

Im Radio lief gerade »Live While We're Young« von One Direction. Es hätte nicht viel gefehlt und ich hätte getanzt, so losgelöst fühlte ich mich.

Ich wurde immer wieder von Lachern durchgeschüttelt, mein Bauch tat schon weh.

»Halt, wir brauchen noch Salz«, unterbrach ich mein eigenes Gekicher.

Dalan hielt sich die Hand wie ein Matrose an die Stirn. »Aye, aye.« Er wendete schwungvoll den Wagen und bretterte wieder los. Als wir an dem Regal mit den Gewürzen ankamen, stoppte er den Wagen.

Eingehend studierte er die kleinen Plastikdosen. »Salz, Pfeffer, Zimt, Curry …«

Sobald Dalan das letzte Wort ausgesprochen hatte, nieste er laut und an seiner Stelle erschien eine Rauchwolke.

Irritiert hielt ich inne. »Dalan?« Ich blickte mich um.

»Oh Mann, das hat mich weggepustet. Ich hasse Curry«, hörte ich Dalans Stimme dicht an meinem Ohr, doch er war nirgendwo zu sehen.

Ich blinzelte und drehte mich erneut um die eigene Achse. »Dalan, wo bist du?«

»Na, hier.« In dem Moment verfestigte sich die kleine Rauchwolke wieder und Dalans Gesicht formte sich aus dem Nebel. Zum Glück war außer uns niemand im Gang, sonst hätten wir wohl noch mehr Aufsehen erregt.

»Hatte ich schon erwähnt, dass ich Curry hasse?«

Ich erwiderte sein Grinsen ebenfalls mit einem breiten Lächeln. »Ich kann immer noch nicht glauben, dass ein Junge aus dem orientalischen Raum ausgerechnet gegen Curry allergisch ist.«

»Tja, ich bin immer wieder für eine Überraschung gut.« Dalans Augen leuchteten.

Noch immer grinste ich wie ein Honigkuchenpferd, bis mein Blick auf den voll beladenen Einkaufswagen fiel. »Glaubst du, Bernd wird kommen?«, fragte ich, mit einem Mal verunsichert.

Dalan drückte mich an sich. »Ich glaube es nicht. Denn ich weiß es.«

29. KAPITEL

Zum Glück war meine Mutter für die Idee, gemeinsam Raclette zuzubereiten, schnell zu begeistern. Selbst gegen meinen Vorschlag, Frau Wannemüller einzuladen, hatte sie nichts einzuwenden. Doch von der eigentlichen Überraschung an diesem Tag ahnte sie natürlich nichts.

Dalan und ich hatten uns für die Vorbereitung wirklich Mühe gegeben. Der Tisch war voll eingedeckt und zwischen all den Köstlichkeiten standen Teelichter, die Gemütlichkeit verströmen sollten.

Irgendwann trudelte Frau Wannemüller ein, die sich auch bei meiner Mutter überschwänglich für die Einladung bedankte.

Nach dem zweiten Klingeln blickte mich meine Mutter verdutzt an. »Erwartest du noch jemanden?«, fragte sie und öffnete die Tür. Die Verblüffung über den unangekündigten Gast stand ihr ins Gesicht geschrieben.

Meine Mutter öffnete den Mund, doch kein einziger Ton kam über ihre Lippen. »Was machst du denn hier?«

Bernd deutete mit einem Nicken auf mich. »Deine Tochter hat mich eingeladen.«

»Was, aber wie?« Meine Mutter schien gar nichts zu verstehen. Sie wirbelte zu mir herum. »Jasmin?«

»Jetzt kommt erst mal rein und bleibt nicht im Flur stehen«, wich ich aus und zog die beiden am Ärmel ins Haus. Meine Mutter blickte Bernd noch immer verstört an.

»Ich glaube, da gibt es noch einiges zu bereden zwischen euch und ich bin da leider nicht ganz unbeteiligt«, nuschelte ich verlegen.

»Jasmin, du weißt, dass ich dich liebe, oder? Du hättest nicht …«

»Ich weiß, Mama. Ich hab dich auch lieb.«

Meine Mutter schloss ihren Mund wieder, Tränen glänzten in ihren Augen. Dieser Anblick zerriss mich innerlich, meine Augen wurden auch schon ganz feucht. Ich war einfach nicht gut darin, meine Gefühle auszudrücken, da ich sie sonst immer vor jedem versteckt hatte. Bevor ich mich auch noch in einen Springbrunnen verwandelte, sah ich mich schnell und Hilfe suchend nach Dalan um. Er stand in der Ecke und beobachtete uns mit einem Lächeln auf den Lippen.

»Wir warten so lange mit dem Essen im Wohnzimmer auf euch«, schlug ich vor und griff dabei nach Dalans Hand.

Mama warf mir noch einen dankbaren Blick zu, als Dalan und ich uns langsam zurückzogen, um die beiden ungestört miteinander reden zu lassen. Ich sah aus dem Augenwinkel, wie Bernd einen riesigen Strauß Blumen hinter seinem Rücken hervorholte und Mama Bernd um den Hals fiel.

»Alles in Ordnung?«, fragte Dalan in dem Moment leise an meinem Ohr.

»Ja, alles bestens«, erwiderte ich, drückte seine Hand und schmiegte mich an ihn.

Ich hätte mir nicht so viele Gedanken über das Aufeinandertreffen machen müssen, denn der Abend wurde noch richtig schön. Nachdem meine Mutter und Bernd Händchen haltend wieder im Wohnzimmer erschienen waren, war mir vor Erleichterung ein riesiger Gesteinsbrocken vom Herzen gefallen. Das Ganze hatte mich doch mehr belastet, als ich hatte zugeben wollen und ich hätte es mir nicht verziehen, wenn die Beziehung zwischen Mama und Bernd meinetwegen in die Brüche gegangen wäre. Doch die beiden schienen verliebter denn je zu sein und während des Essens warfen sie sich immer wieder innige Blicke zu.

Manchmal brauchte man einfach ein wenig länger, bis man wusste, was gut für einen war und was man wollte. Bei diesem Gedanken sah ich unwillkürlich Dalan an, der Frau Wannemüller gerade die Spielregeln für Monopoly erklärte. Am Ende war sie diejenige, die uns haushoch abzog. Nebenbei verriet sie uns, dass sie gemeinsam mit ihrem Mann jahrelang gepokert hatte.

Ich verschwand kurz in der Küche, um den Abwasch zu erledigen, als Bernd mit einem Glas Wein in der Hand auftauchte.

Er schien ein wenig nervös zu sein, da er unschlüssig in der Tür stehen blieb.

»Danke noch mal für die Einladung, Jasmin. Das bedeutet mir wirklich viel.«

Ich lächelte. »Das war das Mindeste, was ich tun konnte.«

»Hör mal, Jasmin.« Bernd räusperte sich verlegen. »Ich weiß, es muss sich noch immer komisch für dich anfühlen, dass deine Mutter wieder einen neuen Mann an ihrer Seite hat. Aber ich verspreche dir, dass ich nicht vorhabe, so schnell wieder zu gehen. Und ich werde mich auch nicht als dein Vater aufspielen.

Aber vielleicht können wir beide ja so etwas wie Freunde sein.« Vorsichtig lächelte er mich an.

Es war schwierig, Bernd nicht zu mögen und meine Distanz ihm gegenüber aufrechtzuerhalten, wenn er so nett war. Und er war so anders als all die Schnösel, die Mama zuvor immer angeschleppt hatte. Die mochten vielleicht gut ausgesehen haben, hatten dafür aber recht wenig Hirn besessen.

Bernd dagegen schien wirklich etwas im Köpfchen zu haben und tat Mama gut. Daher beschloss ich, dass er eine Chance verdient hatte.

Ich hielt ihm meine Hand entgegen. »Freunde klingt gut«, sagte ich und lächelte.

Es war schon irgendwie süß, wie sehr Bernd sich anstrengte, seine Freude darüber nicht allzu sehr zu zeigen.

Plötzlich drückte er mich völlig überraschend an sich. Zu meiner eigenen Verwunderung fühlte es sich nicht mal schlecht an, sondern irgendwie nach … Geborgenheit und Familie. Auch wenn ich das nicht offen zugeben würde.

Mein Blick fiel auf meine Mutter, die gerade mit Frau Wannemüller an der Haustür stand.

»Vielen Dank für diesen wunderschönen Abend«, bedankte sich die alte Dame bei meiner Mutter. »So viel Spaß hatte ich schon lange nicht mehr.«

»Das freut mich, Frau Wannemüller. Sie sind immer herzlich willkommen bei uns.«

»Wollen wir nicht langsam mal das alberne Sie lassen, wo wir doch schon seit Jahren Nachbarn sind? Bitte, nennen Sie mich Isolde.«

»Sag bloß, du hast den Moment gerade genossen?«, fragte mich Dalan und grinste breit, als ich zu ihm auf die Terrasse trat. Ein kühler Lufthauch strich um meine nackten Füße. Wieso nur konnte er mich immer so gut durchschauen?

Ich schüttelte möglichst überzeugend den Kopf. »Das war nur reine Höflichkeit.«

Dalan lachte und eine wohlige Gänsehaut breitete sich auf meinem Körper aus. Er umschlang meine Taille und legte sein Kinn auf meiner Schulter ab, sodass ich mit dem Rücken an seiner Brust lehnte.

»Jaja, du kleine Eisprinzessin. Ich hab es ganz genau gesehen. Mir kannst du nichts vormachen.« Sanft hauchte er einen Kuss auf meine Ohrmuschel und verstärkte den Griff um meine Taille. Ein Kribbeln breitete sich in mir aus.

»Moment … heißt das etwa, du hast uns beobachtet?«, fragte ich gespielt empört und drehte mich in seiner Umarmung um, sodass ich direkt in seine dunklen Augen sehen konnte.

»Es ist schwierig, den Blick von dir abzuwenden. Ich muss dich immerzu ansehen«, flüsterte er, seine Mundwinkel zuckten. Mir wurde warm. Mit einem Lächeln schmiegte ich mich an ihn und drehte mich wieder um. Dicht an dicht standen wir da und betrachteten den Nachthimmel, während Dalan irgendwelche Worte in seiner Sprache wisperte, die ich nicht verstand, sich aber sehr schön anhörten.

Doch wo ich soeben noch dieses Gefühl von purer Glückseligkeit verspürt hatte, mischte sich plötzlich ein dumpfer Schmerz hinzu. Obwohl ich versuchte, den Augenblick zu genießen und wenigstens in diesen Minuten mit Dalan im Hier und Jetzt zu leben, musste ich immerzu daran denken, dass alles ein Ende hatte. Und dass die Zeit kommen würde, in der Dalan wieder nach Agrabah zurückkehren würde.

30. KAPITEL

Wenige Wochen später war es so weit: Der Abschlussball stand vor der Tür. Die Klausuren und die mündliche Prüfung hatte ich mit Bestnote bestanden und ich konnte noch immer nicht ganz glauben, dass heute der letzte Tag war, an dem ich mit meinen Mitschülern vereint sein würde. Ich hatte die Schule wirklich geschafft!

»Sehr schön.« Mama war ganz verzückt, als wir den letzten Parkplatz etwas weiter von der Veranstaltungshalle entfernt ergatterten. »Dann müssen wir nachher wenigstens nicht noch Stunden darauf warten, vom Parkplatz zu kommen.«

Als krönenden Abschluss hatte sich das Abiball-Komitee etwas ganz Besonderes einfallen lassen: Sie hatten den Exotischen Garten der Stadt als Kulisse für den Abiball ausgesucht und ich musste ehrlich zugeben, dass das Organisationsteam ganze Arbeit geleistet hatte.

Es waren schon etliche meiner Mitschüler da, die in schicken Smokings und eleganten Kleidern an mir vorbeiliefen.

Bernd ließ ungläubig seinen Kopf von links nach rechts schweifen. »Also, mag sein, dass ich in der Hinsicht etwas spießig bin, aber sind wir hier wirklich bei einem *Abiball* gelandet?«, fragte er verstört, als ein Mädchen mit sehr gewagtem Ausschnitt und Schleppe in Richtung der Treppen schritt. »Die tragen hier ja sehr spezielle Outfits.«

Als wäre dies Nikkis Stichwort gewesen, stieg sie in dem Moment aus einem silberfarbenen Porsche aus. Mit riesigen Augen verfolgten wir das Spektakel.

Nikkis Kleid war so eng geschnitten, dass es wirklich nichts mehr der Fantasie überließ. Die funkelnden grünen Pailletten schmiegten sich wie ein Meerjungfrauenkostüm an ihre Haut.

Doch womit sie eindeutig für Gesprächsstoff im Jahrgang sorgen würde, war der Schnitt des Kleides.

Der dünne Stoff war mit einem sehr aufreizenden Schlitz bis zur Hüfte versehen und der Ausschnitt am Rücken bedeckte nur gerade so ihren Hintern. Passend zum Meerjungfrauen-Look fielen ihre Haare in sanften Wellen über die Schulter.

Einige Eltern standen mit offenen Mündern da und tuschelten.

»Wie kann man sein eigenes Kind so auf die Straße gehen lassen?«, fragte meine Mutter und schüttelte fassungslos den Kopf. »Meine Mutter hätte mich damals für einen solchen Aufzug gesteinigt.«

Bernd legte meiner Mutter eine Hand auf den Arm. »Das hast du doch auch gar nicht nötig, Mel. Du bist sowieso die Schönste von allen«, sagte er sanft.

Ich musste lächeln. Bis vor ein paar Wochen hätte ich bei Bernds Worten vermutlich noch die Augen verdreht. Dalan griff nach meiner Hand und warf mir einen liebevollen Blick von der Seite zu, den ich erwiderte.

Meine Mutter strich Bernd gerührt über sein Gesicht und hauchte ihm einen Kuss auf die Wange, bevor sie ihre Aufmerksamkeit auf Dalan und mich richtete. Ihre Augen schimmerten.

»Habe ich eigentlich schon erwähnt, wie süß ihr zusammen seid?«, fragte sie rührselig und ich lief rot an.

»Mama«, murmelte ich peinlich berührt, woraufhin sich Dalans Grinsen vertiefte.

»Diesen Moment müssen wir unbedingt festhalten!« Voller Euphorie griff meine Mutter in ihre Handtasche und holte ihr Handy hervor. Und bevor ich noch etwas sagen konnte, hatte Mama bereits auf den Auslöser gedrückt.

»Hach, sehr schön.« Sie seufzte und winkte einen Jungen herbei, der nur wenige Meter von uns entfernt stand.

»Entschuldige, würde es dir etwas ausmachen, ein Foto von uns zu schießen?«

Selbst nachdem der fremde Junge (wahrscheinlich war er der Bruder von einem meiner Mitschüler) ein paar Fotos von uns gemacht hatte, war Mama immer noch nicht zufrieden.

»So, und jetzt machen wir alle noch ein Selfie. Ich will auch mal zu den Leuten gehöre, die ein cooles WhatsApp-Profilbild haben.«

Bernd, Dalan und ich stellten uns ganz dicht hinter Mama und strahlten in die Kamera. Wir zogen ein paar Schnuten, machten lustige Grimassen und alberten herum.

Es störte mich nicht einmal, dass mir vermutlich gerade mein halber Jahrgang dabei zusah und sich auf meine Kosten amüsierte.

Nach einer gefühlten Ewigkeit machten wir uns dann schließlich auf in Richtung Eingang. Bernd und Mama hatten bereits das Foyer betreten, als Nikki direkt neben mir an der Eingangstür auftauchte. Wir beide stoppten zeitgleich.

Nikkis Blick wanderte ungläubig an mir auf und ab. Erst dann registrierte sie Dalan, der hinter mir stand und meine Hand hielt.

»Sieh mal einer an, auch ein blindes Huhn findet mal ein Korn. Wo hast du denn deine dicken Betongläser gelassen, Vierauge?«, ätzte sie.

»Pass auf, was du sagst«, entgegnete Dalan gefährlich leise und beugte sich vor. Ich legte ihm beschwichtigend meine Hand auf den Unterarm.

»Lass gut sein, Dalan«, antwortete ich. »Sie ist es nicht wert.«

Nikki zog ihre fein gezupften Augenbrauen in die Höhe. »Bitte?« Sie schnaubte. »Hast du dir Mut angetrunken oder was geht jetzt bei dir ab?«

Ihr schien nicht mal aufzufallen, dass wir gerade alle Anstehenden aufhielten, indem wir die Eingangstür blockierten. Ich wollte Dalan schon wortlos mit mir ziehen, doch Nikkis nächster Satz ließ mich herumfahren.

»Oh Gott, sieh nur deine Mutter an. An deiner Stelle würde ich mich schämen. Sie verhält sich wie ein verliebter Teenager, obwohl sie das längst nicht mehr ist. Meinst du nicht, sie sollte sich ihrem Alter entsprechend verhalten?«

In meinem Magen grummelte es. Ich atmete tief ein und aus, dann drehte ich mich langsam um und blickte in Nikkis kalte Augen, während ich noch einen Schritt auf sie zutrat.

»Und meinst du nicht, es wäre manchmal einfach besser, wenn du den Mund halten würdest, Nike?«

»Was?« Nikkis Blick wurde, wenn überhaupt möglich, noch finsterer.

»Du hast mich schon richtig verstanden«, antwortete ich mit ruhiger Stimme. »Meinetwegen kannst du mich beleidigen und mir die Pest an den Hals wünschen. Es ist mir egal, was du von mir denkst. Aber lass meine Familie aus dem Spiel, sonst wirst du mich richtig kennenlernen.«

Die Gespräche in der Reihe hinter uns waren mittlerweile verstummt, vermutlich hätte man selbst eine Stecknadel fallen hören können.

Für einen kurzen Augenblick herrschte Totenstille, lediglich die Blätter raschelten im Wind. Nikkis Mund stand sperrangelweit offen. Aus dem Augenwinkel nahm ich wahr, wie mir der Security-Mann am Eingang anerkennend zunickte.

»Hast du jetzt völlig den Verstand verloren?«, schrie mich Nikki an. »Wie redest du eigentlich mit mir? Soll das etwa eine Drohung sein?«

»Nein, nur ein gut gemeinter Ratschlag«, erwiderte ich mit zuckersüßer Stimme.

Nikki lachte bitter auf. »Glaubst du ernsthaft, ich hätte Angst vor dir? Du bist ein Niemand, ein jämmerliches Nichts.«

Ich blickte mich betont langsam um. »Und wo sind deine ganzen Freunde? Haben sie dich etwa vergessen und hier stehen lassen? Im Moment sehe ich nämlich niemanden.«

Das Lächeln war Nike plötzlich wie aus dem Gesicht gefegt, als hätte sich soeben ein Schalter umgelegt. Ihre Gesichtsfarbe wechselte von weiß zu rot. Nike schluckte und sah sich um. Sie wirkte verunsichert.

Kaum hatte sie ihren Blick auf unsere Mitschüler hinter uns in der Reihe gerichtet, schauten diese betreten zu Boden. Niemand sagte auch nur ein Wort.

»Das geht dich einen verdammten Scheißdreck an!«, fauchte Nike schließlich. Wenn Blicke töten könnten, wäre jetzt nicht mal mehr ein Staubbrösel von mir übrig; ihre Augen sprühten Funken. Doch merkwürdigerweise überkam mich das Gefühl, dass meine Worte Nikki tatsächlich getroffen hatten. Sie schaffte es kaum, meinen Blick zu erwidern.

Vielleicht hatte jeder von uns sein Päckchen zu tragen. Und vielleicht hatte jeder von uns ein trauriges Geheimnis.

Ohne einen weiteren Kommentar rauschte Nikki hocherhobenen Hauptes an mir vorbei ins Foyer.

»Wow, was war das denn gerade?«, fragte Dalan beeindruckt, als wir endlich an unserem Tisch saßen. Die Ersten stürmten bereits das Büfett. Ganz vorne dabei waren Mama und Bernd.

Ich zuckte mit den Achseln. »Das war schon lange überfällig. Bloß schade, dass ich nicht schon viel eher den Mut dazu aufgebracht habe. Es hat sich wirklich gut angefühlt, ihr mal die Meinung zu geigen.«

Dalan lachte. »Das habe ich gemerkt! Ihr Gesicht war echt der Knaller. Das wird sie wohl nicht so schnell vergessen. Ich bin stolz auf dich, mein kleiner Kampfterrier.« Er gab mir einen Kuss auf die Wange.

»Spinner«, kam es liebevoll von mir zurück, meine Mundwinkel zogen sich nach oben. »Du, ich geh mal eben zur Toilette. Bin gleich wieder zurück.«

»Lass mich nicht zu lange warten. Du schuldest mir noch einen Tanz.« Dalan grinste und ich hauchte ihm einen Luftkuss zu. Selbst als ich schon den Saal verlassen hatte, spürte ich seinen Blick noch immer auf mir liegen. Und es fühlte sich gut an.

Als ich durch den Korridor lief, entdeckte ich Marco, der zusammen mit seinen Eltern an einem der hohen Tische stand. Ich runzelte die Stirn.

Marco hatte sich wirklich in Schale geworfen. Der schwarze Anzug und die rote Fliege dazu standen ihm ausgezeichnet, seine blonden Haare hatte er ein wenig nach hinten gegelt. Und obwohl heute doch eigentlich ein Anlass zum Feiern war, sah er alles andere als glücklich aus. Gerade nahm er noch einen großen Schluck aus seinem Sektglas.

»Wir hätten diesen Abend wirklich besser verbringen können, immerhin hat dein Bruder ein wichtiges Spiel. Was willst du denn bitte mit einem Schnitt von zwei Komma sechs erreichen? Hast du denn gar keinen Ehrgeiz? So wirst du es nie zu etwas bringen. Ohne dieses kleine Mädchen wärst du wahrscheinlich noch durch die Prüfung gerasselt! Armselig. Und so jemand will mein Sohn sein?«, hörte ich den Vater zu meinem Entsetzen gerade sagen.

Marco schrumpfte immer mehr in sich zusammen. Seine Mutter stand daneben und nippte mit verbissener Miene an ihrem Getränk.

In dem Moment knallten bei mir die Sicherungen durch. Ich stellte mich direkt vor die Familie Verhöfen. Noch hatte sie mich nicht bemerkt, da sie mit dem Rücken zu mir stand.

»Wissen Sie eigentlich, was für einen tollen Sohn Sie haben?«, fragte ich. »Er hat es nicht verdient, so von Ihnen behandelt zu werden.«

Marcos Vater drehte sich zu mir um, sein Blick war angespannt. »Entschuldige, das hier ist eine Familienangelegenheit, falls es dir noch nicht aufgefallen ist!«

Marcos Kinnlade klappte nach unten, als er mich entdeckte. Er schüttelte den Kopf, als wollte er mich damit zum Schweigen bringen, doch ich beachtete die Geste nicht. Als auch Marcos Vater bewusst wurde, dass ich nicht vorhatte zu gehen, musterte er mich ärgerlich.

»Bist du nicht Marcos Nachhilfelehrerin?« Er bedachte mich mit einem mitleidigen Lächeln. »Ist das jetzt deine Art, Aufmerksamkeit zu suchen?«

»Jasmin, lass, das bringt doch nichts«, hielt Marco schwach dagegen und griff nach meiner Hand, doch ich schüttelte sie ab. Wo war sein Kampfgeist geblieben?

»Nein, das sehe ich gar nicht ein«, entgegnete ich entschlossen. »Es ist endlich mal an der Zeit, die Dinge beim Namen zu nennen.«

Ich stemmte meine Hände in die Hüften. Auch wenn Marcos Vater zwei Köpfe größer war als ich, blickte ich ihm fest in die kalten grauen Augen.

»Ihre Auffassung von Familie ist es also, Ihren Sohn vor der ganzen Schule bloßzustellen, anstatt sich heute einfach mal mit ihm über sein bestandenes Abitur zu freuen und stolz auf ihn zu sein? Haben Sie Ihren Sohn überhaupt ein einziges Mal gefragt, was er will? Vielleicht will er ja gar nicht in Ihren perfekten Lebensstil passen?«

Marcos Vater richtete seine Krawatte, seine Frau schnappte nach Luft wie ein Karpfen auf dem Trockenen. Ihre solariumgebräunte Haut hatte sich mittlerweile leicht pink verfärbt, was in starkem Kontrast zu ihrem eng anliegenden grünen Cocktailkleid stand.

»Unerhört«, sagte sie und schnaubte. »Was fällt dir ein?«

»Sie haben keine Ahnung von Ihrem Sohn. Denn dann wüssten Sie, wie unfassbar schlau und begabt er ist. Aber Sie halten ihn absichtlich klein.«

»Du weißt nichts über unsere Familie, also verschwinde.« Marcos Vater deutete den Gang hinunter.

Müde lächelnd sah ich ihn an. »Glauben Sie mir, das, was ich weiß, reicht mir. Mehr muss ich über Sie nicht wissen. Sie tun mir leid.

Und was Marco betrifft: Ihr Sohn ist nicht wie Sie. Gott sei Dank ist er das nicht. Und wissen Sie auch, warum? Weil er ein Herz hat.«

Und mit diesen Worten drehte ich mich um und ließ die Familie stehen. Auch wenn ich Marco nicht mehr sehen konnte, spürte ich seinen Blick in meinem Rücken.

Als ich von der Toilette zurückkehrte, hielt mich jemand am Arm fest. Marco.

»Hey.« Er strich sich verlegen durch das Haar und schien nicht recht zu wissen, was er sagen sollte. Er schluckte.

»Danke, Jasmin. Es hat noch nie jemand gewagt, meinem Vater die Stirn zu bieten.«

Ich lächelte. »Das habe ich gerne gemacht, wirklich. Ich weiß auch nicht, was da in mich gefahren ist.« Seit dem Vorfall in den Duschräumen hatten Marco und ich nicht mehr miteinander geredet. Es war merkwürdig, ihm jetzt gegenüberzustehen.

»Wo sind deine Eltern?«, fragte ich schließlich und sah mich im Foyer um.

Marco räusperte sich und zuckte mit den Achseln. »Die sind nach Hause gefahren.«

»Was?« Entsetzt starrte ich Marco an. »Das wollte ich nicht, Marco, ich …«

»Hey«, unterbrach er mich. »So etwas hat noch nie jemand für mich getan. Ich meine es ernst. Danke dir.«

Es entstand eine kurze Pause zwischen uns. Marco schabte mit seinen Schuhen über den Teppichboden und ließ seinen Blick von rechts nach links gleiten, als wollte er sich vergewissern, dass niemand in Hörweite war. Er räusperte sich.

»Weißt du«, setzte er an, »manchmal frage ich mich, ob ich mir das alles nur eingebildet oder geträumt habe. Die Sache mit diesem Mann und dass Dalan ein Flaschengeist ist …«

»Ich kann dich gut verstehen. Anfangs habe ich auch gedacht, Dalan will mich auf den Arm nehmen«, gestand ich leise. Bei dem Gedanken daran musste ich sogar ein bisschen schmunzeln.

»Wie ist Dalan zu einem Flaschengeist geworden?«, fragte Marco. »Und wer ist diese merkwürdige Gestalt?«

Ich zuckte mit den Schultern. »Das wissen wir auch noch nicht so genau. Es tut mir leid, dass wir dich da mit reingezogen haben, Marco.«

Marco winkte ab. »Ich bin froh, dass ihr mich eingeweiht habt. Das bedeutet mir viel.«

»Ich weiß, dass du den anderen nichts von Dalan erzählt hast«, begann ich zu meiner eigenen Überraschung. »Dafür sollte ich mich bei dir bedanken. Es war falsch, dass ich dich beschuldigt habe, etwas mit dem Vorfall in der Dusche zu tun zu haben. Meine Gefühle sind mit mir durchgegangen.«

Marco machte einen Schritt auf mich zu und griff vorsichtig nach meiner Hand.

»Können wir beide nicht einfach noch mal von vorn anfangen?«, fragte er. In seinen Augen las ich Verzweiflung.

Sanft entzog ich Marco meine Hand. »Ich weiß es nicht, Marco. Gib mir etwas Zeit. Es ist so viel vorgefallen und ich will mich nicht mehr verstecken. Ich möchte keine Angst mehr davor haben, anderen zu zeigen, wer ich wirklich bin. Das soll jetzt kein Vorwurf sein. Schließlich weiß ich selbst am besten, wie das ist, wenn man sich ständig verstecken muss. Aber ich will das einfach nicht mehr.«

Marco blickte hinüber zu seinen Freunden, die in der Ecke an der Bar standen und uns beobachteten. Er nickte resigniert und ließ seinen Blick an meinem nachtblauen Kleid hinabgleiten.

»Du siehst wunderschön aus. Dalan kann sich glücklich schätzen«, meinte er mit einem schiefen Lächeln. Ich suchte nach Anzeichen dafür, dass er scherzte, doch da war nichts. Sein Blick war aufrichtig und liebevoll.

Mein Hals verengte sich und ich spürte eine seltsame Wehmütigkeit. »Danke, Marco.«

Eine kleine Pause entstand zwischen uns, in der keiner so recht wusste, was er sagen sollte. Marco räusperte sich. »Ich glaube, da wartet jemand auf dich.« Er deutete mit einem Kopfnicken hinter mich. Als ich mich umdrehte, entdeckte ich Dalan. Er lehnte lässig an einer der Säulen und beobachtete Marco und mich wachsam.

Dalan sah aus, als wäre er geradewegs einem Bollywood-Film entsprungen. Dunkles Haar, bronzefarbene Haut, perlweißes Lächeln und strahlend dunkle Augen. Ich lächelte und mein Herz schlug höher.

»Tja, ich werde dann mal wieder zurück zu den anderen gehen«, meinte Marco und lachte verunsichert. Verlegen kratzte er sich am Hinterkopf. »Ich wünsche euch beiden noch einen schönen Abend.« Er hatte sich bereits halb umgedreht, als ich ihn zurückhielt.

»Marco?«

»Ja?«

»Danke. Ich find es schön, dass wir noch mal geredet haben.«

Marco lächelte ebenfalls. »Das finde ich auch.«

31. KAPITEL

Zurück an meinem Platz hatte ich plötzlich das Gefühl, dass es merklich kühler im Saal geworden war, ein eisiger Windhauch fuhr durch den Raum. Mich fröstelte es. Ich zog mir mein kleines Strickjäckchen über mein schulterfreies Kleid. Wo kam auf einmal diese Kälte her?

Mit gerunzelter Stirn drehte ich mich um und mein Blick blieb an der schweren Eingangstür hängen, die sperrangelweit offen stand. Nichts weiter als finstere Nacht bewachte uns, die Vorhänge am Eingang flatterten im Wind. Ein unwohles Grummeln breitete sich in meiner Magengegend aus.

Als ich mir gerade einzureden versuchte, dass ich schon Gespenster sah, glitt ein Mann zur Tür herein, lautlos wie ein Geist und in einen dunklen Umhang gehüllt. Er trug eine Kapuze und für einen winzigen Moment sah ich rote Augen aufblitzen.

Mein Herz setzte kurzzeitig aus, nur um gleich darauf doppelt so schnell weiterzuschlagen. Das konnte nicht sein, das durfte einfach nicht sein.

Mein Blick blieb an dem Mann haften und ich verfolgte jeden seiner Schritte, doch plötzlich hatte ich die Person in dem Gewusel verloren. Immerhin waren heute um die sechshundert Gäste anwesend.

Jemand konnte doch nicht so einfach verschwinden? Ich reckte meinen Hals und versuchte, über die Köpfe der anderen hinweg einen schwarzen Fleck in der Menge auszumachen, konnte jedoch nichts finden. Oder hatten meine Augen mir nur einen Streich gespielt? Sah ich mittlerweile Sachen, die sich nur vor meinem geistigen Auge abspielten und gar nicht in echt passierten?

Doch als ich mich wieder umdrehen wollte, nahm ich aus dem Augenwinkel etwas Schwarzes wahr. Da war er wieder!

Auch die anderen Gäste hatten ihn mittlerweile bemerkt, blieben stehen und tuschelten, während sie ihm mit gerunzelter Stirn hinterherblickten.

Der fremde Mann bewegte sich zielstrebig zur Bühne. Nach wenigen Schritten hatte er diese erreicht und stieg die Treppe nach oben.

Als er sich schließlich dem Publikum zuwandte und sein Gesicht dabei zum Vorschein kam, wäre mir beinahe das Blut in den Adern zu Eis gefroren. Der Schreck fuhr mir durch die Glieder und ich musste mich zusammenreißen, vor Entsetzen nicht aufzuschreien.

Stattdessen hielt ich mir die Hand vor den Mund. Wie war das möglich?

Dalan hatte von alldem noch nichts mitbekommen, da er gerade über seinen Teller gebeugt war und ein Stück vom Kuchen in seinen Mund schob.

Möglichst unauffällig stupste ich ihn unter dem Tisch mit meinem Bein an und deutete mit einem Kopfnicken auf die Bühne.

Ich hörte ein Räuspern im Mikrofon.

»Entschuldigt vielmals diese Unterbrechung. Wenn ich kurz um Eure Aufmerksamkeit bitten dürfte.«

Den Klang seiner Stimme hätte ich unter Tausenden wiedererkannt. Meine Nackenhaare stellten sich auf und ein Raunen ging durch die Menge.

Wie hatte er uns gefunden?

Mittlerweile hatte auch Dalan mitbekommen, dass irgendetwas nicht stimmte. Als er zuerst mich ansah und schließlich hinüber zur Bühne blickte, änderte sich seine Gesichtsfarbe merklich. Dalan erblasste und ich sah seinen Adamsapfel aufgeregt auf und ab hüpfen.

Da Mama und Bernd sich gerade Nachschub am Büfett holten und auch sonst niemand mit uns am Tisch saß, zog mich Dalan kurzerhand nach unten.

»Wir müssen hier raus«, zischte er. »Sofort!«

»Und wie sollen wir das unbemerkt anstellen?«, fragte ich Dalan, während ich vorsichtig unter der Tischdecke hervorblinzelte und in Richtung Bühne schaute. Leider waren mir dabei ein paar Tische, Stühle und Beine im Weg.

»Ich bin von weit her angereist«, führte der Mann seine Rede fort und ich konnte mir ein Schnauben nicht verkneifen.

»Aus der Vergangenheit ist tatsächlich ziemlich weit«, zischte ich grimmig, woraufhin Dalan erneut den Finger an den Mund hielt.

»Leise! Oder willst du etwa, dass wir auffliegen? Er zögert bloß Zeit heraus, um uns ausfindig zu machen. Er denkt, er könnte uns locken. Dieser Mann weiß, dass wir hier sind und dass wir nicht weit von ihm entfernt sein können. Deswegen sollten wir jetzt auch schleunigst verschwinden.«

Mit diesen Worten deutete Dalan auf ein kleines Grüppchen älterer Herrschaften, das nur unweit unseres Tisches stand.

Bemüht unauffällig krabbelten wir unter dem Tisch hervor und duckten uns hinter die Traube von Menschen, die sich gerade angeregt miteinander unterhielt. Anschließend mischten wir uns unter die anderen Gäste, bis wir es schließlich zum Korridor geschafft hatten und erst einmal außer Sichtweite des gruseligen Mannes waren.

Dalan griff nach meiner Hand und zog mich energisch mit sich.

»Wo willst du denn hin?«, fragte ich atemlos, während wir den langen Korridor entlangliefen. Ich blieb abrupt stehen. »Und was ist mit Mama und Bernd? Wir können die beiden doch nicht einfach zurücklassen! Und die anderen Gäste?«

Dalan strich mir beruhigend über die Wange. »Ihnen wird nichts passieren, glaub mir. Er ist hinter uns her, oder besser gesagt hinter mir. Ich hätte dich niemals in diese Lage bringen dürfen!«

Ich schluckte und drehte mich um.

War da gerade ein Schatten gewesen? Da flatterte doch ein schwarzer Umhang, oder nicht?

»Dalan, er folgt uns!« Meine Stimme nahm schon wieder einen panischen Unterton an. Ich strauchelte über mein bodenlanges Kleid und wäre beinahe hingefallen. Einzig und allein Dalans schneller Reflexe war es zu verdanken, dass ich nicht nähere Bekanntschaft mit dem Fußboden machte.

Er zog mich in eine kleine Ecke, blieb kurz stehen und sah mir tief in die Augen.

»Du bist viel mutiger, als du denkst. Und ich werde nicht zulassen, dass dir irgendjemand wehtut oder dir was passiert. Ich bin bei dir. Vertraust du mir?«

»Natürlich vertraue ich dir«, antwortete ich, ohne zu zögern.

Ein Lächeln legte sich auf Dalans Lippen und er strich mir mit der Hand sanft über die Wange. Seine Berührung löste schon wieder Schmetterlinge in meinem Magen aus, die wild umherflogen.

Wie hatte ich so lange dafür brauchen können, um zu erkennen, dass ich mich bis über beide Ohren in Dalan verliebt hatte? In meinen stürmischen Flaschengeist.

Ich könnte mich schon wieder in seinen Augen verlieren, in diesen wahnsinnig dunklen Augen …

»Jasmin, wenn du mich weiter so ansiehst, dann vergesse ich mich gleich«, drang Dalans Stimme in mein Unterbewusstsein.

»Was? Wieso?«, fragte ich und erwachte aus meiner Trance.

Dalan lachte und bescherte mir damit einen wohligen Schauer. Seine Blicke glitten langsam meinen Körper hinab und wanderten über mein blaues schulterfreies Kleid. Als er aufsah, erkannte ich, dass seine Augen wie Feuer glühten und die goldenen Sprenkel um seine Pupillen tanzten. Mir wurde schwindelig.

»Verdammt, dein Blick aus deinen großen blauen Augen, deine rosigen Lippen«, murmelte Dalan mit heiserer Stimme. »Du hast keine Ahnung, wie hinreißend du gerade aussiehst. Und wie gerne ich dich jetzt an mich ziehen und dich küssen würde, bis wir beide den Verstand verlieren.«

Dafür war es schon zu spät. Mein Verstand hatte sich schon vor einiger Zeit verabschiedet.

Dalans Worte lösten ein aufgeregtes Kribbeln in mir aus. Gleichzeitig fühlte ich, wie mir die Röte ins Gesicht stieg und mir ganz heiß wurde. Mein Puls hatte sich beschleunigt.

»Sosehr ich das gerade bedauere, aber wir sollten weiter«, holte mich Dalan in die Gegenwart zurück. Er streckte mir seine Hand entgegen und ich griff danach.

Dafür, dass die finstere Gestalt mir gerade einen Kuss mit Dalan versaut hatte, würde ich sie auf ewig verfluchen!

Als Dalan und ich ein paar Mal abgebogen und am Ende eines langen Flurs angekommen waren, zog Dalan eine Tür auf. Dahinter befand sich ein Abstellraum, überall stand lauter Krimskrams herum.

Wir ließen das Licht ausgeschaltet, um kein Aufsehen zu erregen, und schlossen die Tür hinter uns. Lediglich fahles Mondlicht schien durch die dreckigen Fenster herein und erhellte den Raum. In der Mitte stand ein langer Tisch und in den Ecken stapelten sich Pappkartons.

Plötzlich war ein Poltern auf dem Flur zu hören und ich fuhr erschrocken zusammen. Entsetzt starrte ich Dalan an, mein Körper war wie gelähmt.

»Los, da drüben in die Ecke«, flüsterte Dalan.

Kurz darauf kauerten wir dicht nebeneinander in der Dunkelheit und warteten ab, was passierte. Angespannt hielt ich den Atem an, das Herz schlug mir bis zum Hals.

Bis auf das Rauschen in meinen Ohren vernahm ich kein einziges Geräusch, es war totenstill. Beinahe gespenstisch. Ich zuckte erneut zusammen, als ich von draußen das Bellen eines Hundes hörte.

Ein dunkler Schatten zeichnete sich mit einem Mal an der Wand ab.

»Da«, flüsterte ich und deutete auf den Schatten, den ich oben in der Ecke des Raumes ausmachte.

Der Papagei! Wie war der hier bloß reingekommen? Ich blickte mich um und stellte fest, dass eines der Fenster nicht verschlossen, sondern nur angelehnt war.

Dalan hielt sich den Finger an den Mund.

»Das ist bestimmt eine Falle«, raunte er. »Ich bin mir sicher, dass er erst mal seinen Vogel losgeschickt hat, um uns ausfindig zu machen.«

Mich fröstelte es.

Der Papagei flog nahezu lautlos durch den dunklen Raum, bis er schließlich zur Landung ansetzte und wie ein stolzer Gockel über den Boden schritt. Er hatte uns noch nicht entdeckt, da Dalan und ich hinter dem Tisch saßen.

Dalan blickte sich um, dann bewegte er sich auf allen vieren fort. Ich wollte ihn aufhalten und zu mir zurückziehen, doch meine Finger griffen ins Leere. Was hatte Dalan vor?

Der dämliche Papagei hatte uns zum Glück noch nicht entdeckt. Vermutlich hätte er sonst schon einen ordentlichen Krach und somit seinen gruseligen Besitzer auf uns aufmerksam gemacht.

Mit einer schnellen Handbewegung packte Dalan den Papagei, der daraufhin einen mordsmäßigen Lärm von sich gab.

»Keinen Mucks mehr!«, befahl Dalan, eilte mit dem Vogel wieder an meine Seite und duckte sich neben mich in die kleine Nische.

Der Papagei schlug kreischend mit den Flügeln.

»Ich würde dir raten, von jetzt an besser den Schnabel zu halten«, zischte ich dem Vogel zu. »Ansonsten lässt du gleich ein paar Federn und gleichst einem gerupften Huhn. Hast du mich verstanden?«

»Unverschämtheit«, krächzte der Papagei und zeterte erneut los. »Mein Herr, Hoheit, zu Hilfe! Herr der finsteren Mächte, ich …« Kurzerhand packte Dalan den Vogel von hinten an seinen Schwanzfedern, hob ihn hoch und hielt ihm mit der anderen Hand den Schnabel zu.

»Wir haben dich gewarnt. Noch ein falsches Wort und du wirst gleich kein Federkleid mehr tragen. Kleine Kostprobe gefällig?«

Der Papagei schaffte es, sich aus Dalans Griff zu befreien. »Nimm deine Griffel weg, du ungezogener Tölpel, du!«, krakeelte der Vogel und schnappte nach Dalans Hand.

Das war genug. Ohne darüber nachzudenken, griff ich nach einer besonders langen roten Feder und riss sie ihm aus.

»Au! Das war meine schönste Feder!« beschwerte sich das Federvieh, woraufhin ich ihm warnend einen Zeigefinger unter die Augen hielt.

»Du wirst gleich keine einzige mehr haben, wenn du uns nicht entgegenkommst«, prophezeite ich ihm mit gefährlich leiser Stimme. »Also, was ist jetzt? Was hat er vor?«

Doch bevor ich überhaupt die Chance hatte, eine Antwort zu erhalten, erklang ein Knarzen. Jemand hatte die Tür geöffnet.

Er hatte uns gefunden!

Mit laut klopfendem Herzen griff ich nach Dalans Hand, während er mit der anderen den Schnabel des Papageis zuhielt. Er deutete auf den Tisch. Ich zögerte noch einen kurzen Moment, dann nickte ich und krabbelte wie Dalan zuvor durch den Raum.

Ich hatte es fast bis zum Tisch geschafft, doch plötzlich tauchte vor mir ein schwarzer Umhang auf und ich erstarrte. Ich schluckte, mein Herzschlag beschleunigte sich. Wie in Zeitlupe ließ ich meinen Blick nach oben gleiten – und stieß einen kurzen, grellen Schrei aus. Über mir ragte der fremde, unheimliche Mann auf, in der Hand hielt er seinen Schlangenstab. Seine Lippen waren zu einem grässlichen Grinsen verzogen. Die Gestalt schnalzte mit der Zunge und schüttelte missbilligend den Kopf.

»Sieh an, sieh an, wen haben wir denn da? Den Straßenjungen und das kleine Mädchen. Wer wird denn da so ängstlich sein und sich vor mir verstecken wollen?«

Hastig erhob ich mich. Dalan war sofort bei mir und stellte sich beschützend vor mich, wobei ihm der Papagei aus der Umklammerung entwischte.

Der Vogel flog laut krächzend durch den Raum und schlug wild mit den Flügeln um sich, bis er sich schließlich auf der Schulter des Mannes niederließ.

»Blödes Pack, blödes Pack«, kreischte er.

»Ganz ruhig«, säuselte die Gestalt und strich dem Papagei über das Gefieder, während sie Dalan und mich wachsam beobachtete. Noch immer hielt ich mich hinter Dalans Rücken und verfolgte mit Argusaugen das Geschehen. Ich spürte, wie angespannt Dalan war.

Ein amüsiertes Grinsen legte sich auf die Lippen des Mannes.

»Wie herzallerliebst. Versucht er doch tatsächlich, den tapferen Helden vor seiner Freundin zu spielen.«

»Wagt es nicht, sie anzufassen!«, stieß Dalan aufgebracht hervor, woraufhin die Gestalt herzhaft lachte.

»Das wollen wir doch mal sehen. Und jetzt geh mir aus dem Weg!« Mit diesen Worten schubste der Typ Dalan von mir weg und streckte seine Hand nach mir aus. Nackte Angst packte mich mit ihren spitzen Klauen.

»Verschwinden Sie!«, rief ich hysterisch.

»Lasst sie los!«, fauchte Dalan und versuchte, den Mann anzugreifen. Doch dieser drehte sich ruckartig um, richtete seinen schlangenartig geformten Stab auf Dalan und feuerte einen grellen Blitz in seine Richtung, der Dalan gewaltsam gegen die Wand schleuderte.

Voller Entsetzen hielt ich mir die Hand vor den Mund und keuchte erschrocken auf. »Dalan!«

Ich musste mit ansehen, wie Dalan die Wand herabrutschte. Sein Gesicht war schmerzverzerrt.

»Nein!«, schrie ich mit aller Kraft. »Was haben Sie getan? Sie sind ein Monster!«

Der Mann ließ den Stab in seiner Hand zu Boden gleiten, um mich gleich darauf mit seinen zwei kalten Händen an der Schulter zu packen. Ich zuckte vor lauter Angst zusammen.

Die Person hinter mir lachte, der dunkle Bass ihrer Stimme ließ meinen Körper erzittern.

»Lassen Sie mich los!«, fluchte ich, strampelte wild mit den Beinen und schlug um mich. Doch ich hatte keine Chance, der Griff war viel zu eisern. Mein Blick glitt zu Dalan, der gerade versuchte, sich wieder aufzurappeln.

»Ich glaube, du hast etwas, das mir gehört«, vernahm ich in dem Moment flüsternd und gefährlich nah meinem Ohr. Sein fauliger Atem streifte meine Wange. Mir wurde schlecht.

»Ich wüsste nicht, was das sein sollte«, würgte ich hervor und versuchte gleichzeitig, die Luft anzuhalten.

»Verkauf mich nicht für blöd«, zischte die Gestalt in meinem Rücken. »Ich gebe zu, dass es mich anfangs noch amüsiert hat, das Ganze hier hinauszuzögern und euch beiden noch ein wenig länger beim Scheitern zuzusehen. Aber jetzt ist Schluss mit den Spielchen! Wo ist das Amulett? Ich weiß, dass es damals gemeinsam mit der Wunderlampe verkauft worden ist, also könnt nur ihr es haben!«

»Was für ein Amulett?«, fragte ich irritiert und wand mich in dem Griff des Mannes. »Ich habe kein Amulett!«

Stürmisch wirbelte mich die dunkle Gestalt zu sich herum und sah mich dermaßen finster an, dass mir das Blut in den Adern gefror. Der Mann löste seine Hände von meinen Armen, legte sie stattdessen um meinen Hals und drückte zu. Die Situation erschien mir plötzlich wie ein Déjà-vu, da es mich an die Geschehnisse in der Höhle erinnerte.

»Lüg mich nicht an, du dummes Mädchen! So langsam verliere ich die Geduld mit euch. Ich frage dich also ein letztes Mal: Wo ist das Amulett?«

In seiner Stimme schwang mittlerweile purer Zorn mit. Panisch röchelte und strampelte ich. Seine spitzen Fingernägel bohrten sich immer tiefer in meine Haut. Ich dachte schon, mein letztes Stündlein hätte geschlagen, als plötzlich ein dumpfer Schlag ertönte.

Die rot leuchtenden Augen des Mannes drehten sich, der feste Griff um meinen Hals ließ nach. Bewusstlos ging er zu Boden. Der Papagei erhob sich kreischend in die Luft.

»Herr, oh mein Herr, wacht auf!«

Völlig perplex starrte ich auf die reglos daliegende Gestalt. Hinter ihm stand Marco mit einer Schaufel und sah ebenfalls verwirrt zwischen dem Gegenstand in seiner Hand und dem finsteren Mann hin und her.

Ich riss meine Augen auf. »Marco? Was machst du hier?«

»Tja, äh, ich dachte, ihr könntet vielleicht etwas Hilfe gebrauchen«, antwortete er und kratzte sich ratlos am Kopf.

»Ich kann nicht glauben, dass du uns tatsächlich gefolgt bist. Wenn du nicht aufgetaucht wärst … Du hast uns den Allerwertesten gerettet!«, bedankte ich mich voller Erleichterung bei Marco.

Dalan, der mittlerweile wieder zu sich gekommen war und zum Glück keine Verletzungen von dem Blitz davongetragen hatte, nickte kaum merklich.

Marcos Wangen röteten sich leicht. Verlegen winkte er ab. »Ach was.«

»Nichts ach was! Das war echt verdammt mutig von dir!«, betonte ich.

»Jasmin hat recht«, meldete sich schließlich auch Dalan zu Wort. »Warum hast du das für uns getan?«

Marco blickte Dalan und mich ernst an. »Ich hatte mir eigentlich einzureden versucht, dass dieser Vorfall in der Höhle nur ein dummes Hirngespinst war. Doch mittlerweile weiß ich, dass dem nicht so war. Ich habe gesehen, wie ihr beide aus dem Saal verschwunden seid und wie euch dieser Mann gefolgt ist. Und da bin ich einfach hinterher.«

»Danke!« Dalan räusperte sich und trat einen Schritt auf Marco zu. »Ich glaube, ich muss mich bei dir entschuldigen. Ich habe dich falsch eingeschätzt.«

»Na ja«, Marco räusperte sich ebenfalls, »ich habe es euch auch nicht gerade leicht gemacht, mich zu mögen. Ich war ein ziemlicher Arsch.«

»Stimmt«, meinte Dalan trocken, lachte aber kurz darauf. Die anfängliche Unsicherheit, die sich auf Marcos Gesicht widerspiegelte, wandelte sich in Erleichterung um und er stimmte in Dalans Lachen mit ein, bis auch ich letztendlich lachen musste.

Ich vernahm ein Röcheln hinter uns.

»Und was machen wir jetzt mit den beiden?», fragte Marco mit Blick auf den Papagei und die dunkle Gestalt. Der Mann war mittlerweile wieder aufgewacht und rieb sich über seinen Hinterkopf.

»Was zum … Denkt ihr wirklich, ihr könntet mich mit einer lächerlichen Schaufel aufhalten?«, fragte er mit vor Zorn vibrierender Stimme, seine Augen sprühten Blitze in unsere Richtung.

»Das nicht direkt«, antwortete ich kühn, »aber da gäbe es noch eine andere, viel wirksamere Möglichkeit, Sie loszuwerden.«

Ich blickte zu Dalan. »Ich denke, es ist Zeit für den zweiten Wunsch«, verkündete ich beinahe feierlich.

»Bist du dir sicher?«, fragte Dalan. »Dir bleibt dann nur noch ein einziger.«

Ich zuckte mit den Schultern. »Wann könnte ich ihn besser gebrauchen als jetzt?«

Und mit diesen Worten drehte ich mich wieder zu der düsteren Gestalt um.

»Ich wünsche mir, dass Sie in Ihre Zeit verschwinden und die Barrieren zwischen Gegenwart und Vergangenheit nicht mehr überwinden können!«

Um den Mann und den Papagei stiegen Rauchwolken auf, die sie verschluckten.

»Ihr werdet mich wiedersehen, das verspreche ich euch!«, drangen seine letzten drohenden Worte und das Gekreische des Papageien noch an unsere Ohren.

Dann waren beide wie vom Erdboden verschluckt, lediglich ein sanfter blauer Nebel durchzog den Raum.

Als Marco, Dalan und ich uns von dem Schreck erholt und uns wieder unter die anderen Gäste gemischt hatten, kam Herr Marx aufgeregt auf uns zugeeilt und deutete vorwurfsvoll mit dem Finger auf uns.

»Ihr drei, stehen bleiben! Mit euch habe ich noch ein Hühnchen zu rupfen. Seid ihr für dieses Chaos und diese merkwürdige Darbietung verantwortlich? Die ganzen Leute sind noch immer in Aufruhr und ich erwarte eine Erklärung! Habt ihr etwas mit diesem Mann zu tun?«

»Ähm«, stammelte ich, aber so fieberhaft ich auch in meinem Gehirn kramte, fand ich einfach keine logisch klingende Erklärung.

»Das war meine Schuld«, kam mir Dalan zu Hilfe und sah Herrn Marx schuldbewusst an. »Es sollte ein kleiner Witz sein. Damit der Abiball nicht so schnell in Vergessenheit gerät, verstehen Sie?«

»Nein, Dalan, das verstehe ich nicht!«, machte Herr Marx in strengem Tonfall deutlich. »Ich kann mir vorstellen, dass du es nur gut gemeint hast, aber so etwas muss vorher abgesprochen werden! Schließlich steht das Programm für den Abiball schon seit Monaten fest.«

»Wird nicht wiedervorkommen.« Dalan grinste beschämt.

Herr Marx hielt uns dreien noch eine Standpauke über Regeln und vorbildliches Benehmen, dann endlich ließ er uns in Ruhe und verschwand wieder an den Lehrertisch.

Ein Handyklingeln ertönte und Marco griff in seine Hosentasche. Gleich darauf verdrehte er die Augen.

»Meine Eltern. Es tut mir leid, aber ich muss da rangehen. Auf eine zweite Standpauke zu Hause habe ich echt keinen Nerv. Wir hören voneinander, ja?«

Dalan und ich nickten. Marco warf uns noch einen entschuldigenden Blick zu, bevor er das Gespräch annahm und sich von uns entfernte.

Erst jetzt machten sich die Anspannung und Angst von zuvor bei mir bemerkbar, meine Hände zitterten. Ich steuerte schnurstracks auf das Büfett zu und füllte mir ein Glas Bowle ein.

Ich schaffte es dabei kaum, meine Hände ruhig zu halten und nicht den Inhalt zu verschütten, so aufgebracht war ich.

Bei dem Gedanken, dass das Ganze auch wesentlich schlechter für uns hätte ausgehen können, wurde mir schwindelig und ich musste mich an der Tischkante festhalten, damit meine Beine nicht plötzlich unter meinem Gewicht nachgaben.

Diesmal war ich ganz froh, dass die Jungs aus unserem Jahrgang vorgesorgt und die Bowle ein wenig *verfeinert* hatten. Der Geschmack von Alkohol setzte sich auf meiner Zunge fest, vermischt mit dem süßlichen Aroma von frischen Erdbeeren und Pfirsichen, und beruhigte langsam meine aufgebrachten Nerven.

Dalan erschien an meiner Seite.

»Hey, du zitterst ja am ganzen Leib«, stellte er besorgt fest und warf einen Blick über seine Schulter, als wollte er sich vergewissern, dass gerade niemand zuhörte. Er strich mir sanft über den Arm. »Bist du okay?«

Ich atmete tief ein und aus und blickte Dalan an.

»Ich weiß es nicht«, entgegnete ich. »Gerade bin ich einfach nur total aufgewühlt und froh darüber, dass uns nichts passiert ist.«

»Ach, hier seid ihr!«, vernahm ich plötzlich die Stimme meiner Mutter in meinem Rücken, woraufhin ich mich fast an meiner Bowle verschluckt hätte und mich überrascht umdrehte.

»Ihr seid so plötzlich verschwunden. Habt ihr auch diesen merkwürdigen Auftritt mitbekommen?«, fragte Mama und runzelte die Stirn.

Zum Glück schien sie darauf keine Antwort zu erwarten. Ein nervöses Hüsteln verließ meinen Mund und ich nippte erneut an meinem Glas, um nicht reden zu müssen.

»Eine komische Gestalt war das. Und diese förmliche Wortwahl«, kicherte Bernd und hielt sich nahezu beschämt die Hand vor den Mund. Sah ganz danach aus, als hätte er schon ein paar Gläser Wein zu viel gehabt. Sein ohnehin sehr karges Haar stand lustig zur Seite ab, wie zwei kleine Pinsel bei einer Eule, und seine Wangen glühten rot.

Irgendwie erinnerte er mich gerade an einen kleinen Schuljungen. Und er sah in dem Moment so knuffig aus, dass ich ihn beinahe in den Arm genommen hätte.

Moment, hatte ich das gerade wirklich gedacht? Was war bloß los mit mir? Es musste an der Bowle liegen, wahrscheinlich hatte ich einfach schon etwas zu tief in mein Glas geguckt. Solche Gefühlsanwandlungen hatte ich doch sonst nicht.

Mamas prüfender Blick blieb an mir hängen. »Schätzchen, du siehst ja ganz blass aus. Geht es dir nicht gut?«

Obwohl mich die Bowle doch ein wenig beruhigt hatte, spürte ich noch immer diese Anspannung in meinem Körper.

»Ich glaube, ich hab das Essen nicht so gut vertragen«, log ich und ärgerte mich noch im gleichen Moment darüber, dass ich Mama schon wieder Märchengeschichten auftischen musste. Um es jedoch glaubwürdiger erscheinen zu lassen, verzog ich das Gesicht und hielt mir den Magen, als würde ich Schmerzen haben.

Dalan begriff sofort und legte den Arm um mich.

»Hier drinnen ist aber auch schlechte Luft«, meinte er. »Vielleicht ist es ganz gut, wenn Jasmin und ich mal ein bisschen nach draußen gehen.«

»Das ist eine gute Idee«, stimmte Bernd zu. »Falls es dann immer noch nicht besser wird, sagt Bescheid, dann fahren wir nach Hause.«

32. KAPITEL

»Ich wäre gerne noch ein wenig mit dir allein«, flüsterte Dalan und zog mich geheimnisvoll lächelnd mit sich in Richtung des Exotischen Gartens.

»Das ist eine gute Idee … ich muss nämlich auch mit dir sprechen«, sagte ich und mein Magen krampfte sich zusammen. Ein dicker Kloß setzte sich in meinem Hals fest und es fiel mir schwer zu schlucken. Dennoch versuchte ich mich an einem Lächeln.

Ich tastete nach meiner Handtasche, in der sich die Wunderlampe befand. Bevor wir zum Ball gefahren waren, hatte ich sie noch eingesteckt. Mein Herz klopfte aufgeregt.

Ich wusste, was ich zu tun hatte.

Dalan schien nichts von meinen Gedanken zu bemerken und griff nach meiner Hand. Gemeinsam liefen wir einen schmalen Pfad entlang, vorbei an Kakteen und exotischen Pflanzen, von denen ich die Namen nicht wusste. Ein Teich befand sich in der Mitte des Glashauses; Seerosen blühten in prächtigen Lila- und Rosatönen. Bei genauerem Hinsehen entdeckte ich Goldfische in dem Wasser, das durch das Algengeflecht dunkel wirkte. Als Dalan und ich uns näherten, stoben die kleinen orangeroten Fische aufgeregt auseinander.

Gut gelaunt wirbelte mich Dalan herum, sodass ich mich unter seinem Arm drehte und meine Haare durch die Luft wirbelten.

Ich lachte, doch in meiner Brust fühlte es sich drückend und schwer an. Als wir irgendwann innehielten und die Welt sich noch immer zu drehen schien, sah mich Dalan durchdringend an.

»Also, was wolltest du mir noch sagen, Orangenblüte?« Aus seinem Mund klangen diese Worte nicht mal kitschig, sondern einfach wunderschön. Bei jedem anderen hätte es sich lächerlich angehört.

Er sah so glücklich aus und es brach mir fast das Herz bei dem Gedanken daran, was jetzt kommen würde. Dalan blickte mich bestürzt an, als mein Körper zu beben begann und ein Schluchzen meinen Mund verließ.

»Hey, Jasmin, was ist denn los? Weine doch nicht!« Das strahlende Lächeln verschwand.

Er griff nach meiner Hand, mit der anderen strich er behutsam über meine Wange. Doch es war zu spät, eine Träne hatte sich bereits aus meinem Augenwinkel gestohlen und tropfte herab.

»Was ist los, habe ich irgendwas falsch gemacht?« Seine Stimme klang so einfühlsam und sanft, dass es mir noch schwererfiel. Am liebsten hätte ich mich in seine Arme geworfen und mich so lange an seine Brust geschmiegt, bis meine Tränen versiegt wären und er mir gesagt hätte, dass alles gut werden würde. Aber mir war leider bewusst, dass dem nicht so war.

Ich schüttelte den Kopf und trat einen Schritt zurück, da ich seine Nähe gerade einfach nicht ertrug.

»Sieh mich nicht so an, bitte. Warum musst du es mir so schwer machen?«, fragte ich mit belegter Stimme und sah ihn durch den Tränenschleier an.

»Jasmin?« Verwirrt erwiderte Dalan meinen Blick. »Was ist los?«

Erneut musste ich schlucken, doch dann riss ich mich zusammen. Ich konnte es nicht länger hinauszögern. Es musste sein, auch wenn mein Herz dabei in zehntausend Stücke zerbarst.

Lieber bereitete ich dem Ganzen ein Ende, bevor Dalan mich verlassen konnte. Denn das würde mein Herz nicht verkraften.

»Zwei Wünsche hast du mir erfüllt und es fehlt nur noch der dritte. Und ich könnte deinem Leben als Flaschengeist endlich ein Ende bereiten. Du weißt, was das für uns heißt, oder?«, sagte ich leise. Allein der Gedanke daran bereitete mir Übelkeit.

Dalan machte einen Schritt auf mich zu und wollte erneut nach meinen Händen greifen, doch ich wandte mich ab. Ich musste jetzt stark bleiben und würde Dalan mir wieder näher kommen, wusste ich, dass ich einknicken würde.

»Ich wollte es rauszögern und die Wahrheit ausblenden, aber das kann ich nicht mehr.«

Dalan schüttelte den Kopf. »Sag das nicht, Jasmin. Bitte tu das jetzt nicht.« Seine Augen nahmen einen traurigen Glanz an, als er seine Arme sinken ließ.

Mein Herz schrie, alles in mir tat weh. Und trotzdem sprach ich die Worte aus, die mich vor Schmerz fast umbrachten.

»Du gehörst nach Agrabah, Dalan, und nicht hierher. Agrabah ist dein Zuhause. Das weißt du.«

Dalan fuhr sich durch das schwarze Haar. Plötzlich erkannte ich den aufwallenden Schmerz in seinen Augen.

»Du hast mir so viel gegeben in dieser Zeit und jetzt ist der Moment gekommen, dir etwas zurückzugeben«, sagte ich.

Dalan schüttelte heftig den Kopf und diesmal überbrückte er die Distanz zwischen uns, ohne dass ich mich ihm entzog. Er umfasste mein Gesicht mit beiden Händen und küsste mich hart und fordernd auf den Mund. Es hatte nichts Sanftes oder Vorsichtiges an sich, vielmehr etwas Stürmisches. Weil wir beide wussten, dass es ein Abschied für immer sein würde.

Ich spürte den salzigen Geschmack meiner eigenen Tränen auf der Zunge. Ich spürte sein Herz ganz nah an meiner Brust schlagen. Dalan hatte es geschafft, bis in mein Innerstes zu dringen. Erst jetzt wurde mir bewusst, wie sehr mir dieser Junge in den letzten Wochen ans Herz gewachsen war. Wir hatten so viel erlebt, so viel durchgestanden. Traurige, glückliche und schwierige Tage.

»Du kannst nach Hause«, hauchte ich. »Du bist frei.«

Dalan lehnte seine Stirn gegen die meine. »Lass mich nicht gehen«, entgegnete er ebenso leise.

Wir blieben eine ganze Weile so stehen, eng umschlungen.

Die Tränen rannen unaufhörlich meine Wangen hinab.

Dalan blickte traurig zu Boden. »Ich habe leider keine Anleitung bekommen, wie man ein guter Djinn wird.« Dalan lachte, doch in seinen Augen glitzerte es ebenfalls verdächtig. »Aber du hast mir beigebracht, ein besserer Mensch zu sein.«

Mein Herz fühlte sich so schwer in meiner Brust an, als wäre es aus Blei. Ich wusste, wenn ich es jetzt nicht tat, wenn ich Dalan jetzt nicht freigab, dann würde ich es nie schaffen.

Daher riss ich mich von ihm los und holte die Wunderlampe aus meiner Handtasche hervor. Ich schloss die Augen und dachte so fest an meinen Wunsch, dass es wehtat.

»Im Namen aller Djinns wünsche ich mir, dass Dalan von nun an frei ist und in seine Zeit nach Agrabah zurückkehrt«, sprach ich mit deutlicher Stimme. Als ich meine Augen schließlich wieder öffnete, sah ich Dalans Silhouette flackern. Er streckte seine Hände nach mir aus, doch noch im selben Moment verwandelten sich diese in Nebelschwaden.

»Lebe wohl«, flüsterte er. Seine dunklen Augen waren auf mich gerichtet, blickten mich unentwegt an.

Meine Hände fassten ins Leere, als ich nach ihm greifen wollte. »Dalan, ich lie…«

Bevor ich die Chance hatte, den Satz zu Ende zu sprechen, hatte sich Dalan vor meinen Augen aufgelöst. Das Einzige, das auf dem Boden lag, war die Wunderlampe. Ich hob sie auf und drückte sie ganz eng an meine Brust, während ich leise schluchzte. Ein sanfter Geruch von Orange blieb an mir haften.

33. KAPITEL

Dalan

Irritiert blinzelte ich, als ich auf dem Boden liegend erwachte; meine Glieder schmerzten ein wenig. Stimmengewirr drang an meine Ohren, das ich zunächst nicht einordnen konnte. Ein klappriger Pferdekarren mit einem dürren Rappen davor gespannt fuhr an mir vorbei und der unangenehme Geruch von Mist drang in meine Nase.

Ich stand auf, sah an mir herunter und stellte fest, dass ich noch immer den Smoking vom Abiball trug. Drei junge Frauen in langen bunten Gewändern – die Gesichter von Schleiern verhüllt, sodass nur noch die Augen zu sehen waren – deuteten tuschelnd auf mich. Noch etwas benommen klopfte ich mir den Dreck von der Kleidung. Der mir so vertraute Anblick des Marktes von Agrabah offenbarte sich mir, als ich meinen Blick über den offenen Platz gleiten ließ. Ich war tatsächlich zurück!

Staunend lief ich an den zahlreichen farbenfrohen Marktständen vorbei und sog jedes einzelne Bild tief auf. Trotz all der Zeit, die ich gefangen in meinem goldenen Käfig verbracht hatte, fühlte es sich an, als wäre ich nie fort gewesen.

Frische, pralle Orangen und Äpfel wurden laut rufend von den Marktschreiern feilgeboten; jeder versuchte den jeweils anderen zu übertrumpfen. Gewürze lagen in Tüten auf einem Regal, darunter Zimt, Kardamom, Curry und Ingwer. Die intensiven Geruchsnoten legten sich auf meine Zunge, setzten sich in meiner Nase fest und überdeckten den beißenden Geruch des Dungs an den Straßenrändern.

Zu meiner Linken entdeckte ich Stände mit fein gewebten Teppichen, Schnitzereien aus Holz und filigran gearbeiteten Vasen aus Porzellan.

Ich bog in eine schmale Seitengasse ein, durch die sich der Markt weiterzog. Allerdings war die Lautstärke gedämpfter, die Menschenmenge und zahlreichen Pferdekarren nahmen ab. Mit einem Blick nach oben stellte ich fest, dass keine einzige Wolke am Himmel auszumachen war, die Sonne knallte erbarmungslos auf mich herab. Ich war froh, dass ich in diesem Moment feste Schuhe trug und nicht barfuß lief, wie ich es sonst immer in Agrabah getan hatte. Die Pflastersteine heizten sich unter der Sonne so auf, dass ich mir schon so einige Male die Sohlen verbrannt hatte.

Ein Händler packte mich an der Schulter und begutachtete neugierig meine Kleidung.

»Herr, darf ich fragen, ob Ihr vom Theater kommt?«

Ich zog erstaunt meine Augenbrauen hoch.

»Vom Theater? Wie kommt Ihr darauf?« Erst jetzt fiel mir wieder ein, dass ich nicht meine Pumphose und mein lockeres Baumwollhemd trug, wie es unter der Dorfbevölkerung von Agrabah üblich war.

»Nein, Herr, ich habe die Kleidung in einem weit entfernten Land gekauft.« Kurz musste ich schlucken, versuchte das unangenehme Ziehen in meiner Magengegend jedoch zu verdrängen und zwang mich zu einem Lächeln.

Der ältere Mann, der in beigefarbenes Leinen gekleidet war, deutete auf meinen Smoking. »Was wollt Ihr für dieses Schmuckstück haben?«

Ich wickelte den Smoking noch ein wenig enger um mich, meine Hände strichen über den kühlen rauen Stoff. »Ich bedaure, aber dieses Stück ist unverkäuflich.«

Bevor ich mich zum Gehen wandte, hielt ich inne. »Könnt Ihr mir sagen, welcher Tag der heutige ist?«, fragte ich.

Der Mann stutzte und bedachte mich mit einem argwöhnischen Blick.

»Wir schreiben den 16. Mai 1848. Warum fragt Ihr?«

1848? Das bedeutete, dass ich tatsächlich wieder in dem Jahr gelandet war, in dem mich auch der Zauber getroffen hatte. Während ich also Jahrzehnte in der Lampe verbracht hatte, waren hier nicht mehr als ein paar Wochen vergangen …

Nachdem ich mich von dem Händler verabschiedet hatte, setzte ich meinen Weg fort, vorbei an den Lehmhäusern. Kleine Kinder rannten mit einem löchrigen Ball durch die Gasse und ich sah ihnen schmunzelnd hinterher. Es war, als würde ich mich in ihnen wiedererkennen.

Plötzlich wurden Stimmen laut. Kurz vor mir fluchte ein Mann lauthals und gestikulierte wild mit den Armen, sein bulliges Gesicht war hochrot angelaufen. Wütend ballte er seine Hände zu Fäusten.

»Elendiges Mistvieh, wenn ich dich in die Finger bekomme, dann kannst du was erleben!«

Ein Kapuzineraffe hüpfte kreischend vor ihm auf und ab. Dem finsteren Gesichtsausdruck des Marktverkäufers nach zu urteilen, versuchte das Tier gerade, die Frucht zu stibitzen.

Ich kniff die Augen zusammen. Das war doch …

Mein Herz machte einen Satz.

»Abu!«, rief ich übermütig und so laut ich konnte, sodass sich bereits einige Passanten erschrocken zu mir umsahen. Das kleine Fellknäuel hielt inne und drehte sich zu mir um. Und dann, als hätte er mich erkannt, ließ er den Apfel in seiner Hand achtlos zu Boden fallen und lief auf mich zu.

Noch bevor ich reagieren konnte, war Abu schon meinen Smoking hochgeklettert und sprang in mein Gesicht. Für Abu war ich vielleicht gerade mal ein paar Tage fort gewesen, aber für mich fühlte es sich wie eine Ewigkeit an. Immerhin hatte ich viele Jahre in dieser elendigen Lampe verbracht.

»Abu!« Ich lachte aus vollem Herzen und strich meinem pelzigen Freund, der ebenfalls freudige Schreie ausstieß, über den Rücken. Sanft wollte ich ihn von mir ziehen, da mir das Äffchen jegliche Sicht versperrte; sein Fell kitzelte an meiner Wange. Doch Abu dachte nicht daran, mich loszulassen. Er umklammerte mich mit seinen rauen Händen. Als ich erneut versuchte, Abu von meinem Gesicht zu nehmen, stieß er ein empörtes Kreischen aus.

Meine Mundwinkel zuckten. Was hatte ich den kleinen Racker doch vermisst!

Als sich mein haariger Freund doch irgendwann von mir löste, sprang er auf einen Mauervorsprung und sah mich äußerst vorwurfsvoll aus seinen Knopfaugen an. Diese Eigenschaft ließ ihn von außen vielleicht putzig erscheinen, aber er hatte es faustdick hinter den Ohren und war wirklich gerissen. Nicht ohne Grund war er mein bester Freund.

Ich seufzte. »Ja, ich weiß, Abu, es tut mir leid, dass ich ein wenig länger fort gewesen bin.« Wenn er nur wüsste, wie lange es tatsächlich gewesen war.

Ich fuhr mir mit den Händen durch mein Haar. »Ich weiß auch gar nicht, wo ich anfangen soll, das ist alles so verrückt.«

In dem Moment nahm ich eine Bewegung aus dem Augenwinkel wahr. Der Verkäufer, dem Abu den Apfel zu entwenden versucht hatte, steuerte geradewegs auf uns zu. Und der äußerst grimmige Zug um seine Lippen verriet mir, dass Abu und ich schleunigst von hier verschwinden sollten.

Ich grinste Abu an. »Andererseits haben meine Erzählungen auch noch Zeit bis später, was meinst du?«

Abu hatte nun ebenfalls den bitterböse dreinblickenden Mann erspäht und sprang kurzerhand auf meine Schulter.

Ich warf dem Verkäufer noch einen verschmitzten Blick zu, bevor ich mich umdrehte und flink die Gasse hinunterlief.

»Haut bloß ab, ihr elendes Gesindel!«, ertönte es erbost hinter uns, doch da war ich schon um die nächste Ecke gebogen. In Agrabah kannte ich mich so gut aus wie in meiner eigenen Westentasche. Es gab keinen Winkel, den ich nicht schon während unser vergangenen Diebeszüge betreten hatte. Im Zickzack führte mich mein innerer Kompass durch die engen Gassen. Meine Füße flogen federleicht über den sandigen Weg. Einmal musste ich einem Mann mit einem Kamel und einem voll beladenen Esel ausweichen.

Irgendwann erreichten Abu und ich einen kleinen Brunnen außerhalb des Stadtzentrums. Mit einem kurzen Blick über meine Schulter stellte ich erleichtert fest, dass der Verkäufer uns nicht weiter gefolgt war. Ich stieß ein triumphierendes Lachen aus und Abu hüpfte auf dem Rand des Brunnens auf und ab.

Trotzdem hielt ich unweigerlich den Atem an, als ein dunkler Schatten an der Ecke auftauchte. Doch es war nur ein Mädchen in einem rosafarbenen, bodenlangen Gewand. Ihr Gesicht war im Gegensatz zu dem der anderen Frauen in Agrabah nicht verhüllt. Rosa Lippen lächelten verhalten, der Blick aus ihren dunklen Augen war freundlich. In ihren Händen, die mit Henna-Tattoos in Form von feinen Ornamenten, Schnörkeln und Ranken überzogen waren, hielt sie einen Korb voll frisch duftender Blumen in verschiedenen Formen und Farben.

Ich warf ihr ein Lächeln zu. Sie schien mit sich zu ringen, dann machte sie einen Schritt auf mich zu und griff in ihren Korb.

»Bitte, eine Jasminblüte für Euch. Sie strahlt wie Ihr.« Ihre Wangen liefen in einem zarten Rotton an, mir dagegen verrutschte das Lächeln.

Jasmin. Bei ihrem Namen und dem Gedanken an sie quoll mein Herz auf, zeitgleich breitete sich eine erdrückende Schwere in meiner Brust aus. Der Schmerz, der sich wie ein Giftpfeil durch meinen Brustkorb bohrte, riss mich fast von den Füßen und raubte mir für einen Moment den Atem.

Würde ich sie jemals wiedersehen?

Abu und ich saßen in unserem kleinen, aber feinen Versteck hoch über den Dächern Agrabahs, den Blick auf die goldenen Kuppeln des Sultanpalastes gerichtet. Das Gold glänzte noch prachtvoller im Licht der untergehenden Abendsonne, die sich langsam über Agrabah senkte und die Stadt in ein sanftes rotorangefarbenes Licht tauchte.

Das majestätische Weiß der Fassaden des Sultanhauses strahlte und ließ die alten Gemäuer der Dorfbevölkerung noch heruntergekommener erscheinen.

Früher hatte ich diesen Anblick genossen. Ich hatte mich frei gefühlt, niemand hatte mir etwas anhaben können. Es war mein Zuhause gewesen.

Und sosehr ich Agrabah auch vermisst hatte und immer diese Sehnsucht nach meiner Heimat in mir gewesen war, musste ich mir eingestehen, dass mir mein sonst so geliebtes Zuhause fremd geworden war. Vielleicht weil ich mit meinen eigenen Augen gesehen hatte, dass es noch so viel mehr gab und dass es sich lohnte, über den Tellerrand hinauszuschauen.

Doch selbst nachdem ich Abu meine ganze verrückte Geschichte erzählt hatte, fühlte ich mich nicht besser. Da war dieses dumpfe Pochen in meiner Brust, das einfach nicht verschwand. Hier oben zu sitzen, erinnerte mich unwillkürlich an die Momente, in denen ich gemeinsam mit

Jasmin auf dem Dach gesessen und das rege Treiben zu unseren Füßen beobachtet hatte. Niemals könnte ich ihr Gesicht in diesem Augenblick vergessen. Das Funkeln in ihren blauen Augen, der Wind in ihrem goldblonden Haar, die rosigen Wangen und die zarten Lippen, die zu einem glückseligen Lächeln verzogen gewesen waren. Als hätte sie alles um sich herum vergessen. Bei dem Gedanken lächelte ich ebenfalls.

Ich blickte unwillkürlich nach rechts, auf die Stelle, auf der Jasmin immer gesessen hatte. Doch der Platz war leer. Zu wissen, dass Jasmin nicht mehr an meiner Seite war, ließ mich schlucken.

Niemals hätte ich gedacht, dass ich je so viel für ein Mädchen empfinden könnte. Noch dazu für eines, das in einer völlig anderen Zeit und Welt lebte. Die meine Welt nur aus Erzählungen kannte und der unsere Bräuche und Traditionen überhaupt nicht geläufig waren.

Doch Jasmin hatte es geschafft, mein ganzes Leben auf den Kopf zu stellen. Sie war zu Anfang vielleicht nur meine Meisterin gewesen. Aber mit der Zeit war sie so viel mehr für mich geworden.

Ich lauschte dem ungleichmäßigen Trommeln meines Herzens. Es schlug für Jasmin.

Der leere Platz zu meiner Rechten stimmte mich traurig, sodass ich meinen Blick abwandte. Ich seufzte tief und plötzlich fühlte ich eine winzige Hand, die sich auf meinen Oberschenkel legte.

Abu blickte mich aufmerksam an. Er spürte, dass ich traurig war. Er wusste einfach immer, wie es mir ging. Mein Freund griff hinter sich und zauberte einen Apfel hervor, den er mir entgegenhielt.

Beinahe könnte man meinen, dass er keck grinste. So ein Schlitzohr!

Ich lachte. »Abu, du Frechdachs! Wo hast du den denn her?«

Abu kratzte sich am Kopf und deutete dann auf den geflochtenen Korb, der in der Ecke stand. Erst jetzt entdeckte ich den riesigen Apfelvorrat darin. Da war Abu wohl des Öfteren mal auf Essensstreifzug gewesen.

Tadelnd hob ich den Zeigefinger, konnte mir ein Grinsen aber nicht verkneifen. Schließlich hatte mein Leben genau daraus bestanden: aus Diebeszügen.

Und ebendiese Tatsache brachte mich ins Grübeln. Nachdenklich drehte ich den Apfel in meiner Hand. Ich wollte nicht mehr in dieses Leben zurückkehren. Stehlen, um zu überleben. Flüchten, weil man

Sorge hatte, dass die Markthändler einen aufgriffen. Diese Zeit hatte ich hinter mir gelassen.

Ich gab Abu den Apfel zurück. Der ließ sich nicht zwei Mal bitten und biss herzhaft hinein, ein genüssliches Schmatzen ertönte neben mir.

»Ach Abu, ich werde sie niemals wiedersehen«, sagte ich traurig.

Abu ließ von seinem Apfel ab und kringelte seinen Schwanz ein, der normalerweise immer vor lauter Tatendrang hin- und herschwang.

Da stieß das kleine Kapuzineräffchen einen Schrei aus und verschwand hinter dem Korb. Als es zurückkam, hielt es ein zerfetztes Stück Papier in der Hand und tippte darauf.

»Abu, du bist genial! Warum ist mir das nicht eher eingefallen?«

Süßlicher Nebel drang in meine Nase, als ich den schweren Vorhang der kleinen Lehmhütte am Ende der Stadt anhob. Dunkelheit schlug mir zunächst entgegen und es dauerte eine Weile, bis sich meine Augen daran gewöhnten. Es roch nach einer Mischung aus Sandelholz, Rosenblütenwasser und Räucherstäbchen.

In gewisser Weise erinnerte mich dieser Raum an den kleinen Laden von Jasmins Tante, doch dieser hier war noch finsterer und stickiger. Lediglich eine Kerze tauchte das Innere in schummriges Licht. Eine Motte schwirrte herum.

Abu versteckte sich hinter meinem Bein und lugte vorsichtig an mir vorbei durch den verlassen wirkenden Raum. Doch ich ließ mich davon nicht beirren.

»Omar, bist du da? Ich bin es, Dalan!«, rief ich und kniff die Augen zusammen, da mir der Rauch Tränen in die Augen trieb.

In dem Moment vernahm ich ein trockenes Husten. Ich wirbelte herum und sah Omar auf Krücken gestützt vor mir stehen. Die Zeit hatte bei dem weisen Mann deutliche Spuren hinterlassen. Sein Gesicht war eingefallen und von tiefen Falten durchzogen und der lange Bart war bereits weiß.

Dennoch waren seine Augen stets wachsam und der Blick von einer solchen Intensität, dass jeder andere Mensch darunter vor Ehrfurcht zusammengezuckt wäre. Aber nicht ich.

»Dalan, mein Junge, wo bist du so lange gewesen?«, krächzte er. Den Rücken gebeugt humpelte er langsam auf mich zu und kam so dicht vor mir zum Stehen, dass ich Auge in Auge mit ihm war.

Sein Mund verzog sich zu einem warmherzigen Lächeln, was ich nur anhand der Lachfältchen um seine blassgrauen Augen erahnen konnte.

Omar war ein Mann, der von dem restlichen Teil der Bevölkerung Agrabahs gemieden wurde. Nur wenige verirrten sich hierher. Sie hielten ihn für einen unheimlichen Spinner und Zauberer und fürchteten seine Magie. Sein großes Wissen machte den Menschen Angst. Wissen war etwas Seltenes, Kostbares, das nicht jeder besaß. Wissen gab Menschen ungeahnte Macht. Macht, mit denen nicht jeder umzugehen wusste und die einen schnell übermütig werden ließ.

Ich kannte Omar schon, seit ich denken konnte. Der weise Mann war in all den Jahren so etwas wie ein Vater für mich gewesen; jemand, zu dem ich aufschaute und vor dem ich größten Respekt hatte. Er war der einzige Mensch in Agrabah, dem ich wirklich vertraute. Und diese Tatsache beruhte auf Gegenseitigkeit, denn Omar hatte mich all die Jahre über wie einen Sohn beschützt.

»Was ist? Willst du mich alten Mann nicht richtig begrüßen?«, riss mich ebendieser aus meinen Gedanken und lachte, wobei er einen Blick auf die wenigen, gelblich verfärbten Zähne freigab, die er noch besaß.

Meine Mundwinkel zogen sich nach oben und ich begann ebenfalls zu lachen. Schwungvoll drückte ich die gebrechlich wirkende Gestalt an mich. »Schön, dich wiederzusehen, Omar.«

Er schob mich schließlich eine Armlänge von sich, um mich eingehend zu betrachten. »Du siehst irgendwie verändert aus«, stellte er fest. »Deine Augen leuchten und dennoch scheint dein Herz von Kummer erfüllt zu sein. Ist eine Frau im Spiel?«

Ich fühlte mich ertappt. Es gab einfach nichts, was Omars Augen verborgen blieb. Meine Wangen brannten. Verlegen kratzte ich mich am Hinterkopf und grinste schief.

Omar sah mich wissend an, griff in seine Hosentasche und beförderte eine Tabakpfeife zutage. Er nahm einen tiefen Zug, während er mich von oben bis unten eingehend musterte.

Das Nikotin hatte seine Haut gelblich werden lassen, auch seine kurzen Fingernägel hatten sich verfärbt.

»Da hat es unseren Charmeur tatsächlich erwischt, so kenne ich dich gar nicht.«

Ich trat einen Schritt auf Omar zu. »Und genau deswegen brauche ich deine Hilfe, Omar. Du bist der Einzige, den ich kenne, der dafür infrage kommt.«

Ich erzählte Omar die Kurzfassung von dem, was geschehen war, und sah ihn schließlich bittend an. »Wie kann ich zurück in die Zukunft gelangen?«

»Es geht um Zeitsprünge, soso«, murmelte der gebrechliche Mann und nahm noch einen tiefen Zug von der Tabakpfeife, sein Gesicht war in grüblerische Falten gelegt. Gleichmäßig pustete er das süßliche Zeug wieder aus und Rauchwolken kringelten sich in der Luft.

»Als du fort warst, habe ich sofort gemerkt, dass Magie im Spiel war. Dunkle Magie. Aber nun willst du Magie mit Magie bekämpfen? Dalan, du weißt hoffentlich, dass Zeitsprünge gefährlich sind? Man kann sich nie über deren Ausgang bewusst sein. Es ist immer ein Risiko, sich auf Magie einzulassen. Ein Spiel, bei dem man alles verlieren und das schlimme Folgen nach sich ziehen kann.«

»Aber du hast dich auch für diesen Weg entschieden. Für den Weg der Magie, oder sehe ich das falsch, Omar?« Ich verschränkte die Arme vor meiner Brust und hielt seinem Blick stand. »Ich bin bereit, dieses Risiko einzugehen.«

»Du warst schon immer ein Sturkopf«, stellte Omar ruhig fest. »Aber dir scheint es wirklich ernst damit zu sein.«

»Sonst wäre ich mit meiner Angelegenheit nicht zu dir gekommen. Ich vertraue auf deine Fähigkeit«, antwortete ich mit fester Stimme. Abu hingegen sah nicht so überzeugt aus und zupfte an meinem Hosenbein. Ihm schien das Ganze hier nicht sonderlich geheuer zu sein.

Omar verschwand hinter dem langen Tisch aus Holz und zog aus einem Regal ein ziemlich verstaubtes, durch die Zeit vergilbtes Buch hervor, das er in der Mitte aufschlug.

»Ich werde eine Weile benötigen, bis ich alle erforderlichen Zutaten zusammenhabe, viele davon sind nicht in Agrabah zu finden. In der Nacht des nächsten Neumondes treffen wir uns wieder hier. Erst dann entfalten die Kräuter ihre wahren Kräfte«, sagte er rau und hob seinen Kopf. »Doch sei dir eines bewusst: Ist der Zauber erst einmal ausgesprochen, gibt es keine Möglichkeit, ihn ungeschehen zu machen. Du wirst nie wieder nach Agrabah zurückkehren können.«

Es war nur eine Sekunde, die ich zögerte, doch mein Entschluss stand fest. »Ich werde da sein, du hast mein Wort«, versprach ich Omar, woraufhin er nickte.

»Bewahre Stillschweigen hierüber. Niemand darf etwas erfahren. Das könnte dir schaden«, entgegnete Omar ernst. »Und Dalan?«

»Ja?«

»Gib acht, mein Junge. Eine dunkle Macht trachtet nach deinem Leben. Sie weiß, dass du hier bist.

Auch er verfügt über die Kunst des Zeitspringens. Er ist auf der Suche nach dir. Und er wird dich finden.«

Abu sprang erschrocken auf meine Schulter und drückte sich eng an mich. Ein kühler Luftzug glitt durch die Lehmhütte hindurch, Gänsehaut breitete sich auf meinem Körper aus.

»Wer ist dieser Mann?«, fragte ich.

Omar sah mich wachsam an, sein Blick bohrte sich in den meinen. »Der Mann, der dich in die Lampe gesperrt hat.«

34. KAPITEL

Die nächsten Tage verkroch ich mich in meinem ausgeleierten Snoopy-Schlafanzug in meinem Bett und wollte nichts hören und nichts sehen, sondern mich einfach nur in meinem eigenen Selbstmitleid suhlen. Alles war mir plötzlich egal. Ich hatte keine Lust, morgens aufzustehen, ich hatte meinen Appetit verloren und auch sonst war nichts mit mir anzufangen. In mir fühlte es sich nur … leer an.

Nachdem Dalan wieder in seine Heimat zurückgekehrt war, hatte ich mir wohl oder übel eine Notlüge für Mama ausdenken müssen und ihr erzählt, dass seine Tante schwer krank geworden war und er augenblicklich in seine Heimat zurückkehren musste. Ich wusste selbst, wie unglaublich merkwürdig das für sie geklungen haben mochte, aber ich wollte meine Mutter mit dieser ganzen Flaschengeist-Geschichte nicht in Aufregung versetzen. Es war einfach besser, wenn sie niemals etwas davon erfuhr und das Ganze ein Geheimnis zwischen mir, Dalan und Marco blieb.

Als ich mich irgendwann doch mal für fünf Minuten von meinem Bett löste und hinunter in die Küche lief, entdeckte ich neben den üblichen Einkaufsprospekten auf dem Tisch einen kleinen weißen und einen bräunlichen DIN-A4-Umschlag. Beide waren zu meiner Verwunderung an mich adressiert.

Stirnrunzelnd drehte ich zunächst den kleinen Brief um, doch er war mit keinem Absender versehen, lediglich *Jasmin* stand darauf geschrieben.

In meinem Zimmer schlitzte ich mit einem Messer den Rand auf und ein zusammengefaltetes Stück Papier segelte zu Boden. Ich bückte mich danach.

Als ich es auseinandergefaltet hatte, las ich folgende Worte:

Es tut mir leid, dass ich all die Jahre so ein Arsch zu dir gewesen bin. Ich hätte viel früher erkennen sollen, was für ein tolles Mädchen du bist. Pass auf dich auf. Du hast nur das Beste verdient.

Marco

Ich schluckte. Meine Augen wurden feucht. Seit dem Abiball vor zwei Wochen ging das Gerücht um, dass Marco sowohl einen Schlussstrich unter die Freundschaft zu seinen sogenannten Freunden aus der Clique gezogen als auch mit seiner Familie abgerechnet hatte. Laut der Erzählungen in der Stadt würde er nach Köln ziehen und dort die Sporthochschule besuchen.

Als ich diese Neuigkeiten erfahren hatte, hatte ich zunächst nicht glauben können, dass er es tatsächlich geschafft hatte, sich von allem loszureißen und zu befreien: von seinen Eltern und seinem Bruder, die ihn wie ein Objekt behandelt hatten, und von den Menschen, die er seit seiner Kindheit gekannt und jahrelang für echte Freunde gehalten hatte.

Vor zwei Tagen, als meine Mutter mich gebeten hatte, für sie einzukaufen, war ich mit dem Fahrrad an dem Haus seiner Eltern vorbeigefahren und Marcos Auto hatte nicht mehr da gestanden. Die Gerüchte schienen demnach wahr zu sein.

Einerseits machte es mich unwahrscheinlich stolz, weil mir dadurch wieder einmal mehr bewusst wurde, dass ich mich in Marco nicht getäuscht hatte. Aber es hatte mich auch traurig gestimmt, weil er so sang- und klanglos verschwunden war.

Ich wusste, dass er seinen Weg gehen würde. Er würde mir fehlen, trotz allem, was zwischen uns vorgefallen war, und ich nahm mir fest vor, ihn bald mal anzurufen. Seine Handynummer würde er hoffentlich nicht auch ändern.

Schließlich öffnete ich auch den zweiten Umschlag und holte ein Schreiben hervor. Meine Augen wurden mit jeder Zeile, die ich las, größer.

Sehr geehrte Frau Winterberg,

wir haben Ihre eingereichte Leseprobe mit großem Interesse von mehreren unserer Lektoren prüfen lassen. Gerne würden wir auch den Rest Ihres

Manuskripts zur Sichtung bekommen. Wir freuen uns darauf, bald wieder von Ihnen zu hören und verbleiben
mit herzlichen Grüßen

Judith Dauer
Herzträumer Verlag

Verwirrt las ich immer und immer wieder das Schreiben durch, in der Annahme, dass ich es missverstanden hatte oder dass eine Verwechslung vorlag. Das musste ein Irrtum sein!

Doch da stand mein Name. Dick und fett, sowohl in der Anrede als auch im Adressfeld.

Mit offenem Mund ließ ich mich auf meinen Schreibtischstuhl sinken und starrte wie betäubt nach draußen. Dalan musste mein Manuskript heimlich abgetippt und beim Verlag eingereicht haben.

Die Erkenntnis hätte mich von den Füßen gerissen, wenn ich nicht ohnehin schon gesessen hätte.

Ich konnte mich nicht einmal richtig freuen, weil da diese Leere in mir herrschte und das klaffende Loch in meinem Magen sich einfach nicht füllen ließ. Seit dem Tag, an dem Dalan in seine Zeit zurückgekehrt war.

Mein Hals zog sich zu. Er hatte die ganze Zeit an mich geglaubt. Obwohl ich bereits jeden Glauben an mich aufgegeben hatte.

Und jetzt war er weg.

Die Buchstaben auf dem Papier verschwammen vor meinen Augen und wurden zu einem einzigen Meer aus wirren Strichen.

Ich schluchzte, mein ganzer Körper wurde davon durchgeschüttelt.

Wie sollte ich jemals über Dalan hinwegkommen? Es fühlte sich einfach so verdammt schrecklich an, zu wissen, dass ich rein gar nichts tun konnte, um ihn noch einmal wiederzusehen. Ihm sagen zu können, was ich für ihn empfand. Noch einmal in seine warmherzigen Augen zu blicken.

Er hatte einen anderen Menschen aus mir gemacht. Er hatte mir Selbstvertrauen und Stärke geschenkt. Warum war ich so blind gewesen und hatte das nicht viel früher erkannt?

»Du hast doch wohl nicht gedacht, mich so schnell loswerden zu können, oder?«, ertönte plötzlich eine bekannte Stimme hinter mir.

Mein Herz blieb stehen, meine Schluchzer versiegten abrupt. Es war der gleiche Satz, den er während unserer allerersten Begegnung schon zu mir gesagt hatte.

Das konnte nicht sein, ich musste mir das eingebildet haben, ich musste … Wie in Zeitlupe drehte ich mich um und traute meinen Augen nicht.

Doch da stand er, direkt in meinem Zimmer: das strahlende Lächeln auf seinem Gesicht und die Arme vor seinem muskulösen Körper verschränkt. Er hatte sich kein bisschen verändert. Dalan sah genauso aus, wie ich ihn in Erinnerung behalten hatte.

»Dalan, was, aber wie …?« Träumte ich? Jetzt war es mit meiner Beherrschung endgültig vorbei und ich weinte hemmungslos.

Ich sprang von meinem Stuhl auf und flog Dalan entgegen, der mich bereits mit weit geöffneten Armen empfing. Er drückte mich an sich, als würde er mich nie wieder gehen lassen.

Ich umschlang Dalans Hals mit meinen Armen und zog ihn so fest an mich, dass kein Blatt Papier mehr zwischen uns gepasst hätte.

Als ich mich nach einer gefühlten Ewigkeit doch von ihm löste, quietschte ich erschrocken auf, als ich auf meinem Bett einen kleinen Affen sitzen sah, der mich mit schräg gelegtem Kopf beobachtete.

Dalan lachte. »Darf ich vorstellen: Das ist mein bester Freund Abu. Der Gute ist ein wenig eifersüchtig auf dich, aber er wird sich schon daran gewöhnen müssen, mich in Zukunft zu teilen.«

Bei seinen letzten Worten schlug mein Herz schneller.

»In Zukunft? Das heißt … du kannst bleiben?«, fragte ich voller Hoffnung.

Dalan nahm daraufhin mein Gesicht in seine Hände und sah mich ernst an. »Ich will nicht mehr zurück. Du bist meine Familie, Jasmin. Du und Abu. Und ich will keine Sekunde mehr von dir getrennt sein. Erst du hast mir gezeigt, was es bedeutet zu leben. Und ich …«

Die letzten Worte gingen unter, da ich Dalan in dem Moment bereits stürmisch an mich gezogen hatte und ihn küsste.

»Wow«, entfuhr es Dalan hinterher mit einem frechen Grinsen, seine Augen blitzten auf. »Vielleicht sollte ich öfter mal für eine Weile verschwinden.«

Ich schüttelte entsetzt den Kopf. »Bloß nicht.«

»Keine Sorge, das wird auch nicht passieren. Ich verspreche es dir.« Dalan strich sanft über meine Wange und griff mit der anderen Hand nach der meinen.

Ein Zischen ertönte neben uns. Abu hatte sich seine Hände vor das Gesicht gehalten und stieß einen Laut aus. Ich bildete mir ein, dass er gerne etwas gesagt hätte wie: »Ist ja nicht auszuhalten, dieses Geturtel. Mir wird schlecht.« Ich lachte laut los und Dalan stimmte mit ein.

Da fiel mir etwas ein.

»Hast du etwas zu deiner Verteidigung zu sagen?«, fragte ich und hielt Dalan den Verlagsbrief vor die Nase.

Er tat betont unwissend und überflog die Zeilen.

»Sie haben Interesse?«, fragte er erfreut. »Das ist genial! Aber … was soll ich denn jetzt damit zu tun haben?«, setzte er ahnungslos hinterher, doch ich sah das Zucken um seine Mundwinkel nur allzu deutlich.

»Danke«, sagte ich leise. »Wieso hast du das für mich gemacht?«

»Weil du Talent hast und dieses Talent nicht unentdeckt bleiben sollte«, entgegnete Dalan ernst. »Und weil ich das Gefühl habe, dass es bei dieser Geschichte um mehr geht. Weil es unsere Geschichte ist, habe ich recht?«

Diese Erkenntnis traf mich wie ein Blitzschlag und ich schwieg völlig überrumpelt. Hatte ich unbewusst tatsächlich Dalans und meine Geschichte in dem Manuskript verarbeitet?

»Und, wird es ein Happy End geben?«, fragte mich Dalan.

Ich trat noch einen Schritt an ihn heran und blickte ihm in die Augen. »Sag du es mir«, flüsterte ich.

Dalans Lippen zierte ein liebevolles Lächeln und seine Antwort folgte prompt in Form eines leidenschaftlichen Kusses, nach dem ich erst mal ein paar Sekunden benötigte, um wieder zu Atem zu kommen.

Ich lehnte meine Stirn gegen Dalans. »Und was ist mit diesem Mann?«, fragte ich. »Konntest du mehr über ihn in Erfahrung bringen?«

Dalan schüttelte den Kopf. »Nicht viel. Allerdings weiß ich nun sicher, dass er aus Agrabah kommt. Ein guter Freund hat mich vor ihm gewarnt. Aber mach dir keine Gedanken. Gemeinsam werden wir herausfinden, wer er ist. Und alles andere wird sich mit der Zeit zeigen. Hauptsache, wir sind zusammen.«

»Mama wird sich so freuen, dich wiederzusehen. Allerdings wird es schwierig werden, ihr zu erklären, dass wir Zuwachs bekommen haben«, überlegte ich laut und blickte den Affen an.

Dalan lachte lauthals. »Lass mich das mal machen, Abu wird sie schon um den kleinen Finger wickeln. Man kann bei dem Racker einfach nicht Nein sagen. Nicht wahr, Abu?«

Abu nickte und kreischte freudig los.

»Sag mal, du bist aber schon stubenrein? Oder muss ich da jetzt noch ein Katzenklo oder so besorgen?«, fragte ich Abu, der daraufhin seine Arme vor seiner zierlichen Brust verschränkte. Er zischte leise.

»Ich glaube, das soll heißen, Abu mag dich.« Dalan grinste noch immer.

»Abu, isst du gerne Bananen?«, fragte ich vorsichtig. »Wir hätten da noch ein paar in der Küche.«

Abu horchte auf. Die Aussicht auf etwas zu essen schien ihn zu besänftigen. Ich streckte ihm eine Hand entgegen.

»Ich habe mich noch gar nicht vorgestellt, ich bin Jasmin.«

Abu schielte unschlüssig auf meine Hand, bevor er mir schließlich sein Patschehändchen entgegenstreckte.

»Auf ein neues Abenteuer. Und auf alles, was noch so kommen mag«, verkündete ich feierlich und grinste.

»Und jetzt zu dir.« Ich drehte mich schwungvoll zu Dalan um. »Wie hast du es geschafft, wieder zurückzukommen? Du musst mir alles erzählen!«

»Nicht so stürmisch, nicht so stürmisch.« Dalan lachte und legte einen Arm mich, während Abu es sich auf seiner Schulter bequem machte.

»Also, das war so …«

35. KAPITEL

Agrabah 1848 …

Sie atmete den süßen, blumigen Duft ein, als sie an den Orangen- und Jasminblüten vor sich roch. Gedankenverloren strich sie über die Blütenblätter, von denen sie sich eines in ihr langes schwarzes Haar steckte.

Bienen surrten durch die Luft und ein wunderschöner Schmetterling ließ sich nur wenige Zentimeter von ihr entfernt auf dem Hibiskus nieder.

Fasziniert betrachtete sie seine leuchtenden Farben, die im Licht der Sonne wie funkelnde Diamanten glänzten.

Der Garten war der ganze Stolz ihrer Mutter gewesen. Überall blühten prächtige Pflanzen in den unterschiedlichsten Farben und Formen. Rosen in allen erdenklichen Tönen, Pfingstrosen, orientalische Lilien, …

Der Gedanke daran, wie ihre Mutter stundenlang im Garten gesessen hatte – sofern es die Zeit und die königlichen Verpflichtungen erlaubt hatten –, zauberte ein Lächeln auf ihre Lippen.

Leise summte sie eine Melodie, die ihre Mutter ihr immer vorgesungen hatte, als sie noch ein kleines Kind gewesen war.

Da war diese Sehnsucht in ihr, nach Freiheit und Abenteuern. Sie war nie wirklich über diese Mauern hinausgekommen. Raus aus dem Schatten des Palastes, fern von all dem Glanz. Der Last entkommen, die auf ihren Schultern lag. Wie gerne würde sie einmal die weite Welt kennenlernen.

Manchmal fühlte sie sich an diesem Ort gefangen. Gefangen wie in einem goldenen Käfig.

Im Hintergrund hörte sie sanft den Brunnen plätschern, an dessen Rand Spatzen saßen und ihre Schnäbel in das Wasser tauchten.

Gedankenversunken lief sie den schmalen Weg zwischen Hibiskusbäumen zurück und rannte dabei fast in jemanden hinein.

»Caleb!« Ihre Mundwinkel zogen sich wie von selbst nach oben und ihre vollen Lippen deuteten schließlich ein liebliches Lächeln an.

Der junge hübsche Mann sah überrascht auf; der Falke auf seiner Schulter starrte wachsam geradeaus.

»Prinzessin Yazmine!« Der Falkner verbeugte sich und richtete seine Augen gen Boden. »Ich bitte Euch vielmals um Verzeihung.«

»Caleb, es ist doch nichts passiert. Außerdem habe ich nicht aufgepasst. Wann wirst du endlich aufhören, mich wie deine Herrin zu behandeln?«

»Ihr seid die angehende Thronfolgerin von Agrabah. In wenigen Tagen findet die offizielle Krönung statt. Und ich bin nur Euer Diener.«

Ein Seufzen war von der jungen Frau zu vernehmen. »Du machst mich ganz verlegen, Caleb. Steh auf, bitte«, sagte sie und hielt ihm ihre zarte Hand entgegen, deren Gelenk von Armreifen gesäumt war. Um ihren Fuß hatte sie ein feines Kettchen gebunden, das bei jedem Schritt, den sie machte, klingelte.

»Euer Gemahl ist heimgekehrt. Ich dachte, das solltet Ihr wissen.« Der junge Mann kratzte sich an seinem Hinterkopf und für einen winzigen Moment legte sich ein kaum erkennbarer Schatten auf das Gesicht der jungen Frau.

»Danke, Caleb.«

Geräuschvoll öffneten sich die Türen zum königlichen Gemach und eine Gestalt in einem schwarzen Umhang kam herein. Die Fenster zum Balkon standen offen. Der Mann trat an die Balustrade heran, die von Efeuranken geschmückt war, und ließ seinen Blick über Agrabah zu seinen Füßen gleiten. Als er die Kapuze von seinem Kopf nahm, offenbarte er ein finsteres Gesicht mit tief liegenden Augen.

Ein roter Papagei flog vom anderen Ende des Raumes zu ihm und setzte sich auf seine Schulter.

»Ach Jago, mein Freund. Bald schon wird Agrabah allein mein sein.« Wie zur Bestätigung ertönte ein aufgeregtes Krächzen.

In dem Moment öffnete sich die Tür und die junge Prinzessin betrat in einem türkisfarbenen, eng anliegenden Gewand den Raum.

»Dschafar, hier steckst du. Ich habe dich schon gesucht.« Ihre weiche Stimme klang anklagend, doch niemals würde sie es wagen, ihrem Ehegatten mit kindischem Trotz entgegenzutreten.

Er wirbelte zu ihr herum und kam auf sie zu. Als er vor ihr stand, legte er seine langen Finger unter ihr Kinn.

»Yazmine, Teuerste, womit kann ich dir dienen?«

Er griff nach ihrer Hand und bedeckte ihre karamellfarbene Haut mit Küssen. Sein Blick suchte den ihren, ein gefährliches Glitzern trat in seine Augen. »Womit habe ich nur den Tag verdient, an dem du mich zum Mann nahmst?«

Die junge Frau lächelte schüchtern, doch in ihren Augen war ein Anflug von Traurigkeit zu erkennen, die dem Mann vor ihr jedoch entging.

Sie richtete ihre Augen verlegen gen Boden. »Dschafar, Agrabah versinkt im Chaos. Ich weiß keinen Rat mehr. Was können wir bloß tun?« Sie stockte und blickte zu dem großen Gemälde, das links von ihr an der Wand hing und einen älteren Mann zeigte.

»Ich wünschte, ich könnte das Land so regieren, wie mein Vater es einst getan hat«, setzte sie trüb hinterher. »Ich vermisse ihn.«

Ein finsterer Schatten legte sich auf das Gesicht des Mannes, doch er überspielte dies mit einem Lächeln.

»Ich weiß, er fehlt dir. Er war ein großartiger Mann, Herrscher und Vater zugleich.« Er seufzte theatralisch. »Aber zerbrich dir nicht dein hübsches Köpfchen, Liebste. Ich werde mich darum kümmern, versprochen. Und nun geh und mach dich ein wenig frisch. In wenigen Stunden wird die königliche Kutsche vorfahren.«

Die junge Frau zögerte, als würde ihr etwas auf der Zunge liegen. Doch sie tat, wie ihr geheißen, knickste und verließ schließlich den Raum. Leise zog sie die breite Tür, verziert mit Gold und Schnörkeln, hinter sich ins Schloss. Kaum war wieder Stille im Zimmer eingekehrt, schlug der Papagei aufgeregt mit den Flügeln auf und ab und krächzte kläglich.

»Geduld, Jago, Geduld«, entgegnete die hochgewachsene Gestalt und zwirbelte ihren Bart. »Der Zeitpunkt wird kommen, an dem ich alleiniger Herrscher von Agrabah bin.

Und du wirst bald nichts weiter als eine jämmerliche Erinnerung bleiben. Sie werden dich vergessen, hörst du?«, setzte er knurrend hinterher und bedachte dabei das Gemälde mit einem hasserfüllten Blick.

Er griff nach einem Glas, das auf dem kleinen runden Marmortisch stand, und befüllte es mit Wein. Dann setzte er das Glas an seinen Mund und nahm einen großen Schluck daraus. Der rot verschmierte Mund verzog sich zu einem bösartigen Grinsen.

»Bald wird alles mir gehören. Und dieser Junge kommt mir nicht noch einmal in die Quere, dafür sorge ich.«

Sein grausames Lachen erfüllte den Raum, sodass die feinen Porzellanvasen an den Seiten des prunkvollen Raumes vibrierten.

Das Glas, das er noch immer fest umklammert hielt, zerbarst unter dem Druck seiner Hände. Scherben fielen klirrend zu Boden. Dunkle Flüssigkeit verteilte sich über seine Hände, während ein aufgeregtes Funkeln in seine Augen trat und sich ein gieriges Lächeln auf seine Lippen legte.

EPILOG

Die Legende von Agrabah

Agrabah ist ein Land
voller Geheimnisse und Legenden.
Eine von ihnen erzählt
von einem Jungen,
der spurlos aus
dem Palast verschwand.
Er überlebte, aufgezogen
von einem alten Mann.
Der königlichen Wiege entrissen
und seiner Identität beraubt,
schlug er sich als Straßendieb
durchs Leben.
Sein Name war Aladin.

Doch damit fängt die
Geschichte erst an …

DANKSAGUNG

Ich weiß um ehrlich zu sein gar nicht, wie ich am besten anfangen soll. So lange schon ist mir die Idee von einer Märchenadaption zu »Aladin und die Wunderlampe« durch den Kopf geschwirrt und jetzt sind meine Figuren tatsächlich auf dem Papier gelandet.

Ich bin sprachlos und unfassbar glücklich darüber.

Es gibt einige Menschen, denen ich hierfür danken möchte.

An allererster Stelle stehen wie immer meine Familie und meine Freunde, insbesondere meine Eltern und mein Bruder Jan. Ich wüsste nicht, was ich ohne euch machen würde.

Ein besonderer Dank gilt auch Patrick Mölleken, der mich zu der Figur von Marco inspiriert hat. Es hat mir sehr viel Spaß gemacht, diesen so facettenreichen Charakter lebendig werden zu lassen.

Danke Patrick, für diese Motivation und deinen Zuspruch.

Ebenso möchte ich meiner lieben Freundin und Autorenkollegin Maja danken. Deine Illustrationen für meinen Roman sind so schön geworden, ich hätte mir keine besseren vorstellen können. Ich bin sehr froh, dass wir uns über das Schreiben kennengelernt haben.

Etta, ich danke dir für alles! Danke, dass du immer an meiner Seite bist. Ich hab dich lieb.

Ein großer Dank geht auch an meine Testleserinnen Sanny, Victoria, Emely W., Emely K. und Sarah. Eure Kritik hat mir wirklich sehr geholfen.

Danke Laura, für das intensive Lektorat. Ich war anfangs wirklich der Verzweiflung nahe, doch du hast meinem Roman letztendlich noch den nötigen Feinschliff verpasst. ;)

Marie, danke dir für dieses Wahnsinns-Cover! Du hast den orientalischen Hauch des Buchs wirklich fantastisch eingefangen und ich freue mich schon riesig darauf, wenn du die Cover für den zweiten und dritten Band der Trilogie für mich zauberst.

Astrid, ich weiß nicht, wie ich meinen Dank an dich in Worte fassen soll.

Du bist ein großes Vorbild für mich, denn du hast mir gezeigt, dass es sich lohnt, an seine Träume zu glauben und dafür zu kämpfen.

Danke für deinen Glauben an mich und in diese Geschichte. Erst du hast mir die Möglichkeit gegeben, meine Charaktere zu Papier zu bringen und sie mit anderen zu teilen.

Ich bin stolz darauf, ein Drache und ein Teil dieser Familie geworden zu sein.

Wie heißt es so schön: Träume vom Fliegen, dann wachsen dir Flügel

Und zu allerletzt geht mein Dank an euch, meine Leser. Weil ihr gerade dieses Buch in den Händen haltet und meine Geschichte mitverfolgt. Es ist schön zu wissen, dass es euch gibt.

Ich hoffe, dass ihr Dalan und Jasmin auch auf ihrer weiteren Reise begleiten werdet.

Und eigentlich passt das Ende des ersten Bandes hier ganz gut: Das hier ist erst der Anfang… ;)

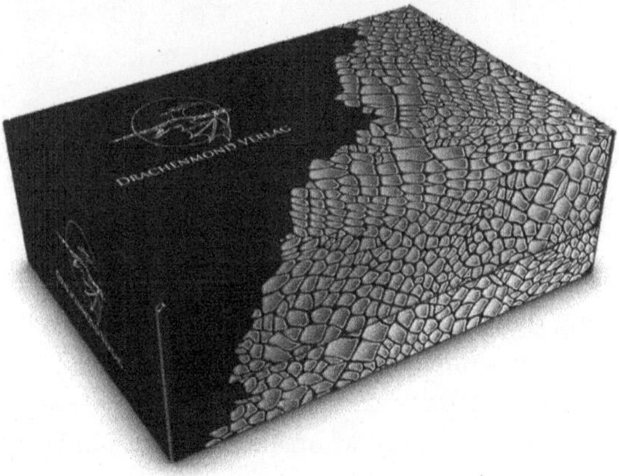
DRACHENMOND VERLAG